失格聖女の下克上

左遷先の悪魔な神父様になぜか溺愛されています

紗雪ロカ

23318

角川ビーンズ文庫

プロローグ　コルネリア、断罪される
007

1章　君を幸せにするために来たんだよ
017

2章　悪魔と過ごす日々
042

3章　悪夢の再来
087

4章　契約
127

5章　首都ミュゼルにて
184

6章　コルネリア、顔を上げる
229

エピローグ　歯抜けの女神様
242

後日談　ブーケトスから始まる話
255

あとがき
301

contents

クラウス
ホーセン村の神父。
その正体は破滅の悪魔。
コルネリアに契約を
迫る。
正体
コルネリア・
フォン・
エーベルヴァイン
聖女候補だったが、
冤罪でいちシスターとして
ホーセン村へ左遷される。

ジル

コルネリアと聖女の座を争っていた元侯爵令嬢。ある日突然非業の死を遂げ——？

ヒナコ

コルネリアに替わって聖女に就任した少女。ジルの生まれ変わりとして国民から絶大な支持を得る。

失格聖女の下克上

左遷先の悪魔な神父様になぜか溺愛されています

characters

ジーク第一王子

婚約者だったコルネリアを断罪して左遷した張本人。

本文イラスト／七月タミカ

プロローグ―コルネリア、断罪される

ガタガタと揺《ゆ》れる馬車の窓枠《まどわく》に頬杖《ほおづえ》を突《つ》き、コルネリアはぼんやりと外を眺《なが》めていた。明るく賑《にぎ》やかな都は遥《はる》か後方に消え去り、馬車は暗くとっぷりとした闇《やみ》の中をひた走り続けている。今夜は月のない晩で、どんなに目を凝《こ》らしてもガラスに映るのは自分の顔ばかりだった。

ふと、ガラスの向こうの自分と目が合う。見慣れたはずの顔は、思わず笑ってしまうほどやつれたものだった。沈《しず》んだコバルトグリーンの瞳《ひとみ》も、ゆるく波打つ灰色の髪《かみ》も、貴族令嬢《れいじょう》としては驚《おどろ》くほど華《はな》やかさに欠ける。いや、自分はもう貴族ではないのだ。貧しい出から男爵家《だんしゃくけ》に引き取られ、聖女候補にまで登り詰《つ》めた養女が失態を犯《おか》し元の平民に戻《もど》るだけ。そうため息をつきながら顎《あご》の下で切り揃《そろ》えた髪に手をやる。これから平凡《へいぼん》なシスターとして生きていくにはこのくらいの長さが適切だろう。

固い背もたれに深く座り直し目を閉じる。もう忘れようと思っていたのに、人生が転落し始めたあの日の事が思い出された。

その告発は、月に一度行われる教皇の説法が終わった直後になされた。

「この場を以《もっ》てコルネリア・フォン・エーベルヴァインとの婚約《こんやく》を破棄《はき》する！」

厳《おごそ》かな大聖堂に王子の高らかな宣言が響《ひび》き、コルネリアの全身は雷《かみなり》に打たれたように強《こわ》ばる。ぎこちなく視線を上げれば、聖堂の上段には輝《かがや》く金髪《きんぱつ》を振り乱《みだ》した一人の男性が居た。スッと通った鼻筋に凜々《りり》しい眉《まゆ》。その下にあるマリンブルーの瞳は嫌悪《けんお》感《かん》をこれでもかと含《ふく》んでこちらを見下ろしている。

典礼用の豪奢《ごうしゃ》な白い服に身を包んだ彼――たった今、自分との婚約を破棄したジーク第一王子は一呼吸置く間もなく、その理由を高らかに言い放った。

「こいつが聖女候補などと笑わせる。悪魔《あくま》と契約《けいやく》したこの女は、ライバルであったジルを精神的に追い込み、自ら死を選ぶまでに至らせたのだ！」

今、この大聖堂には首都に住まう一般《いっぱん》市民から、教会に多額の寄進をする貴族、果ては国王までが一堂に会していた。確かに今日、説法が終わった後にとある裁判があるので必ず出席するようにとは言われていた。だが、まさか自分がその被告《ひこく》になるとは。まるで身に覚えのない話に、手の中がじとりと汗《あせ》ばみ始める。

この国における聖女とは、神の啓示《けいじ》を受けることができるただ一人の女性のことである。

人々を救う聖女は、神託《しんたく》を受け各地を回り教えを説き、新たな薬を作り病気や怪我《けが》に苦しむ人々の尊敬を一身に受ける特別な存在だ。

その魂《たましい》は代々巡《めぐ》ると言われ、先代聖女が亡《な》くなった瞬間《しゅんかん》に肉体から離《はな》れた魂は、その日の内に生まれた女の子の肉体へと宿ると信じられている。故《ゆえ》に、次の聖女を選出するため、該当《がいとう》する少女たちは七年の月日が経《た》った辺りから、身分を問わずに首都へ集められるのだ。

さらに、今回の聖女は何世代かに一度の特別な役割を持っていた。久々に聖女を王家に迎《むか》えようという動きがあり、選ばれた聖女はジーク王子と婚約をする流れになっているのだ。今回は日付の変わる直前に先代が亡くなった事もあり、候補者は自分ともう一人、侯《こう》爵《しゃく》家出身のジルだけだった。

そしてジルが非業《ひごう》の死を遂《と》げたことにより、自動的に聖女に内定が決まったコルネリアがこれまで婚約者の扱《あつか》いをされていたのだが――。

なのに、その婚約者からこうして一方的に婚約破棄をされている。それだけでも驚くというのに、まさかのジル殺しの犯人だという告発。

誓《ちか》って言うが、コルネリアはジルをいびった事など一度もなかった。彼女が塔《とう》から身投げをしたと聞いた時はショックで丸々三日寝込《ねこ》んだほどなのに、どうしてそんな濡《ぬ》れ衣《ぎぬ》が。

そう反論しようとしたところで、王子は振り返る。そして愛《いと》おし気な声で背後に控《ひか》えていた女性に声をかけた。

「そうだろう？　ヒナコ」

おずおずと進み出てきた美しい少女に、聖堂内にはほぅっと感嘆《かんたん》の声があふれた。

腰《こし》まで伸《の》ばしたサラサラとなびく栗色《くりいろ》の髪。ぱっちりとした上向きのまつげで縁《ふち》どられた茶色の瞳。華奢《きゃしゃ》で抱《だ》きしめたら折れてしまいそうな細い腰。道ですれ違《ちが》ったら百人が百人振り向きそうなその美少女は、涙《なみだ》を浮《う》かべ胸の前で両手を固く握《にぎ》りしめている。

あれは誰《だれ》だと聴衆《ちょうしゅう》がざわめく中、王子は驚くべき事を口にした。

「皆《みな》、落ち着いて聞いて欲しい。このヒナコは何《なに》を隠《かく》そうジルの生まれ変わりだ！　こちらの世界で命を絶った後、異世界『ニホン』に転生していた彼女は、時空を越《こ》え今再びこちらの世界に戻ってきてくれた！」

謎《なぞ》の美少女がジル本人だという宣言に、聖堂内の空気は大きく揺れた。人々の心の動きを逃《のが》さないまま、王子は意気揚々《いきようよう》と説明を続ける。

「偽《にせ》聖女のコルネリアがその地位に収まるのを阻止《そし》するため、彼女は異世界を経由してまでこの時・この瞬間に帰ってきてくれた。さぁヒナコ、かつてお前があの女にどれだけ酷《ひど》い仕打ちを受けたか、証言してくれるな？」

話を振られた可憐《かれん》な少女は、一度クッと息を詰まらせたかと思うと王子の胸に泣きつく。

「ジーク、やっぱり止《や》めます！　私、断罪だなんてそんなこと望んでませんっ」

「何を言う、あの女はジルを……前世のお前を裏切って死に追いやったのだぞ！　証拠《しょうこ》も挙がっている。お前の言う通り、ジルの部屋を検《あらた》めさせたところコルネリアからの嫌《いや》がらせの手紙が大量に出てきた！」

高らかに叫《さけ》んだ王子が、懐《ふところ》から取り出した紙束を宙にばらまく。足元に滑《すべ》り込んできたそれを見下ろせば、思わず眉をひそめたくなる誹謗《ひぼう》中傷が山のように書かれていた。筆跡《ひっせき》とサインはコルネリアのものによく似せてはいるが、もちろん書いた覚えはない。

反論しようとするが上手《うま》く言葉がまとまらない。一方、弱々しく肩《かた》を震《ふる》わせたヒナコは、真珠《しんじゅ》のような涙をこぼしながらしゃくり上げた。

「でも、でもっ、ジルだった時の私が苛《いじ》められたのにも何か原因があったのかもって……」

ここでわっと顔を覆《おお》った彼女は大げさに自分を責め立てた。

「ぜんぶ私が悪いんです！　国外追放なんてひどすぎます！　お願いです、どうかコルネリアちゃんを『許してあげて』下さい！」

そこまであっけに取られて見ていたコルネリアは口もきけなかった。許されるも何も心当たりがなさすぎる。そもそも、彼女はいったい誰なのだろう？　ジルの生まれ変わりにしては面影《おもかげ》の欠片《かけら》もない。それに、ジルが自分をコルネリア「ちゃん」などと呼んだ事は一度もなかったはずだ。

だが、大げさに胸に手をあてた王子はここぞとばかりにヒナコの後押しをした。

「おお、なんと情け深い。皆に問う！　こんなにも清らかで美しい心を持ったヒナコと、前世の彼女を死に追い込んだ悪《あ》しきコルネリア。どちらが聖女にふさわしいかは明白ではないだろうか!?」

誰かが小さく手を叩《たた》き始め、次第《しだい》にそれは盛大な賛同の拍手《はくしゅ》になっていった。

コルネリアはそこでようやく察した。これは最初から仕組まれたシナリオだったのだ。教会はパッとしない『残り物』を、さっさと処分し、彗星《すいせい》のごとく現れた美しいヒロインを新たな聖女に仕立て上げたいのだと。

どうしてこんなことに。脳が麻痺《まひ》したように上手く動いてくれない。それでもなんとか打破を、状況《じょうきょう》を変えてくれないかと救いを求めて視線を巡らせる。すると、養父であるエーベルヴァイン卿《きょう》と目が合った。割れるような拍手の中、コルネリアは一縷《いちる》の望みをかけてそちらに手を伸ばす。

「お、お義父《とう》様……たすけ」

そうだ、「何としてもコルネリアを聖女に」と息巻いていた義父ならきっと助けてくれるはずだ。聖女の出身家となれば成り上がりのエーベルヴァイン家の存在感も増す。その野望を叶える為《ため》にコルネリアを実母から無理やり引き離《はな》したぐらいなのだから、彼ならきっと――。

ところが、一度小さくひっと息を呑《の》んだ卿は、周囲からの冷ややかな視線を感じ取った瞬間、素早《すばや》く損得勘定《かんじょう》をした。すなわち、どうすればエーベルヴァイン家への被害《ひがい》が少ないかを。汚《きたな》い金で成り上がった元商人は、即座《そくざ》にコルネリアを切り捨てた。

「知らん！　ワシは知らんぞ‼　全部コルネリアが一人でやったことだ‼　ウチとは何も関係が無いっ！」

しん……と、聖堂内が静まる。卿はでっぷりとした身体《からだ》で転げそうになりながら、柵《さく》を乗り越えこちらにやってきた。

「見損《みそこ》なったぞ、この寄生虫の穀潰《ごくつぶ》しめっ。涼《すず》しい顔をしてまさかジル様にそんなご無体を働いていたとは！　なぜウチの家紋《かもん》を付けている‼」

「ひっ……」

手を振り上げられ反射的に縮こまる。勢いよく手を振り下ろした養父はコルネリアのケープを剝《は》ぎ取った。エーベルヴァイン家の紋章《もんしょう》が刺繡《ししゅう》された礼装用の外套《がいとう》だ。

「貧しい出のお前を誰が引き取ってやったと思っているんだ！　恩を仇《あだ》で返しおって！」

「ち、違う……誤解です……おねがいはなしを」

「まだ言うか！」

すがる養女の頰《ほお》を卿は力いっぱい叩く。細身のコルネリアは簡単に吹《ふ》き飛び床《ゆか》に崩《くず》れ落ちた。壇上《だんじょう》から教皇の窘《たしな》める声が響く。

「エーベルヴァイン卿、神聖な場での暴力行為《こうい》は控えるように」

「へ、へへ、すみません。どうしても怒《いか》りが抑《おさ》えられなかったもので。おお神よ、お許しください。この娘《むすめ》と私は、もはや何の関係もないのです」

ヘコヘコと腰低く傍聴《ぼうちょう》席へと帰っていく卿は、最後に倒《たお》れているコルネリアの足を蹴《け》っていくことを忘れない。期待するだけ無駄《むだ》だった。養父にとって所詮《しょせん》自分は上に行くための道具でしか無かったのだ。小さく呻《うめ》いた彼女は、熱を持つ頰に手をやりながら悟《さと》ってしまう。

（この場に居る全員が、わたしの有罪を望んでいる……）

そう、この聖堂でコルネリアは独りだった。言葉を失う彼女に向けて、教皇の無感情な声が掛《か》けられる。

「さてコルネリア、申し立てることはありますか？」

あるはずもなかった。足掻《あが》いた所で難癖《なんくせ》を付けられ、さらに状況が悪くなるのは目に見えている。この告発の場での中心人物は間違いなく自分であるはずなのに、コルネリアはどこか遠い世界の出来事のように感じていた。

辛《つら》くて悲しいことがあった時は決まってそうしていたように、服の裾《すそ》を強く握りしめひたすら耐《た》える。すると、仕方のないことだと頭の中の冷静な自分が諦《あきら》めたように零《こぼ》した。自分に何ができる？　何の力も持たないちっぽけな女が、この場に居る全員を説得できるはずなんかないだろう、と。

じっと俯《うつむ》いていた彼女は、用意された悪役を受け入れる他《ほか》なかった。うなだれる様子に、発端《ほったん》である王子とヒナコは『慈悲《じひ》深く寛大《かんだい》な心』を演出する。

「心苦しくはあったが、公明正大を信条とする教会においてそなたの悪行を見過ごすわけにはいかなかった。だが素直《すなお》に認めるならば神の思《おぼ》し召《め》しもあるだろう」

「コルネリアちゃん、私、信じてるですよ！　罪を償《つぐな》ったあなたと、いつかまた手を取り合って笑いあえる日が来るって！」

きゃぴきゃぴと弾《はず》む声にギリリと頬の内側を噛《か》みしめる。そうでもしなければ罵詈《ばり》雑言《ぞうごん》が飛び出してしまいそうだった。

「では、コルネリアから聖女候補の資格を剥奪《はくだつ》。ヒナコ殿《どの》の恩情により国外追放は取りやめ、シスターとして一からやり直し、己《おのれ》の罪を悔《く》い改めさせることにする。よろしいですかな？　王」

上段脇《わき》でぽけーっと話を聞いていた国王は、いきなり呼びかけられてガタッと椅子《いす》から落ちた。慌《あわ》てて周囲を見回し、威厳《いげん》を保つようにうぉっほんと咳払《せきばら》いをする。

「うむ、そのように卑劣《ひれつ》な娘はとても我が王家に迎《むか》える事は出来ぬ。こうしてジルも生まれ変わって異世界から戻《もど》ってきてくれたことだしな、教皇とジークの言う事に間違《まちが》いはないだろう、良きに計らえ」

「……」

王の言葉を、コルネリアは無言で聞いていた。

(もう、好きにすればいい)

聖女候補らしからぬ悪態が心のどこかで浮《う》かぶ。どうにもならない無力な自分が腹立しかったが、もうどうしようも無かった。

最後に虚《うつ》ろな視線を上げるとヒナコと目が合う。彼女は涙《なみだ》をためて口元に手をあてていた。だが、一瞬《いっしゅん》だけ目を細めにんまりと口角を吊《つ》り上げる。彼女は確かにこちらを見てあざ笑ったのである。

1章　君を幸せにするために来たんだよ

「！」

ガタンと馬車が停《と》まった衝撃《しょうげき》で目が覚める。いつの間にか眠《ねむ》っていたようだ。目をこすりながら窓の外を見ると、辺りはすっかり明るくなっていた。どこまでも広がる畑が見知らぬ土地に来たことを痛感させる。

身の回り品だけ詰《つ》めたトランクを持ったコルネリアは馬車から降りた。首都ミュゼルから西に数えて三つ目にあるホーセン村。ここが彼女の新天地だった。

「では、自分はこれで」

年配の御者《ぎょしゃ》はたった一人の乗客を降ろすと素っ気ない一言を残し行ってしまった。残されたコルネリアはため息をついてトランクを持ち直す。

ホーセン村はほぼ真四角の形をしており、メインとなる道が街中を十字にクロスするように走っている。寂《さび》れてはいないが活気があるわけでもない、よくある田舎《いなか》町といった風《ふ》情《ぜい》だ。

コルネリアは人目を避《さ》けるように裏道をたどり、東の外れにあるはずの教会を目指す。

その胸中では密《ひそ》かにある決意を固めていた。

（もうこれからは極力目立たないよう、大人しく生きていこう）

濡《ぬ》れ衣《ぎぬ》を着せられ、体《てい》よく追い出されたのは腹立たしかったが、正直ヒナコが聖女になるというなら勝手にすればいいと思った。

元々コルネリアは平民の出だ。高い地位や名誉《めいよ》にそこまで執着《しゅうちゃく》があるわけではない。たまたま先代聖女が亡《な》くなった日に生まれた女の子の内の一人だったというだけだ。

九つの時にエーベルヴァイン家に引き取られ、これまでの半生を傍迷惑《はためいわく》な運命に振《ふ》り回されてしまった。だが、こうして縁《えん》を切られたわけだし、ようやくこれで普通《ふつう》の生活を送ることができる。地味に大人しく生きて行けば、神さまも悪いようにはしないだろう。

（だからもう忘れよう……）

胸の内でくすぶる感情に布をかぶせて見えないふりをする。タイミングよく曲がり角の先に教会が見えてきた。

街の外れに建つその白い建物は、首都の煌《きら》びやかな大聖堂を見慣れたコルネリアの目には妙《みょう》に可愛《かわい》らしい物に映った。それでも周囲の家よりははるかに大きく、鐘塔《しょうとう》のてっぺんに下げられた釣《つ》り鐘《がね》を掃除《そうじ》するのに苦労しそうだなとぼんやり思った。

門扉《もんぴ》を押し開けて敷地《しきち》内に入る。鐘に気を取られていたせいか、ふわりと甘酸《あまず》っぱい香《かお》りに驚《おどろ》いて足を止めた。周囲を見回すと、門から教会に至る道の両脇《りょうわき》にはたくさんの花の植え込みがされている。鮮《あざ》やかな花たちはよく手入れされているようで、赤いレンガのアプローチに華《はな》やかな色どりを添《そ》えていた。

花が好きな職員でも居るのかと思っていると、庭の片隅《かたすみ》で誰《だれ》かが立ち上がる気配があった。

「やぁ、おはよう」

柔和《にゅうわ》な笑みを浮かべて歓迎《かんげい》してくれたのは、薄汚《うすよご》れた前掛《まえか》けを着けた濃《こ》い茶髪《ちゃぱつ》の男性だった。年はコルネリアより十歳くらい上だろうか、剪定鋏《せんていばさみ》を手にしたまま、彼は肩《かた》にかけたタオルで顔を拭《ぬぐ》った。布が汚《よご》れていたのか、その頰に泥《どろ》がベッタリと付く。

「あれ？　あれれ？」

（変な人……）

近所の農夫が庭師も兼《か》ねているのかと考えたコルネリアは、丁寧《ていねい》な口調でここの主《あるじ》の行方《ゆくえ》を尋《たず》ねた。

「こんにちは、本日からこちらでお世話になるシスターのコルネリアです。クラウス神父様はどちらに？」

「ちょっと待ってくれ、道具を片付けてくるから」

庭師は手近な場所に鋏を置くと、前掛けを外してベンチにかけた。その作業着の下から黒い聖職服が現れてギョッとする。彼は気配に気づいたようで、肩越《かたご》しに振り返ると穏《おだ》やかに笑った。

「神父が庭の手入れをするのはおかしいかい？」

「いえ、そのようなことは」

居心地《いごこち》の悪いものを感じながら言葉を濁《にご》す。

まずい。できるだけ無難にやっていこうと決めたばかりなのに、上司となる神父との初対面から失敗してしまった。青ざめるコルネリアを見たのだろう、庭師もといクラウス神父は朗《ほが》らかに笑いながら手を振った。

「あはは、気にしないでいいよ。村の人たちからもよく笑われるんだ、神父様は威厳がないってね」

「は、はぁ」

軽く流してくれたことに安堵《あんど》して胸を撫《な》でおろす。よかった、彼は花を愛《め》でるし見るからに優《やさ》しそうだし、人付き合いが苦手な自分でも上手《うま》くやっていけるに違《ちが》いない。そう己を鼓舞《こぶ》したコルネリアは案内されるまま入っていく。

（居心地の良さそうな教会……）

玄関《げんかん》ポーチを抜《ぬ》け、身廊と呼ばれる中央の通路を進むと教会の内部が見えてきた。外観は白が基調だったが、内側は暗めの色の木材を多用していて重厚感《じゅうこう》がある。アーチを描《えが》く高い天井《てんじょう》。両脇のステンドグラスが窓からの光を色づかせ床に落としている。整然と並べられた長椅子《ながいす》は年季が入っていたが、よく磨《みが》きこまれているのが見て取れた。

「私も数週間前にこちらに赴任《ふにん》して来たばかりでね、掃除は苦手だから君が来てくれて助かるよ」

段差を上がった神父は、祭壇《さいだん》の前で振り向いてこちらを見下ろす。温かみのあるブラウンの瞳《ひとみ》にぶつかり、ついいつもの癖《くせ》で視線をふいと逸《そ》らしてしまった。人の目が怖《こわ》くなったのはいつからだろう。目が合う度《たび》に愛想《あいそ》のない子どもだとため息をつかれたせいかもしれない。

これから少しずつでも変えていけるだろうか。こっそりため息をついたコルネリアは、静かに問いかけた。

「先ほどは神父様ご本人とは知らず失礼しました。あの、ここで働く前に一つお伺《うかが》いしてもよろしいですか？」

「一つと言わず、いくらでもどうぞ」

飄々《ひょうひょう》とした返しに戸惑《とまど》いながらも、どうにも分からなかったことを尋ねてみる。

「どうして、わたしを引き受けて下さったんですか？」

ライバルとの聖女争いに負けた候補者が、その後シスターとして生きていくことはよくある話だ。だが、払《はら》い下げられたいわゆる『聖女落ち』は複雑な立場であり非常に扱《あつか》いづらく、大抵《たいてい》の神父が煙《けむ》たがる存在だった。

ましてや自分は不名誉な資格剥奪《はくだつ》者であり、どこか遠くの——それこそ神父すら居ないような辺境の教会に、建物の管理者として飛ばされるのがオチだろうと覚悟《かくご》していたのだ。

ところが、目の前の彼は真っ先に名乗りを上げてくれたと言う。世間から後ろ指をさされるのは目に見えているのに、何故《なぜ》なのか。

「何だ、そんなことか」

落ち着いた深みのある声が福音《ふくいん》のように祭壇から降ってくる。この声で行われる説法はさぞ心地《ここち》が良いのだろうなと、場違《ばちが》いな考えがふと浮かぶ。

だがその考えも、次の発言が聞こえてくるまでだった。

「ネリネ、私は君を幸せにするために来たんだよ」

「……はい？」

なんだその言い方は。まるで天から遣《つか》わされた天使のような台詞《せりふ》——いや、それ以前に、なぜネリネという誰も呼ばなくなった愛称《あいしょう》を知っているのか。

一度にいくつも浮《う》かんだ疑問にかられ、思わず視線を上げたコルネリア——ネリネは口をあんぐりと開け固まった。

「口で言っても信じては貰《もら》えないだろうからね、姿を見せるのが手っ取り早いだろう？」

見つめる先、数秒前までそこに居たはずの神父クラウスは消えていた。代わりに出現していたのは圧倒的《あっとう》な存在感を放つ『人ならざる』者だった。

赤みを帯びた黒いコウモリのような大きな翼《つばさ》。頭の両脇に生えた禍々《まがまが》しい角。神父服の裾《すそ》からはとがった尻尾《しっぽ》が覗《のぞ》いて揺《ゆ》れている。

身体《からだ》こそ先ほどの男と同一であったが、決定的に纏《まと》う雰囲気《ふんいき》が違った。妖艶《ようえん》に弧《こ》を描く口元と、妖《あや》しく光る紅《あか》いまなざしから視線を逸らすことができない。

朝の神聖な光が差し込む教会内に彼を中心として赤く光る灰が舞《ま》う。その内の一つが床《ゆか》に落ちジュッと音を立てる。その瞬間《しゅんかん》、ネリネは盛大な悲鳴を上げていた。

「あ、悪魔《あくま》ぁぁ!!」

「はいどうも、悪魔ですよ」

パッと手を広げた悪魔は、先ほどの神父クラウスと同じ笑顔《えがお》でへにゃり、と笑った。

完全に腰《こし》を抜かしたネリネはその場に座り込む。だが我に返ると、祈《いの》りの際に使う神具を荷物の中から引っ張り出し振《ふ》りかざした。

「よ、寄るな悪魔め！　今すぐここから出ていけ！」

「あれ、喜んでくれないの？　話は早い方がいいじゃないか」

「なっ、なんの話……」

わけが分からず目を白黒させることしかできない。ニコと口の端《はし》を吊《つ》り上げた悪魔は、手をこちらに差し伸《の》べると、とんでもない事を言い出した。

「ネリネ、私と契約《けいやく》しよう」

「はっ？」

「悪い奴《やつ》らに罰《ばつ》を与《あた》えるんだ。私ほどの悪魔になると契約する相手だって選ぶんだよ。気に入った相手じゃなきゃ姿も現さない。そんな大いなる力を、意のままに使役《しえき》したくはないか？」

これは悪魔の誘惑《ゆうわく》だ。瞬時《しゅんじ》に悟《さと》った瞬間、混乱しっぱなしだった意識がサッと引き締《し》まる。もつれそうになる舌をなんとか動かし、教会の規則を思い出そうとした。彼らが出現しそうな場所は極力避《さ》け——ここは教会のはずなのだが——とにかく、出遭《であ》ってしまった場合には！

「戯《ざ》れ言を！　もう一度言う、即刻《そっこく》退去せよ！　大人しく従わない場合、本部に通達し悪魔祓《ばら》いを呼ぶ！」

「あぁ、来るだろうね、そして君も尋問《じんもん》される」

「……。あっ!?」

通常の職員なら通報した後で手厚く保護されるだろう。だがネリネの場合は置かれた状況《じょうきょう》がまずかった。なにせ、つい先日追放されたばかりで、しかもジルを呪《のろ》い殺すため〝悪魔と契約した〟とまで、一部では囁《ささや》かれていたのだから。

その本人から悪魔を見つけたなどと通報があったら本部が何を思うか。恐《おそ》ろしくて想像もしたくなかった。

「心配しなくても、君に危害を加えるつもりはないよ」

見る間に青ざめていくシスターに、悪魔は安心させるように微笑《ほほえ》む。祭壇から降りてきた彼を恐れ、ネリネは尻《しり》もちをついたまま後ずさった。震《ふる》える手で神具を構えながら問いかける。

「ほ、本物の神父は、クラウス様はどこに……？」

「残念だが私が本物のクラウスで、二年前に本部で学を修め皆伝《かいでん》を受けている。何なら聖典でも諳《そら》んじてみせようか？」

もしそれが本当ならば、高位の司祭が誰《だれ》も気づかなかったということになる。眩暈《めまい》を覚えてネリネはうめき声を上げた。

どうして神はこの不届き者に天罰《てんばつ》を与えて下さらないのか、なぜ神聖な場にのさばっている悪魔に鉄槌《てっつい》を落として下さらないのか。並の悪魔なら教会に寄り付く事もできないはずでは？

そんな想《おも》いがありありと顔に出ていたのだろう。さらに距離《きょり》を詰《つ》めたクラウスは怯《おび》える子羊の手から神具をひょいと取り上げた。不敬にもそれを口元に当て深紅《しんく》の目を細める。

「たとえ悪魔でも信仰《しんこう》する者なら神は赦《ゆる》して下さるようだ。私が教会に存在《こ こ》していられることが何よりの証拠《しょうこ》だと思わないかい？」

思わないし、思えない。都の災難からようやく逃《に》げてきたはずなのに、何かとんでもない事に巻き込まれかけている気がする。

瞬《まばた》き一つできず固まるネリネの腕《うで》を掴《つか》み、ひょいと立たせた悪魔は人の姿に戻《もど》っていた。

「まぁそれは後でいいか。先にこれから君が生活していく村を案内しよう」

ゆるゆるとした雰囲気の神父は通りを歩いていく。数歩後ろを付いていくネリネは触《ふ》れられてしまった腕をさすりながら祈りの文言を凄《すさ》まじい勢いで呟《つぶや》いていた。

(どうして悪魔がこんなところに。数週間前に赴任してきたというけど、何が目的？)

その、どう見ても普《ふ》通《つう》の男性でしかない後ろ姿を睨《にら》みつけながら、ネリネは数年前に見た悪魔のことを思い出していた。

✦

その日は教皇から、珍《めずら》しいものを捕《と》らえたから後学のためにも来なさいとジル共々呼びつけられたのだ。聖堂に赴《おもむ》いた少女二人は捕らえられたものに息を呑《の》むことになる。

悪魔《あくま》狩《が》りの手によって拘束《こうそく》された悪魔は、見るもおぞましいケダモノの姿をしていた。

大人の男を優に超《こ》える巨大《きょだい》な体躯《たいく》に全身緑色の毛がビッシリと生えていて、こちらを見てケタケタと笑う醜悪《しゅうあく》さに総毛立ったのを覚えている。話には聞いていたが、本当に実在したのかと息を呑む聖女候補たちに向けて、悪魔はどこか小ばかにしたように哀《あわ》れっぽく話しかけてきた。

——ああ、これはこれは聖なるお小さい方々ではありませんか！　ねぇ、どうしてワタクシは捕らえられてこのような責め苦を受けているんです？　悪魔っていうのは誰かが契約してくれない限りは、ニンゲン様に手出しなんてできない、とってもとぉっても無害な生き物なんですよ？

アーチ状に並んだ五つの赤い目が、にんまりと弧を描《えが》く。そこで内緒話《ないしょばなし》でもするかのように声を潜《ひそ》めた悪魔は、傍《かたわ》らに居た職員の一人に囁いた。

——なぁそこのアンタ、殺したいほど憎《にく》いヤツはいないか？　いいんだぜ、後でこっそり来てくれても……。

ひぃっと悲鳴を上げた職員が飛びのき、それを見た悪魔は満足そうに笑い転げる。

結局、その時の悪魔は浄化《じょうか》の手順を踏《ふ》む前に、ある日忽然《こつぜん》と消え失《う》せた。自ら逃げ出したとも、あるいは契約を結ぶ為《ため》に誰かが持ち出したとも言われているが本当のところはわからない。

向こうから手出しこそしてこないが、言葉《ことば》巧《たく》みに弱みに付け込んでは契約を結ばせる。人々を堕落《だらく》させ、意のままに操《あやつ》り、そしていずれは契約者自身も破滅《はめつ》の道へと落とす。それが悪魔だ。そんな教会きっての宿敵が、数歩先をのほほんと歩いている。

先ほど彼は、自分を幸せにするためにやってきたと言った。だが待って欲しい。この場合の幸せというのは果たして人間基準なのだろうか？　〝悪魔的な〟幸せではないか。たとえばそう、蹴落《けお》とされた元聖女候補を利用して何か企《たくら》んでいるとか……。

「ネリネ、そこ段差があるから気を付けて」

背中をジッと睨みつけていると、ふいに振り向かれてビクッとしてしまう。足元を見れば確かに、舗装《ほそう》が崩《くず》れてレンガが何ヵ所か突《つ》き出ていた。おかげで転ばずに済んだのだが、悪魔に真っ当な注意をされたという失態で反発心が沸《わ》き上がる。

「き、気安く呼ばないで下さい、わたしにはコルネリアという名があります」

「でも、悪評の印象が強いコルネリアよりは、しばらくそちらで通した方がよくないか？　嘘《うそ》はついていないんだし」

「ぐっ……」

ごもっともな意見に言葉が詰まる。それでも素直《すなお》に認めるのが悔《くや》しくて、再び話の矛先《ほこさき》を逸《そ》らした。

「その前に、どうしてその名前を知っているんですか！」

ネリネという愛称《あいしょう》はエーベルヴァイン家に引き取られた時点で封印《ふういん》されたものだ。自分でさえもう忘れかけていたというのに。

すると悪魔《あくま》は、どこか楽しそうに目を細めた。人差し指を顔の前に立て、まるで謎《なぞ》かけを出すようにはぐらかす。

「さて、なんでだと思う？　当ててごらん」

「……？」

まさかネリネがそう呼ばれていた当時を知っている？　いやでも、悪魔になんて接触《せっしょく》した覚えは……。まさか、こちらの記憶《きおく》を読み取っているとかでは――、
思考をめぐらせていたその時、少し先のパン屋の軒先《のきさき》からおかみが出てきた。ふくよかな身体《からだ》を揺《ゆ》らした彼女はこちらを見つけると笑顔《えがお》で寄ってきて、いきなり神父の肩《かた》をバシッと叩《たた》いた。あっ、と声を上げそうになるが、二人は和《なご》やかに会話を始める。

「おはよう神父サマ！　ちょいと焦《こ》げちまったパンがあるんだけど持ってくかい？」

「おはようドナ。いつもありがとう、頂きます」

「こっちこそ悪いね、こんな余り物を捧《ささ》げちまってさ」

おかみはここでようやくネリネの存在に気づいたのか、おやと怪訝《けげん》そうな視線を向けてくる。言葉に詰まっていると、クラウスがすかさず紹介《しょうかい》をしてくれた。

「彼女はネリネ。今日から私の補佐《ほさ》をしてくれることになった教会付きのシスターです」

「あ、あぁ、そうなのかい……それはまぁ、よろしく」

「あ……あの………はい」

挨拶《あいさつ》をされても、ネリネは蚊《か》の鳴くような声しか返せない。なぜならおかみの遠慮《えんりょ》のない視線が全身に突き刺《さ》さるのを感じていたからだ。恐らく彼女の頭の中では、先日、聖女候補を降ろされた『コルネリア』と目の前の女の特徴《とくちょう》を照らし合わせているに違《ちが》いない。

「とても信心深く清らかな心の持ち主です。悪い娘《むすめ》ではないので良くしてやって下さいね」

ニコニコと笑う神父からの補足に顔が歪《ゆが》みそうになる。その言葉自体はありがたいが、なぜに悪魔から「悪い娘ではない」と言われなければならないのか。微妙《びみょう》な心境が表情筋をピクピクと痙攣《けいれん》させているのが分かる。

その後、紙袋《かみぶくろ》いっぱいにパンを受け取った神父は店から出た。その途端《とたん》、通りに居た子どもたちがワッと近寄ってきて嬉《うれ》しそうに彼を取り囲んでしまう。

「神父さまー」

「おや、おはようございます」

クラウスは手近に居た一人の頭にポンと手を置いた。それを後ろで見張っていたネリネはヒッと息を呑む。

「今度の日曜はどんなおはなししてくれるの？」

る事しかできない。

悪魔が……悪魔が子どもの頭を撫《な》でている。あまりにも不吉《ふきつ》な光景に固唾《かたず》を呑んで見守
「探しておきましょう」

「えーっ、ドラゴンか悪魔をやっつけるのがいいよ！」

「お姫《ひめ》様が出てくるのがいいな」


結局、その後も似たような交流が続いた。どうやらこの悪魔は実に上手《うま》くこの村に溶《と》け込んでいるらしい。猫《ねこ》かぶりならぬ人かぶりである。

「あ、あなたはいったいなにが目的なんですか！」

「目的？」

教会に戻《もど》り、周囲に誰《だれ》も居なくなったのを確認《かくにん》してたまらず問いかける。クラウスは人畜無害《じんちくむがい》そうな顔で振《ふ》り返った。ネリネはその顔面めがけて指を突き立てる。

「とぼけた顔で人々の生活に潜《もぐ》り込み、悪い事をそそのかすつもりなんでしょう！」

「いいや、私は神の教えを説いているだけだよ」

「悪魔が!?」

「悪魔だけど。これも『クラウス神父』としての役目だからね」

どうあってもその主張を押し通す気らしい。警戒《けいかい》を解かぬまま身構えるネリネは、慎《しん》

重《ちょう》に切り出した。

「……それなのに、わたしにだけ正体を明かしたのは契約《けいやく》を促《うなが》すためですか？」

「そうだね、私はその為に魔界《まかい》からやってきたのだから」

彼のブラウンの瞳《ひとみ》の奥で赤い色味がぐるりと渦《うず》を巻く。少し雰囲気《ふんいき》を変えた悪魔は、妖《よう》艶《えん》に微笑《ほほえ》み片手を広げた。

「神父はあくまで仮の姿。ほんの少し魂《たましい》をくれるだけでいい、契約を結んだ悪魔は君の手となり足となり、いかなる命令もこなす忠実なしもべとなるんだ」

「……」

「私は全《すべ》てを知っているよ。首都に憎い相手がたくさんいるだろう？　復讐《ふくしゅう》を望むならいくらでも力を貸そう」

甘い囁《ささや》きと共に、尋常《じんじょう》ではない威《い》圧感《あっかん》がビリビリと肌《はだ》の表面を掠《かす》めていく。なるほど、これが悪魔の常套手段《じょうとうしゅだん》か。優《やさ》しい言葉で手を差し伸《の》べ、契約を持ち掛《か》ける。その手には乗るかと、ネリネはもつれそうになる舌をなんとか動かし、睨《にら》みつけてやった。

「ありえません。悪魔と契約を結ぶだなんて……曲がりなりにも聖女候補だったわたしがするとでも？」

「でも失格になって左遷《させん》されてきたんだろう？　もう聖女じゃないんだし、君を縛《しば》るものは何もないはずじゃ？」

きょとんとした顔で言われ、言葉に詰《つ》まる。確かにそういった意味では自分は悪魔にとって恰好《かっこう》の的かもしれない。だが、

「だとしても、お断りです」

せっかく苦労して覆《おお》い隠《かく》した気持ちを蒸《む》し返さないで欲しい。自分はもうこの村で大人しく生きると決めたのだ。

春先のひんやりとした風が、二人の間をざぁと吹《ふ》き抜ける。しばらくして目を伏《ふ》せたクラウスは、苦笑《くしょう》を浮《う》かべながらこう続けた。

「わかった、その意思は尊重しよう。君が最終的な判断を下すまでは私も大人しく神父でいるよ。だけどね――」

わずかに両手を広げた彼の周りで空気が渦を巻く。熱を帯びた風が頰《ほお》を撫で、ネリネは喉《のど》の奥で上がりそうになった悲鳴を必死にかみ殺した。

「全てをひっくり返せる切り札が、君の手の中にあるということだけは覚えておくといい」

ここでニコッと人らしい笑顔に切《か》り替えた彼は、穏《おだ》やかな神父クラウスに戻っていた。

「長旅で疲《つか》れただろう、仕事は明日《あした》からで良《い》いから今日はゆっくり休みなさい」

この教会は礼拝堂の奥に居住区があり、ネリネは向かって右奥の一室を割り当てられた。

決して広くはないが、清潔で住みよさそうな部屋だ。鍵《かぎ》もついている。正面には鎧戸《よろいど》のついた窓がありベッドがその下に横向きで配置されていた。

ふらふらとそこまで歩いて行ったネリネは、荷物を解《ほど》くこともせず顔面から倒《たお》れ込んだ。そして頭を抱《かか》え込んでうめき声を漏《も》らす。

(ありえない、ありえない、どうしよう……)

左遷先の神父が悪魔だったなんて悪い冗談《じょうだん》にも程《ほど》がある。どうして自分ばかりこんな目に遭《あ》わなくてはいけないのか。ただ平穏《へいおん》に暮らしたいだけなのに。

そこでハッとした彼女は、床《ゆか》に放置していたトランクの中から様々なアイテムを取り出し始めた。霊験《れいげん》あらたかな聖水をせっせと部屋中に振り撒《ま》き、神聖文字の記されたロープを張り巡《めぐ》らし、とどめとばかりに聖書と神具を抱えこみベッドの上に陣取《じんど》る。

さぁどこからでも来いと身構えていたが、昼から夕方になっても何かが来るということは無かった。木窓の隙間《すきま》から差し込む陽《ひ》の光がオレンジ色になり始める。

(初日は油断させるつもりなの？)

警戒を解かず、荷物の中から一冊のノートを取り出す。日記用にと持ってきたそれを広げると、ある計画を立てた。

(仕方ない、すぐには危害を加えて来る様子は無さそうだし、しばらくは監視《かんし》しよう。奴《やつ》の真の目的や弱点、何か怪《あや》しいところがあればすぐ書きとめておくこと)

そうだ、これもまた神が与《あた》えた試練なのかもしれない。この攻防戦《こうぼうせん》を詳細《しょうさい》に書き留めておけば、教会本部から信用して貰《もら》えるはずだ。いわば密告ノートである。まずは、あの祭《さい》壇《だん》で見た特徴からメモしようとした瞬間《しゅんかん》、ノックの音が室内に響《ひび》いた。続けてあの柔《やわ》らかい声が扉《とびら》の向こうから聞こえてくる。

「ネリネ? 夕食の準備ができたよ、食堂においで」

ベッドから転げ落ちそうになるのを何とか堪《こら》えたネリネは、裏返りそうな声をなんとか抑《おさ》えて冷静に返した。

「すみません、あまり食欲《しょくよく》がないので、今日はちょっと……」

「……」

ドアの向こうの悪魔《あくま》はどんな顔をしているのだろう。しばらくして聞こえてきたのは穏やかな声だった。

「そうか。何か欲しい物があったら遠慮《えんりょ》せずに言うんだよ」

少しだけ寂《さび》しそうな声音《こわね》に良心がチクリと痛み、用意された二人分の食事を前にぽつねんと座る彼の姿が脳裏《のうり》に浮かんでしまう。だが、すぐにハッとして自分に活を入れた。あんなもの演技に決まっている、そもそも悪魔が作った食事など恐《おそ》ろしくて口にできるものか。

気配が去っていったのを見計らい、今後の生活を考える。

（明日から料理はわたしが作る。洗濯《せんたく》も触《さわ》らせたくないから自分でやる。あの悪魔は掃除《そうじ》が苦手と言っていた？）

その仕事量を思ったネリネは重たいため息をついた。これではシスターとして来たのか、メイドとして来たのか分からない。

その晩は一睡《いっすい》もするまいと頑張《がんば》っていたのだが、旅の疲れもあってか、結局日付が変わる頃《ころ》には意識を手放してしまった。

夢は見なかった。見たとしても到底愉快《とうていゆかい》なものでは無かっただろう。

翌朝、日の出前にガバリと飛び起きたネリネはいつの間にか眠《ねむ》ってしまった事に絶望した。だが、心身共に異常が無いことを確認するとホッと安堵《あんど》の息をつく。きっと魔除《まよ》けアイテムが効いたのだろう。教皇からじきじきに賜《たまわ》ったものだ、効かないわけがない。

過ぎたことを悔《く》やんでも仕方ないと、気持ちを切り替えてテキパキと行動する。シスターの仕事は山のようにある、悪魔調査だけにかまけている余裕《よゆう》はないのだ。

まずは掃除、手始めに教会全体の汚れ具合をざっと点検し、区画を七つに分けることにした。一日ずつ綺麗《きれい》にしていけば一週間で無理なく一回りできるはずだ。

次に、急病人用の備品とリネン類の確認。この国では医者のいない地方は教会が病院も兼《か》ねており、怪我《けが》や病気の者が出たらここで面倒《めんどう》を見る事になっている。故《ゆえ》にシスターや神父は最低限の応急処置の知識が必要とされる。聖女候補であったネリネとてそれは例外ではなく、エーベルヴァイン家にて一通りの学を修めていた。

常備している薬の中で、いくつかダメになっている物があったので、後で本部に手紙を書くことを頭のメモに書きとめておく。

その頃になるとだいぶ日も昇《のぼ》ってきたので、教会の仕事は切り上げて街へと繰《く》り出す事にした。朝食の買い出しと、これから必要になるであろう当面の雑貨を購入《こうにゅう》するためだ。

——だからさ、アレは絶対に聖女候補だった人だよ！

ところが、商店通りに差し掛かった時、曲がり角から聞こえて来た声にネリネは足を止めた。何もやましいことは無いのだが、出ていくのが躊躇《ためら》われて建物の陰《かげ》に身を潜《ひそ》める。そうっと耳を澄《す》まして様子を窺《うかが》うと、昨日、挨拶《あいさつ》をしたパン屋のおかみが村の女たちに興奮した様子で力説しているのが聞こえてきた。

「教会に新しく来たシスター！　アタシゃ一度ミュゼルで見たことがあるんだよ。最初はピンと来なかったけど、でもあんな灰色の髪《かみ》、見間違《みまちが》えようがないね」

「じゃああの噂は本当なんかね、ライバルのジル様を陰で虐《いじ》めてたってのは」

「だってそうでもなきゃ、こんな田舎《いなか》村になんか来るはずないよ。きっと左遷されてきたんだよ、左遷！」

ドクン、ドクンと鼓動《こどう》が嫌《いや》な動きを始める。表向き、コルネリアは自分の力不足を理由に聖女を辞退したことになっている。そうするように提案したのはヒナコで、地方で更生《こうせい》させるに当たって生活しやすいようにとの配慮《はいりょ》らしい。だが、娯楽《ごらく》の少ないホーセン村ではそこにずいぶんと尾《お》ひれがついてしまっているようだ。そう考えている間にも、パン屋のおかみは口から唾《つば》を飛ばしながら続ける。

「きっと呪《のろ》い殺したに違いないよ！　昨日、あの女と目が合ったんだけどさ、じぃっとそこに突《つ》っ立ってるだけでニコリともしないんだよ。アタシャゾーッとしちまったね」

「いやだねぇ、薄気味《うすきみ》悪《わる》い。クラウスさんをたぶらかすんじゃないだろうか」

「アタシらがしっかり見張っておかないと！」

覚悟《かくご》はしていたが、想像以上に平穏への道のりは遠いようだ。痛む胸を押さえたネリネは、そっとその場を後にする。まだ店の準備も整っていないようだし午後に出直そう。きっと売ってはくれるはずだ。しかしその腹の底では……。

(わたしがもっと明るい性格だったら、あんな事言われずに済んだのだろうか)

落ち込みながら教会への道をたどる。キィと門扉《もんぴ》を押し開けると昨日と同じく薔薇《ばら》の茂《しげ》みの前に悪魔が居た。気配を感じた彼はこちらに振《ふ》り返る。

「おはようネリネ、昨日はよく眠れたかな？」

「……おはようございます」

ニコリともしないで返すが、クラウスは特に機嫌《きげん》を害した様子もなく薔薇の剪定《せんてい》作業に戻《もど》った。鼻歌なんて歌いながら楽しそうにする彼に、先ほどまでの落ち込みも手伝ってムッとしてしまう。自分が朝から掃除や点検に走り回っていたのに呑気《のんき》なものだ。

「花はいいよ、荒《すさ》んだ心を慰《なぐさ》めてくれる」

「はぁ」

確かにこの教会には花が多い。だが花を愛《め》でる悪魔とは何事だろう。この世で最も結びつかない組み合わせの一つではないだろうか。

パチンと鋏《はさみ》を合わせる音で我に返る。薔薇のつぼみをクルクルと回してトゲを落とした悪魔はこう続けた。

「癒《いや》しが、今の君に一番必要なものじゃないかな」

「……」

誰《だれ》が傷心だと言うのか。違う、わたしは傷ついてなどいない。全《すべ》ては自分の至らなさが招いた結果なのだ。

少なくとも悪魔《コイツ》にだけは弱気なところを見せてなるものかと睨《にら》み付けていると、クラウスはこちらにやってきた。そしてネリネが抱《かか》えていた空の手提《てさ》げかごの中に薔薇のつぼみをポンと置く。見た目を裏切らず、緩《ゆる》みかけた花弁からは甘い香《かお》りが漏《も》れ出ていた。思わずのけぞる姿勢になるネリネを見て、悪魔は小さく笑う。

「まだ信用できないって顔だ。でもね、私は契約《けいやく》うんぬんを抜《ぬ》きにしても君と仲良くなりたいと思っているんだよ」

何を言おうか迷っているうちに、彼は鼻歌交じりに行ってしまう。残されたネリネは少しだけ眉間《みけん》にシワを寄せた。確かに甘い香りはささくれ立っていた心に沁《し》みるようではあったが……うさん臭《くさ》い事この上ない。この薔薇も何かの呪術《じゅじゅつ》では？　たとえば、誘惑《ゆうわく》の罠《わな》とか。

（変な悪魔……）

しかし、ほころびかけた花を無下に捨てるのも忍《しの》びなくて、散々迷った後、つまみ上げた手をできるだけ遠ざけるようにして持ち運ぶことにした。花に罪はない。確か食堂にホコリをかぶっている花瓶《かびん》が転がっていたはずだ。

2章 悪魔と過ごす日々

それから半月ほどが経《た》ち、警戒《けいかい》しながらもシスターとしての生活基盤《せいかつきばん》は少しずつ整っていった。村人からは相変わらずよそよそしい態度を取られたが、事情を知らない子どもたちの中には懐《なつ》き始めてくれる子も出てきたし（今日なになにがあったと一方的に話をする聞き役になるぐらいだったが）、愛想《あいそ》のないシスターにならら何を話しても漏れないだろうと、彼女がいる時間帯を狙《ねら》って懺悔《ざんげ》室の利用者が少し増えた。……複雑である。

「主はいつでも私たちのことを見守っていて下さいます。善い事も、悪い事も、全てを見通しておられるのです」

そして悪魔のクラウス。この半月で観察していて分かったのは、彼が神父として非常に優秀《ゆうしゅう》だということだった。こうやって週に一度行っている説法は実に堂々としているし、悪魔だと知らなければ、落ち着いていて包容力のある男性に見えなくもない……かもしれない。村人たちの悩《なや》みを聞いては助言をするなど、この村の精神的な拠《よ》り所になっているようだ。

「どうだい？　だいぶここの生活にも慣れて来たみたいだね」

自分から会話を振れないネリネに対しても、事細かに様子を尋《たず》ねてくれる。

「おかげさまで」

ネリネは芋《いも》のミルク煮《に》スープをすすりながら今日も素っ気なく返す。横長テーブルの対角線上の会話は、いつもの食事風景だ。

「料理もだいぶまともになってきたし、呑《の》み込みが早いんだね。初日はどうしようかと思ったよ」

「……」

初めて出した料理の酷《ひど》さを思い出しグッと詰《つ》まる。言い訳めいた言葉が次々と喉元《のどもと》に押し寄せたが、楽しそうにこちらを見ている悪魔と目が合いぷいっと目を逸《そ》らした。

クツクツと笑いを噛《か》み殺すような気配が伝わってくる。恥《は》ずかしさをごまかすようにスープを掻《か》きこんだ彼女は、さらに料理の腕《うで》を上げようと決意したのだった。

そこからは何事もなく数日が過ぎる。だが、嫌な客というのは前触《まえぶ》れもなく来るものだ。

ある日の午後、教会の裏手で洗濯物《せんたくもの》を取り込んでいたネリネのもとへその男はやってきた。

「おぉ〜、ホントに情報通りだ。思ったよか近くに飛ばされてたんだな」

ハンチング帽《ぼう》をかぶった背の低い中年男が、いつの間にかペンとメモ帳を手に現れていた。シーツを手にしたネリネは警戒して一歩下がるが、男は無遠慮《ぶえんりょ》に間合いを詰めてくる。

「……どちら様ですか？　教会に何か御用《ごよう》でも？」

「いやいや、俺が用があるのはこんなショボい教会なんかじゃなくてアンタですよ、元聖女候補のコルネリアさん？」

ピクッと跳《は》ねたネリネはシーツを握《にぎ》る手に力を籠《こ》める。その反応で確信したのか、男は目をギラつかせながら更《さら》に迫《せま》ってきた。

「どこに飛ばされたかなんて公表されちゃいないが、人の口に戸は立てられぬとは良く言ったものだ……クク、ようやく探《さぐ》り当てたぜ、こりゃいい記事が書けそうだ」

どうやら男は新聞記者のようだ。いつか来るとは思っていたが予想外に早い襲来《しゅうらい》にネリネは苦虫《にがむし》を噛み潰《つぶ》したような顔をする。それを気に掛けることなく、厭《いや》らしい笑《え》みを浮《う》かべた新聞記者は矢継《やつ》ぎ早に質問を繰《く》り出して来た。

「それじゃさっそく、世間的には辞退したことになってるが本当のところはどうなんだ、どうやってジル様を追い詰めた？」

「なんのことだか……」

「やっぱ自分じゃ勝てないと思ったから嫌がらせしてたんだろ？　なのに生まれ変わって帰って来られてどんな気持ちだった？　なぁなぁ」

「……」

ニヤついた視線から逃《のが》れたくてネリネは視線を落とす。記者はネリネを怒《おこ》らせて滑稽《こっけい》に仕立て上げたいのだろう。安い挑発《ちょうはつ》だとは分かっている、だが……。

その時、ふと彼の足元で踏《ふ》みにじられている物が目に入った。それを見た途端《とたん》、怯《おび》えは静かな怒《いか》りに変化する。ネリネは真正面から相手を見つめ、ハッキリと言った。

「足をどけて下さい」

「あん？」

「花を踏んでいます、足をどけて下さい」

そこでようやく己《おのれ》の足元を見た新聞記者は、チッと舌打ちをすると花をさらにグリッと踏みつけた。

「今、そんな事どうでも良《い》いんだよ、たかが花だろうが。質問に答えろや」

「良くありません。その花はここの職員が丹精《たんせい》に育て、手間暇《てまひま》かけて植えた物です。その気持ちを踏みにじるおつもりですか？」

怒りを含《ふく》んだまなざしを向け、ネリネは毅然《きぜん》と続ける。

「そのような方にお話しすることなど何もありません、お引き取り下さい」

先ほどまでの気弱な態度から一変したシスターに、記者は苛立《いらだ》ったように声を荒《あら》げた。

「っ、口には気を付けろやクソ女《アマ》！　……どうやら記者の恐《おそ》ろしさを分かっていないようだな。俺様の機嫌一つでお前をどんな悪役にだって仕立て上げられるんだぞ！」

「！」

胸倉《むなぐら》を摑《つか》まれそうになったその時、パシッと小気味よい音が響《ひび》いた。驚《おどろ》いて顔を上げると、いつの間にか背後に立っていたクラウスが男の手を摑んで止めていた。穏《おだ》やかな微笑《ほほえ》みを浮かべた彼は、記者に向かって告げる。

「話は聞きました。ここに居るのはネリネというただのシスターです。お引き取り下さい」

しばしポカンとしていた記者だったが、黒の聖職服を見ると口の端《はし》を吊《つ》り上げた。

「ここの神父か。ちょうどいい、アンタにも聞きたかったんだ、なんだってこんな性悪《しょうわる》女をわざわざ引き受けて――」

そこまで言った記者は摑まれた腕を引こうとした。だが、グッと引っ張っても一向に抜ける気配がない。

「おい？　離《はな》せよ、なんだお前っ……痛《いて》ェ!!」

神父は涼《すず》しい顔をして男の腕を握りしめている。ミシミシと嫌《いや》な音がし始めると、あっという間に記者の顔は真っ赤になっていった。

「ぎゃっ!!　離せっ、離せコラぁ!!」

「あぁ、すみません、握手《あくしゅ》が痛いとよく言われるんですよね。あはは」

「わかった、わかったからこれ以上はっ、折れっ……!!」

彼の顔色が真っ青になったところで、クラウスはパッと手を離した。反動で尻《しり》もちをついた記者は目を剥《む》いて固まる。それに手を差し伸《の》べながら、悪魔はにっこりと笑いかけた。

「教会から『コルネリアの追跡《ついせき》取材は禁止』と各新聞社に通達が行っているはずでは？ 掟破《おきて》りは神罰《しんばつ》が下りますよ、懺悔していきます？」

「ヒッ……、う、うわぁあぁ!!」

「お気をつけて～」

転げる勢いで逃《に》げていく記者を、神父は朗《ほが》らかに手を振《ふ》りながら見送る。

ネリネはそんな彼をじっと後ろから見つめていた。やがて厳しいまなざしで忠告をする。

「……あんな事をして、バレたらどうするつもりですか」

しゃがんで踏まれた花に手を添《そ》えていたクラウスは、その言葉に振り仰《あお》ぐ。にへらと笑うと楽しそうに聞いて来た。

「あれ、心配してくれるんだ？」

ハッとして自分の発言を思い返す。勘違《かんちが》いをするなとネリネは慌《あわ》てて弁解した。

「ち、違います！　バレてわたしにまで被害《ひがい》が及《およ》んだら困るだけであって――」

「馬鹿力《ばかぢから》でごまかせる程度には加減したよ。それより、花の事で怒ってくれてありがとう、嬉《うれ》しかった」

しんなりとした花に優《やさ》しく触《ふ》れる神父を見ていると、それ以上の言葉が出て来なくなる。

ネリネはぷいっと背を向けると、洗濯物を手にその場を後にした。

「礼を言われる筋合いはありません、わたしも話の流れを変えるきっかけを探していただけですから」

屋内に入ったところで、助けてもらった場面がよみがえる。むぅっと眉《まゆ》を寄せたネリネは複雑な顔をしながら仕事に戻《もど》っていった。

そんな付かず離れずの微妙《びみょう》な関係が続く中、神父クラウス宛《あ》てに『新聖女就任式』の知らせが届いた。首都ミュゼルでヒナコが正式に聖女となるので出席しろとのお達しだ。

「ついに君を蹴落《けお》とした彼女が大層な地位に就《つ》くようだね」

「……」

招待状をつまみヒラヒラと振る神父に対し、朝食後のお茶を淹《い》れていたネリネは反応しない。もう終わった話だ。

ところがこの腹の底が読めない悪魔《あくま》は、ニヤニヤしながらとんでもない提案をしてきた。

「私と契約《けいやく》さえしてくれるのなら、式典をめちゃくちゃにして来ようか？」

「なっ……」

ティーポットの狙《ねら》いがずれ、テーブルクロスにドボドボと赤い染《し》みを作る。それを見たネリネはぎゃあと悲鳴を上げた。慌てて台拭《だいふ》きを取りながら叫《さけ》ぶ。

「結構です！　余計なことしないで下さいっ、本当に！」

「おや、復讐《ふくしゅう》したくはないと」

意外そうな顔でこちらを見るクラウスに、ため息をついたネリネは静かに頭《かぶり》を振った。

「わたしが聖女なんてガラじゃないのは自分が一番よく分かっています。濡《ぬ》れ衣《ぎぬ》を着せられたのは悔《くや》しいけれど、ヒナコさんの方がわたしよりよっぽど聖女にふさわしいのは事実だから……」

断罪の場で見上げた彼女を思い出す。華《はな》やかで人気があって――これ以上考えているとますます卑屈《ひくつ》になっていきそうだ。踏ん切りをつけるように、赤い染みをやっきになって叩《たた》く。

「わたしは地道に生きていくのが性に合っている。もう平穏《へいおん》に暮らしたいんです」

染みは手ごわかった。こうなったら丸洗いした方が早いかもしれない。テーブルからクロスを外した時、ふいに視線を感じて顔を上げる。悪魔は相変わらず微笑みながらこちらを見つめていた。その優しいまなざしにバツが悪くなり背を向ける。

「い、今の話は忘れて下さい」

いけない。また油断してしまった。どうしてこの男相手だと本音を漏《も》らしてしまうのだろう。悪魔の掌握《しょうあく》術だろうか？　それに『濡れ衣』だなんて発言が本部に伝わったらまた面倒《めんどう》な事になってしまう。そんな事を考えていたネリネに、クラウスはのほほんと言った。

「いいんだよ、信者の悩《なや》みを聞くことも神父としての立派な務めだからね」

「……」

悪魔のくせにその外面《そとづら》の良さはなんなのか。いっそ見習うべきかもしれないと、やるせなさを鼻から吐《は》き出し出て行こうとする。ところがドアに手をかけたところで背後からの言葉は続いた。

「私は知っているよ、君はそんなことできるような人間じゃないってことをね」

ピクリと手が止まる。そのまま背中を向けていると、クラウスは何の含みも持たない柔《やわ》らかい声音《こわね》で言った。

「共に生活を送る内に確信に変わったよ。曲がったことが大嫌《だいきら》いな君には、誰《だれ》かを追い詰《つ》めるなんて真似《まね》は出来ない。大丈夫《だいじょうぶ》、真っ当に生きていればいつかちゃんと報《むく》われる。見る人は見ているのだから」

その慰《なぐさ》めの言葉を聞いた時、湧《わ》きあがってきたのはわずかな反発心だった。振り向きはせず硬《かた》い声を返す。

「綺麗《きれい》ごとですね。残念ですがこの世界では正直者ほど馬鹿《ばか》を見るんです」

どうして自分はこんな可愛《かわい》くないことしか言えないのだろう。胸中に苦さが広がる。ネリネは今度こそ出て行こうとした。だが、

「でも、それを理解してもなお、君は卑怯《ひきょう》な手を使ったり人を出し抜《ぬ》いたりはしない。そうだろう？」

ハッとして思わず振り返る。クラウスは優しいまなざしでこちらをまっすぐに見ていた。

「私はそういう不器用なところも含《ふく》めて、君を好ましいと思っているよ」

ニコ、と微笑まれて鼓動《こどう》が胸を穿《うが》つ。言葉の意味を考えれば考えるほど、それは温かな春の雨のように、カチカチに踏《ふ》み固められていたネリネの心に染みこんでいった。

ツンと鼻の奥が熱くなる。まずいと思った瞬間《しゅんかん》、気づけばその場から逃げ出していた。

ほぐれかけた心は、それまで堰《せ》き止めていた感情の防壁《ぼうへき》をあっけなく崩《くず》し始めてしまう。

（悪魔の誘惑《ゆうわく》だ!!　そうに決まってる！　でなければ……こんな気持ち）

自室に飛び込んだネリネはドアを勢いよく閉め、もたれかかるようズルズルとしゃがみこんだ。抱《かか》えたままだったクロスに顔をうずめて、激しい動悸《どうき》と様々な感情が吹き荒《あ》れる心をいなそうとする。

ふつふつと湧きあがる嬉しさと同時に背徳感がこみ上げる。悪魔なのに、言葉に耳を貸してはいけないのに。

（いつぶりだろう、誰かに信じてもらえたのは）

たとえ悪魔でも自分を信じてくれる人が居た。それは形だけの言葉かもしれない。けれども、それは確かにネリネの心を揺《ゆ》り動かしたのだ。

(どうしよう、嬉しい……)

ネリネは静かに泣いた。自分がどれだけ優しい言葉に飢《う》えていたのかを、この瞬間初めて思い知らされたのである。


「おや?」

その晩、いつものように夕飯の配膳《はいぜん》を終えたシスターは着席した。神父が声を出したのはその位置が変化したからだった。それまで、できるだけ離《はな》れた斜《なな》めの位置に座っていたのが、一つこちらに近付いている。

クラウスはそれ以上特に何も言わず口の端《はし》を吊《つ》り上げた。それに対しネリネはすました顔で問いかける。

「何か?」

「いいや?」

それ以上の会話は無く、二人は静かに食事を開始する。けれども、それは重たい空気などではなく、どこか心地《ここち》よい沈黙《ちんもく》だった。カチャカチャと食器が触れ合う音が響《ひび》く中、穏《おだ》やかに時が過ぎていく。二人の距離《きょり》がほんの少しだけ縮まった、そんな夜だった。

ある日の午後、一人きりの教会で食後のお茶を飲みほしたネリネは、よし！　と、気合いを入れて立ち上がった。

（あの悪魔が出かけて半日、今が奴《やつ》のことを調べる最大の好機！）

そう、今朝早くの事、クラウスはヒナコの就任式に間に合わせるため首都に向けて出発していた。最後までめんどくさいと駄々《だだ》をこねていた彼を馬車に放《ほう》り込み、教会に戻ったネリネは日中の仕事を片付ける。そして引き返してくる気配が無いことを確かめた上で、密《ひそ》かに温めていた計画を実行することに決めたのだ。

（今日こそ奴の部屋に、調査に入る！）

ここ最近は何となく流され気味になっていたが、密告ノートの作成を忘れたわけではないのだ。とはいえ、さすがに他人の部屋を勝手に漁《あさ》ることに後ろめたさが無いわけでもない。

「……」

しばし顎《あご》に手をやり考えていたネリネは、いそいそと箒《ほうき》と雑巾《ぞうきん》を持ち出してきた。これは掃除《そうじ》、あくまでも掃除の一環《いっかん》なのだと自分に言い聞かせることで罪悪感を紛《まぎ》らわせようとする。

「お、おじゃまします」

誰がいるわけでもないのだが、そんなことを呟《つぶや》きながらクラウスの部屋の扉《とびら》をキィと開ける。部屋はいたって簡素な造りで、華美《かび》な内装も無くスッキリと整頓《せいとん》されていた。というより、ほとんど物が無い。

「アー、これはやっぱりホコリがたまってますねー、掃除しないといけませんねー」

大根役者もびっくりな棒読みを口にして（本人はいたって真面目《まじめ》である、念のため）箒《は》で掃きながらぎこちない動きで侵入《しんにゅう》していく。傍《はた》からみれば何をしているんだと突《つ》っ込みたくなるような不審《ふしん》者丸出しのシスターは、素早《すばや》く視線を走らせた。

（秘密の日記帳とか無いかしら……）

机はネリネの部屋に置いてあるものと同じで、引き出しのない簡単なものだ。ベッドも全く同じで、その下に禍々《まがまが》しい召喚《しょうかん》用の魔法陣《まほうじん》が描《か》いてあるなんてこともない。クローゼットもさりげなく開けてみたが、替《か》えの神父服が二着と、他《ほか》にはシンプルな私服が少しだけ。……下着を漁るのはさすがにやめておこう。

「調査のため、調査のため」

ブツブツと呟きながらパタンと閉めると、ベッド脇《わき》の本棚《ほんだな》が目に入った。少し屈《かが》んで背表紙の題名を追っていく。教会に関する本がいくつかと、あとは下段には何故《なぜ》か少女向けの恋愛《れんあい》小説がズラリと並んでいる。

（……読むの？）

奇妙《きみょう》に思いながら一応他にも点検してみたが、特にやましい物は見つからず、うむむと唸《うな》り声をあげる。この結果は果たして良かったのか悪かったのか。

それから二日後の昼頃《ごろ》、首都から無事帰ってきたクラウスはヘトヘトな様子で馬車から降りてきた。ちょうど買い出しの帰りに偶然鉢合《ぐうぜんはちあ》わせたネリネは道端《みちばた》でそれを出迎《でむか》える。

「ただいま、あー疲《つか》れた！」

「お疲れ様でした、案外早かったですね」

「そこはおかえりって言ってくれよ～。御者《ぎょしゃ》がめちゃくちゃ乱暴な運転で飛ばしまくってきたんだ。あー尻《しり》が痛い、四つに割れてるんじゃないかこれ」

「横に割れるんですか」

泣き言を言う神父と下らないやりとりをしながら並んで歩き出す。教会に戻《もど》る道すがら式典の様子を聞くことができた。

「ヒナコ殿《どの》はまぁ、滞《とどこお》りなくと言った感じか。それより酷《ひど》かったのがエーベルヴァイン卿《きょう》だよ」

ハァッとため息をついたクラウスは、ネリネの元養父のふるまいをうんざりした顔で語った。

「就任式の後に開かれた祝賀会で、事あるごとに君とは関《かか》わりがないことを吹聴《ふいちょう》して回っていたよ。どこまで狡《こす》いんだか」

「あれはまぁ、そういう人ですから……」

どこか遠いまなざしでネリネは呟く。元気なようで何よりだ、早く自分の事は忘れて欲しい。

「こっちは何か変わったことは無かったかい？」

突然《とつぜん》聞かれてギクッと内心焦《あせ》る。少し視線を泳がせたネリネは、動揺《どうよう》を悟《さと》らせないよう努めて冷静な声で答えた。

「いえ、特には」

「そう？　あぁそうだ、おみやげがあるんだ。手を出して」

ポケットをゴソゴソと漁る神父に、何だろうと少し警戒《けいかい》しながらも手を差し出してみる。優《やさ》しく握《にぎ》り込まされた手を開くと、そこには装飾《そうしょく》の施《ほどこ》された小さなガラス瓶《びん》があった。とろみのある琥珀色《こはくいろ》の液体が中で揺れている。

「皮膚《ひふ》の保護にも使える香油《こうゆ》だって。最近、水仕事が増えて手が荒《あ》れてるみたいだったから」

蓋《ふた》をカコッと開けると、柔《やわ》らかな甘い香《かお》りが鼻腔《びこう》をくすぐった。ラベルを見ると、それはネリネが首都に居た頃《ころ》に見かけたことがある店の物で、そう気軽には買えない値段のはずだった。こんな贅沢品《ぜいたくひん》貰《もら》えない――と、言いかけるのだが、隣《となり》で屈託《くったく》なく笑う神父を見て何も言えなくなる。

「ミュゼルは賑《にぎ》やかで沢山《たくさん》の物が溢《あふ》れてるけど、早く君のもとへ帰りたくて仕方がなかったよ」

「……」

もう教会が見えてきた。門扉《もんぴ》を開けて入ろうとした所で、ネリネは少し小走りで先に中に入る。くるりと振《ふ》り返った彼女はしかめっつらで、それでも少しだけ頬《ほお》を染めて彼のことを出迎えた。

「……お、おかえりなさい」

一瞬《いっしゅん》目を見開いたクラウスは、へにゃりと笑うとそれに応《こた》えた。

「ただいま」

そんなに悪い奴ではないのかもしれないと、うっかり思ってしまっては自分を叱責《しっせき》する日々が続いた。まんまと悪魔の術中に嵌《はま》っているのではと悩《なや》むネリネの意識を大きく変える事件が起きたのは、春も半ばになろうかという日のある夜の事だった。

ガタガタと騒《さわ》がしく揺《ゆ》れる食堂の窓枠《まどわく》に手を添《そ》えていたネリネはぽつりとつぶやく。

「今夜は荒れそうですね……」

闇夜《やみよ》の向こうからびゅうびゅうと吹《ふ》き付けてくる風が、触《ふ》れている箇所《かしょ》を通して指先をビリビリと震《ふる》わせる。叩《たた》きつける雨音も少しずつ強くなってきているようだ。教会は頑《がん》丈《じょう》な造りだから問題ないだろうが、納屋《なや》の陰《かげ》に置いた桶《おけ》は吹き飛んでしまうかもしれない。

「……神父？」

反応のなさに振り返ると、クラウスは夕食後のテーブルで熱心に何かを作っていた。使わない紙を折ったり切ったりしていた彼は、ようやくこちらの視線に気付いたのか、笑いながらそれを見せてくる。

「あぁ、この紙工作かい？　次の礼拝で子どもたちに作ってあげようと思って」

「……」

見上げた心意気だとは思うが、そのなんとも言えない形状は何なのだろう。やたらとトゲトゲが付いていたり、見るものを不安にさせるようなシルエットが恐怖心《きょうふしん》を煽《あお》る。

「こいつは魔界《まかい》に生息する悪魔《あくま》ウサギでね、傍《そば》を通りかかると茂《しげ》みから飛び出してきて額のツノで獲物《えもの》を突き殺すんだ。かわいいだろう？　こっちは魔界粘菌《まかいねんきん》、寝《ね》ている間に鼻から侵入して脳に寄生する生き物なんだけど、気づかない内に少しずつ内側から食《く》い荒らされていくところを表現してみた。ここの、こう、もがき苦しんでいる表情の造形が上手《うま》くできたと我ながら」

「お願いですから、普通《ふつう》に花とか昆虫《こんちゅう》にしません……？」

痛む頭を押さえながらネリネは進言する。そんな冒瀆《ぼうとく》的な物を配っては子どもたちの情操教育に悪すぎるだろう。そもそも、悪魔とバレるような行動は慎《つつし》んで頂きたい。

その時、外からガラガラと何かが転がるような音が聞こえて来た。ついに吹き飛んだかと脳裏《のうり》にその光景を描《えが》きながら窓を離《はな》れる。

「桶が……、ちゃんと納屋の中にしまってきます」

「危ないよ、私が行こう」

「別にこのくらい──」

一人でやれると言いかけたネリネは、勝手口を開けたところで足を止めた。大荒《おおあ》れの庭の向こうから、明かりを携《たずさ》えたシルエットの一団がこちらに向かってやってきている。目の高さまで掲《かか》げられたランプは、悲愴《ひそう》感あふれる一家の顔を照らし出した。

「神父さま、お助け下さい！　娘《むすめ》が!!」

今にも泣き出しそうな両親に抱《かか》えられていたのは、この教会にもよく遊びに来ていた女の子だった。毛布にくるまれた彼女は苦しそうな顔で呼吸を乱している。救護室のベッドに寝かせ、濡《ぬ》れタオルで汗《あせ》を拭《ぬぐ》ってやると、リンゴよりも赤い頬は異常に熱かった。

「あつい……あついよぅ……」

「一番上の子も、何年か前に同じような熱を出して一晩で死んじまったんです。神父さま、どうか……どうか」

おろおろと狼狽《うろた》える父親の横で、母と兄も涙《なみだ》を必死でこらえている。

体も拭《ふ》いてやろうと毛布を除《の》けたネリネは、女の子の右足首に切り傷があることに気づいた。ぷっくりと腫《は》れて膿《う》んでいる。

「これは?」

「昼間転んだ時に切ったみたいなんです」

ひとまずはその箇所を丁寧《ていねい》に拭って消毒してやり、教会の常備薬の中から解熱剤《げねつざい》と栄養剤を与《あた》えてみた。だが時間が経《た》つにつれ、坂道を転がり落ちるように女の子の容態は悪化していく。日付が変わる頃になると女の子の意識は途切《とぎ》れることが多くなって来た。呼びかけても応答がなく、ただ苦し気にハアハアと胸だけが上下している。外の荒れていく天気と呼応するように、症状《しょうじょう》は悪化していくようだった。苦し気にうめく末っ子の様子を見て居られないのか、両親と兄は礼拝堂で必死に神に祈《いの》りをささげ始める。

看病の途中《とちゅう》で気になることがあったネリネは、たらいの水を替《か》えるついでに礼拝堂の席に座る兄の傍《かたわ》らに膝《ひざ》をついた。視線を合わせると真剣《しんけん》な顔をして問いかける。

「少し聞いてもいいですか？」

「シスター……」

落ち着かせるよう肩《かた》に手を置く。すると、ぼんやりとこちらに視線を合わせた少年は見る間に瞳《ひとみ》を潤《うる》ませた。

「ど、しょっ、このままアイツ、死んじゃうのかなぁ？　そしたら俺……っ」

「大丈夫《だいじょうぶ》、きっと神様が助けて下さいます。その為《ため》にも聞かせてくれませんか？　昼間、あの子は転んで足を切ったと言いましたよね、どこで傷を作ったんです？」

目元を拭っていた少年は、少し瞬《またた》いたが素直《すなお》に答えてくれた。

「北の森……白い斑点《はんてん》がある草がいっぱいあるところで転んで、それで」

その証言にネリネは軽く目を見開く。すぐに立ち上がると、短く礼を言って歩き出した。

（もしかしたらあの傷は……だとしたらまずい、早く処置しないと）

ここから先に行う事は完全に教会の応急処置の範疇《はんちゅう》外だ。シスターとしての枠組《わくぐ》みからは逸脱《いつだつ》してしまうが、このまま死にゆく子どもを見過ごすぐらいならその可能性にかけてみようと心を決める。

替えの水盆《ぼん》を手にしたネリネは救護室に向かう。中に居るはずの神父に許可を貰《もら》おうとノブに手をかけた時、扉《とびら》の向こうからどこか憐《あわ》れむような声が聞こえてきた。ピクリと手を止めて耳をすます。

「かわいそうだけど、これ以上してやれることは無いか……」

諦《あきら》めにも似た口調に、水盆を握《にぎ》る手に力が入る。それは違《ちが》う、まだ打つ手はあると彼に言わなければ。

「あのっ、神父。お許しを頂けるのであれば」

意を決して扉を開けたネリネは息を呑《の》んだ。哀《かな》し気な顔をするクラウスは、女の子の首に手を触れていたのだ。指先に力が入り、今にも絞《し》めそうに——。

手から水盆が落ち、ガラガラと盛大な音を救護室に響《ひび》かせる。ハッとして振り返った悪魔と女の子の間に、気づけばとっさに割り込んでいた。ドンッと彼を突《つ》き飛ばし叫《さけ》ぶ。

「やめてください！」

「ね、ネリネ」

「信じられない……今、なにを」

恐怖と非難の入り混じった視線を向けると、よろめいた神父は両手を上げて固まる。奇《き》妙《みょう》な沈黙《ちんもく》が流れ、冷や汗をかいたクラウスはそのポーズのまま慎重《しんちょう》に口を開いた。

「し、しないよ。というかできないんだ。悪魔としてのチカラは、誰《だれ》かとの契約《けいやく》がなければ人間には使えないから」

「それにしたって、首に手を……」

こんなに細い首なら、悪魔でなくたって絞め殺す事はできるだろう。疑いの目を向けると、グッと詰《つ》まった悪魔は気まずそうに視線を逸《そ》らした。しばらくして消え入りそうな声で白状する。

「……ごめん、もう長くなさそうだし、このまま苦しむよりは、いっそラクにしてあげた方が……いいと思って」

ドクドクと鼓動《こどう》が嫌《いや》な音を立てている。いくら見た目を人間に寄せているとは言え、やはり目の前に居る生き物は自分とは根本から違う存在なのだと思い知らされる。

思った以上にショックを受けている自分に驚《おどろ》く。お互《たが》いに指先一つ動かせない。そんな中、意識を失っていた女の子が呻《うめ》いて宙に手を彷徨《さまよ》わせた。

「うう、おか……さん、……ぃちゃん」

「あ、あのぉ……何かあったんですか？」

先ほどの騒ぎを聞きつけたのか、女の子の家族も揃《そろ》って扉から顔を出す。また意識を失った患者《かんじゃ》にネリネは一刻の猶予《ゆうよ》もないと判断した。即座《そくざ》に頭を切り替え、彼ら家族に後を託《たく》すことにする。

「この子の傍に付いていてあげて下さい！」

「ネリネ、どこへ――」

制止しようとするクラウスを見ると、彼は戸惑《とまど》いの表情を浮《う》かべていた。

――このまま苦しむよりは、いっそラクに……。

先ほどの発言が頭をよぎり、気づけば力いっぱい宣言していた。

「この子は助かります！　わたしが死なせない！」

返事を待たずにネリネは教会から飛び出した。春の嵐《あらし》が顔に叩《たた》きつける中、全速力で北の森を目指す。ブーツで泥《どろ》を撥《は》ね上げながら目的の場所にたどり着くと、身を屈《かが》めて女の子が転んだという場所を探し始めた。

(この辺りだ！)

ほとんど這《は》いつくばる勢いで探《さぐ》り当てた広場は、少年の言う通り白いまだらのある草が群生していた。思った通りシラー草だ。この白い部分はわずかに毒性のある胞子《ほうし》で、普通に触《さわ》ったぐらいでは何の影響《えいきょう》もない。だが、ごく稀《まれ》に抵抗《ていこう》力の弱い子どもや老人などが傷口で触《ふ》れてしまうと、微弱《びじゃく》だった毒が体内に入り込み、全身を巡《めぐ》って悪さを引き起こしてしまう事がある。

(でも、この草の近くには必ずアレがあるはず)

吹《ふ》き付ける風に目を細めながらも、ネリネは立ち上がって周囲を探る。不気味にざわめく森の中を見回すと、ある地点から急に足元がなくなっていることに気づいた。近寄ってみるとその崖《がけ》はかなり高さがあった。岩肌《いわはだ》が露出《ろしゅつ》していて、落ちればあちこちに叩きつけられてタダでは済まなそうだ。

その時、雲の切れ間から月明りが地上に落とされる。生ぬるい風に頬《ほお》を叩かれながら崖を見下ろしていたネリネは、少し下に目当てのものを見つけて顔を輝《かがや》かせた。

「あった！」

濡れた土壁《つちかべ》に這うようにして生えていた物。それは紫色《むらさきいろ》のコケだった。シラー草から逃《のが》れるように必ず生えているこのコケは、すりつぶして傷口に塗《ぬ》り込めば毒を打ち消す効果があるはずだ。

しかし、あんな場所に生えているとは思わなかった。一瞬《いっしゅん》ためらったが、キュッと唇《くちびる》を結ぶと腹ばいになって上から手を伸《の》ばした。何とかギリギリ手が届きそうな位置にはある。

（もう少し、あとちょっと……！）

こうしている今も、あの子は苦しんでいる。いや、もしかしたらもう……。そんな嫌な想像を振《ふ》り払《はら》うように、手元の草を支えに握りしめ限界ギリギリまで身を乗り出す。その時、雲が流れて月を隠《かく》し、辺りは暗闇《くらやみ》に呑み込まれてしまった。

「あっ……!?」

そのことにひるんで、掴《つか》んでいた草を思わず強く握ってしまう。しまった、と思った時には遅《おそ》く、ブチブチと千切れる感触《かんしょく》と共に嫌な浮遊感《ふゆうかん》が身体《からだ》を襲《おそ》った。グラリと前傾《ぜんけい》になりながら、絶望に飛び込んでいく。

（落ち――!!）

「ネリネ！」

呼びかけにハッと目を開いた瞬間《しゅんかん》、世界がぐるりと上下し、わけのわからぬ内に手首をパシッと掴まれた。ガクンとすっぽ抜《ぬ》けてしまいそうな衝撃《しょうげき》が左の肩に走る。

「っ……！」

痛みを堪《こら》えて上を向くと、天に伸ばした手を誰かの手が間一髪《かんいっぱつ》のところで掴《つか》まえていた。一度しっかりと握り直された手を引き上げられ、勢いをつけた身体は地上へと戻《もど》る。気づけば誰かの胸の中にぽすりと収まっていた。

「ど、どうして……」

明かりがなくとも、深みのある声で誰かなんて一発で分かっていた。少し引いて見上げると、予想通りそこに居た悪魔《あくま》は真顔でこちらを見下ろしていた。しばらく無言で見つめ合う。やがて彼は赤く戻った瞳を眇《すが》め、言葉を選ぶようにゆっくりと口を開いた。

「私には、分からない」

「え？」

「どうして君は、そこまで赤の他人のために命を張れる？」

心の底から理解不能といった悪魔は、どこかひやりとする声で現実を突きつける。

「現に今、君は死ぬところだった」

「っ、」

背後に広がる底なしの闇《やみ》を振り返り、今さらながらに冷たいものが背筋を伝う。震《ふる》える手で地面をギュッと握りしめたネリネは、青ざめながら答えていた。

「わ……わかりません、まさか落ちるとは思って居なかったものですから、でも」

苦し気にうめく患者の顔がふと脳裏《のうり》に浮かぶ。いつの間にか身体の震えは止まっていた。まっすぐに神父を見上げ、素直《すなお》な気持ちを打ち明ける。

「ただ、あの子を助けたくて……それだけしか考えていませんでした」

一時の暴風に比べれば、風は少し収まってきたようだ。しばらくこちらを見下ろしていたクラウスは、ふいにふっと口の端《はし》を吊《つ》り上げると困ったように言った。

「先ほど君が私に驚いたように」

「？」

「私も君に驚いている。人間はここまで他人の為《ため》に頑張《がんば》れるものなのか」

片手を上げた彼は、ネリネの頰に手をやると付いていたらしい泥をぬぐって落としてくれる。ビクッと反応する彼女の髪《かみ》を少しだけ梳《す》いて、目を伏《ふ》せた悪魔は哀《かな》しげに笑った。

「でもね、博愛主義も行き過ぎるとただの自己犠牲《ぎせい》だよ」

「そ、そこまでは、ええと」

そんなことは無いと、先ほど死にかけた分際でどの口が言えるだろうか。言い訳がましく口ごもっていると、目の前のクラウスはふいに目を開けた。こちらを見下ろして限りなく優《やさ》しい笑《え》みを浮かべる。

「なんにせよ、無事でよかった」

心の底から安堵《あんど》したような声に、しばらくネリネは呆《ほう》けていた。だが、時間が経《た》につれて鼓動がおかしな具合に暴れ出していく。それを認めたくなくて、慌《あわ》てて視線を逸《そ》らすが、胸の内で膨《ふく》らんでいく気持ちは、気づけば勝手に口を動かしていた。

「あの、助けてくださって、あ、あり……」

「うん？」

最後まで言う事ができずに、声が消えていく。ふぅっと息を吐《は》いたシスターは、礼を言う代わりに先刻のふるまいを謝罪することにした。

「先ほどは、怒《ど》鳴《な》ったりしてすみませんでした。あなたも、自分なりのやりかたで、あの子を助けようとしてくれたんですよね」

「やりかたは大間違《おおまちが》いだったみたいだけどね」

アハハと困ったように笑い飛ばす悪魔だったが、急に真剣《しんけん》な顔をするとこう言った。

「……うん。今日のように、悪魔と人間の価値観の差でおかしな事を言ってしまう事がこれからもあるかもしれない。その時は遠慮《えんりょ》なく指摘《してき》してくれないか」

その声の真摯《しんし》さに、ネリネはふっと口の端を吊り上げる。すっくと立ちあがった彼女は気持ちを切り替《か》えた。その顔は、これまでとは違うどこか清々《すがすが》しいものへと変化していた。

「わかりました、でもその前にお願いしたい事があります。あなた飛べるんですよね、この崖の中腹にある紫《むらさき》のコケを取ってきて貰《もら》えませんか？」

「コケ？」

「はい。それがあれば、あの子を治すための薬になるんです」

そこまで言ったところで、ハッと我に返る。このお願いでさえ、もしかしたら『悪魔の契約《けいやく》』に抵触《ていしょく》してしまうのでは？

そんな緊張《きんちょう》が伝わったのだろう、クラウスは軽く苦笑《くしょう》するとその不安を払拭《ふっしょく》してくれた。

「心配しなくても、このぐらいなら『契約お試《ため》しサービス』の範疇《はんちゅう》だよ」

「お試しって……」

「ちょっとした抜け道だね、ちゃんと実力を見せなくちゃ契約を渋《しぶ》る人間も居るもんだから」

だから大丈夫《だいじょうぶ》、と言いながらクラウスは擬態《ぎたい》を少し解いた。大きな黒い翼《つばさ》を羽ばたかせながら崖へ向かって一歩踏《ふ》み出した彼は、空中でくるりと振り返り軽く両手を広げる。

「助けが欲しいときはいつでも呼んでくれ、すぐに飛んでいくから」

柔《やわ》らかい笑みに、不覚にもまた鼓動《こどう》が跳《は》ねてしまう。すぐにごまかすようにしゃがんだネリネは、指を差しながら指示を始めた。

「そこ、そのあたりにあるはずの紫色の、お願いします」

頬の赤さが分からないような暗闇でよかったと、そんなことを思いながら。

必要量を採取して教会にとんぼ返りをすると、患者《かんじゃ》の容態はかなり悪化していた。慌てて コケをすりつぶし、出来上がった粘着性《ねんちゃく》の液体を傷口にたっぷりと塗りつける。その奇《き》行《こう》にしか見えないシスターの行動に、当然のことながら患者の父親は仰天《ぎょうてん》した。

「コ、コケ!? アンタ何を考えてんだ！ そんな物塗ったら余計に――」

「あなた、シスターを信じましょう」

「でもお前……」

横にいた母親がそれを止めた。真っ赤に腫《は》らした目の彼女は、わが子が苦しむベッドに伏せるとワッと泣き叫《さけ》んだ。

「お願いよ、奇跡《きせき》を起こしてくれるんなら、もう神様だってコケだって何でもいいからぁ……っ!!」

あぁぁぁ……と、嘆《なげ》く彼女を見下ろしていたネリネは膝《ひざ》をついた。視線を合わせるとその肩《かた》を力強く叩《たた》いてこちらを向かせる。

「大丈夫です、この方法で助かった人間ならここに居ます」

「え……？」

「わたしも、子どもの頃《ころ》にかかって、母に同じように治して貰ったんです」

もしかしたら間に合わないかと気を揉《も》んだが、その後の必死の看病の甲斐《かい》もあり、明け方頃《ごろ》には女の子の容態はだいぶ安定した。うっすらと明るくなる救護室の中でもう大丈夫と宣言した時、患者の家族は抱《だ》き合って喜んだ。

「ありがとうシスター、本当に、本当にあなたがいてくれて良かった……！」

特に母親はネリネの手を握《にぎ》りしめ、はらはらと涙《なみだ》を流す。今すぐにでも倒《たお》れて寝《ね》てしまいたいほどクタクタではあったが、それを見て心の中を満足感が満たす。

（そうか、聖女にはなれなくても、この知識を活《い》かせば……）

ふぁ、とあくびを噛《か》み殺したネリネは、心の内である一つの計画を思いついていた。


「畑を借りたい？」

後日、すっかり回復した女の子が家に帰った日の午後、久しぶりの土いじりに勤《いそ》しんでいたクラウスはネリネのお願いに視線を上げた。こくんと頷《うなず》いたネリネは、森まで行って採取してきた様々な草を株ごと抱《かか》えている。

「はい。ここからそちらまで」

「それは構わないけど……」

ネリネの全身には、無数の泥《どろ》や葉っぱが付いている。それを見て眉根《まゆね》を寄せたクラウスは苦言を呈《てい》した。

「一人で取りに行ったのか、危ないじゃないか」

「大丈夫です、毒草は交じっていません」

そうじゃなくて、とぼやく神父をよそに、ネリネは空いている畝《うね》にそれらをドサッと落とした。許可を貰ったので移植ゴテでせっせと植え始める。青々とした並びを見たクラウスは口の端を上げた。

「また薬草かい？」

「はい、この国ではあまり知られていない民間療法《りょうほう》ですけど」

ネリネは手にした薬草の簡単な効能を口頭で羅列《られつ》していく。スラスラと流れ出る知識は付け焼刃《やきば》ではなく、自分の記憶《きおく》にきちんと根付いているものだ。

「教会である程度これらを育てておけば、急患《きゅうかん》が来たときにも即座《そくざ》に対応できるのではないかと思いまして……」

「なるほどね。しかし、この前も思ったけどずいぶん詳《くわ》しいね。教会の教育課程には薬草学なんて無かったけど、どこで学んだのかな？」

額に汗《あせ》しながら作業を進めていたネリネは、少しだけ遠くを見ながら口を開いた。古い記憶と共に、濃《こ》い緑の匂《にお》いがよみがえる。

「産みの母親に教えて貰いました。母は他国からこの国に流れてきたらしいのですが、植物に関する造詣《ぞうけい》が深く、村の人たちから森の智者《ちしゃ》と呼ばれていたんです」

ネリネは、常日頃《つねひごろ》から不思議に思っていることがあった。それは、この国の地方教会における治療《ちりょう》水準があまりにも低いことだ。月初めに『聖女様からのありがたい薬』として送られてくる物資は、解熱剤《げねつざい》などがわずかばかりで、今回のように特殊《とくしゅ》な症状《しょうじょう》が出ると対応しきれない。母から教わった知識の方が、俄然《がぜん》応用が利《き》くのである。

エーベルヴァイン家に引き取られたばかりの頃、ついその疑問点を養父にぶつけてしまったことがあった。当時は自分も立派な聖女になるんだと張り切っていたものだから、得意げになって薬草知識を披露《ひろう》してしまったのだ。すると養父は褒《ほ》めるどころか恐《おそ》ろしい顔で怒鳴りつけてきたのである。

――そんなうさん臭《くさ》い知識、すぐに忘れるんだ!!

お前のそれは教会の信用を貶《おとし》めることに他ならない、聖女とは程遠《ほどとお》い邪悪《じゃあく》な魔女《まじょ》の知識なのだと何回も「教育」された。敬愛する母は魔女だったのかとひどくショックを受けたネリネは、それ以降、誰《だれ》にも話すことなく知識を封印《ふういん》してきたのだが……。

「今回思い切って試してみてよかったです。あの子の命を救うことが出来ました」

拓《ひら》いたばかりの薬草畑をネリネは、誇《ほこ》らしい気持ちで見つめた。それを見守っていたらしいクラウスは、柔らかい口調でこう言う。

「お母さんは、腕《うで》のいい薬師《くすし》だったんだね」

「はい。人間はもちろん犬や猫《ねこ》なんかもあっという間に治してくれて……」

ここまで言ってハッと我に返る。植《う》え替えに熱中していたので油断した。なぜ悪魔《あくま》に自分の身の上話をしているのだろう。だが彼はそれには気づかず、空を見上げて話し出した。

「なるほど、君が聖女候補として選出される前の話か」

「あ、あの」

「しかし神父の私が言うのも何だが、おかしな話だよ。先代聖女が死んだ直後に生まれた女の子が次の候補者だなんて。なあ、君はいくつの時に貴族家に引き取られて――」

ザクッと、とっさに移植ゴテを地面に刺《さ》していた。言葉を探していたネリネは、無理やり話題を逸《そ》らす。

「そ、そんなことより、ここの管理はわたしがやるのであなたは関《かか》わらないでいいですから」

そのまま横にザッと引いて境界線を作る。精いっぱい怖《こわ》い顔をして低い声を出してみせた。

「ここからこっちは立ち入り禁止です。悪魔に触《さわ》られたらどんな毒草になるか」

「傷つくなぁ、そんなことしないよ」

年甲斐《としがい》もなく口を尖《とが》らせた神父に対して少しだけ罪悪感がこみ上げる。だが、はたと言《こと》葉尻《ばじり》を捉《とら》えたネリネは半目で問い詰《つ》めた。

「しないってことは、やろうと思えばできるってことですか？」

「さぁ、どうだろうね」

「ちょっと」

へらりとはぐらかした悪魔は自分の陣地《じんち》に引き返していった。ゆるく笑ってこう続ける。

「いいじゃないか、私の花が心を癒《いや》し、君の薬草が身体《からだ》を治す。良《い》い相棒になれると思わないかい？」

「思わないです、お断りします」

「おやおや、信用されないなぁ」

ゆるやかな風が吹き、豊かな土の薫《かお》りを巻き上げる。これから暖かくなっていく気配は、優《やさ》しくネリネの灰色の髪《かみ》を揺《ゆ》らしていった。


泥だらけになってまで女の子を助けたことが広まったのか、近頃《ちかごろ》は村の人々の目が変わってきたように感じる。買い出しをしながらネリネはそんな事を改めて思った。

以前は商店街を歩くだけでヒソヒソと声が聞こえてきたものだが、ここ最近はそんな気配も消え去り、無遠慮《ぶえんりょ》な視線を感じることもない。少しずつホーセン村に溶《と》け込めてきているのではと、心の中で密《ひそ》かに小躍《こおど》りをしてしまう。

そのうち、肩書《かたが》きも『失格になった聖女候補』から『ホーセン村のシスター』に徐々《じょじょ》に切り替《か》わっていくだろう。過去の傷も時間が癒してくれるはずだ。

「ネリネ、お茶会をしよう！」

そんな事を考えながら教会に一歩足を踏《ふ》み入れた瞬間《しゅんかん》、いい笑顔《えがお》で出迎《でむか》えられて思わず目を瞬《またた》く。今日も泥だらけの神父は実に嬉《うれ》しそうに顔を輝《かがや》かせていた。

「お茶会、ですか？　それはまた急に何で……」

勢いに押されて一歩後退《あとずさ》る。あまり反応がよろしくなさそうな気配に気づいたのか、クラウスは人差し指を立て、もっともらしい理由付けをした。

「教会行事で親睦《しんぼく》会を計画してるんだ。その予行練習に付き合って欲しい」

「は、はぁ」

生返事で回答を濁《にご》す。どうしようか迷って居ると、子どものような純粋《じゅんすい》な笑みを浮《う》かべた神父は、愛らしい桃色《ももいろ》の花弁を一枚差し出してきた。

「裏庭の薔薇《ばら》が綺麗《きれい》に咲《さ》いて、今が一番いい時期なんだ。最近は忙《いそが》しかっただろう？　ぜひ君にもゆっくりと見て貰《もら》いたくて」

来てくれると信じて疑わない表情に押し負ける。一つ苦笑《くしょう》を浮かべたネリネはその招待状を受け取った。

「仕方ありませんね、いいですよ」

焼きあがったばかりのクッキーを眼前に広げたネリネは、満足そうにむふーと鼻から息を漏らした。レシピだけを頼《たよ》りに初めて焼いてみたが、なかなかどうして美味《おい》しそうに出来たではないか。ふんわりと香《かお》るバターの匂いが食欲《しょくよく》を刺激《しげき》する。

(あとはこれに合うような紅茶とお砂糖、それとミルクを用意しても良いかもしれない)

白くて平たい皿に移し替えて、ティーポットとカップもまとめてトレーに載《の》せてお茶会場へと運ぶ。最初は渋《しぶ》っていたものの、準備を始めると意外と楽しくなってきてしまった。案外自分は乗せられやすい性格なのかもしれない。

「わぁ……」

そして会場に着いたネリネは思わず声を上げた。そこは教会の裏庭にある一角で、咲き乱れる薔薇の生け垣《がき》で囲われた小さなスペースになっていた。クラウスが持ち込んだ白いテーブルと椅子《いす》がこぢんまりと中央に置かれている。

「いつの間にかこんなに咲いていたなんて……知らなかった」

テーブルにクッキーを置いて見回す。淡《あわ》い桃色系の品種でまとめられた秘密の花園《はなぞの》は夢のような美しさだ。後ろからもう一脚《きゃく》椅子を持ってきたクラウスが誇らしげに尋《たず》ねた。

「どうだい、なかなかのものだろう」

「はい、ちょっと感動してます……」

色鮮《いろあざ》やかな光景に素直《すなお》な感想が出てくる。毎日泥《どろ》まみれになっているだけの事はある。根気よく手入れしたであろう努力が随所《ずいしょ》に見て取れた。

そうして、教会の片隅《かたすみ》で悪魔とシスターのお茶会は始まった。こんなに落ち着いて安らげる時間なんて久しぶりで、ネリネは終始ご機嫌《きげん》だった。和《なご》やかな気分のまま、気づけば白いカップをかたむけながら思い出を語り出していた。

「そういえばジルもお茶会が好きでした。この茶葉も生前彼女から頂いたものなんですよ」

「へぇ、ライバルと言うからにはもっとギスギスしてるものかと思ったけど、交流があったのか」

「ギスギスだなんてとんでもない。彼女はぽっと出のわたしに対しても本当によくしてくれました」

思い出すと嬉しくなって、大好きな彼女のことを語り出す。

彼女は名門侯爵《こうしゃく》ミュラー家の末娘で、黄色いドレスがよく似合う正真正銘《しょうしんしょうめい》のお嬢様《じょうさま》だった。なのに気取ったところが少しも無くて、初めて聖堂で引き合わされた時も正面から明るく話しかけてくれた。気おくれするネリネの手を取り、正々堂々と勝負して、どっちが勝っても恨《うら》みっこなし！　と笑いかけてくれた時のことは今も鮮《あざ》やかに思い出せる。

「本当に非の打ちどころがない人で、聖女ってこういう人を指すんだろうなって思いました。ミュラー家にもよく招いて頂いて、お父様もお母様もお兄様も、素晴《すば》らしい人たちで……」

そういえばミュラー家の庭にも薔薇園があって、同じようにクッキーとお茶を楽しんだ記憶《きおく》がよみがえる。エーベルヴァイン家で道具のように扱《あつか》われていたネリネにとって、あの時間だけが唯一《ゆいいつ》心休まる時間だったと言っても過言ではない。

手元のソーサーにカップをカチャと置いたネリネは、そこで少し声のトーンを下げた。

「だからこそ、そんな彼女がどうして身投げなんてしたのか、今でもわからないんです」

向かいで楽しそうに相槌《あいづち》を打っていた神父も、眉根《まゆね》を寄せる。

「何かきざしは無かったのか？」

「さぁ……その頃はもうすぐ選抜《せんばつ》時期ということで、聖女候補同士の必要以上の接触《せっしょく》は禁止されていましたから」

またカップを持ち上げて、少しだけ残っていたミルクティーを流し込む。話している内にすっかりぬるくなってしまったそれは、今の曇《くも》りかけた気持ちを表しているかのように渋みを残しながらトロリと喉元《のどもと》を通過し落ちていった。

「でも、会うたびに表情は暗くなっていた気がするんです。最後に遠くから見かけた時、『ごめんね』と口が動いたように見えて」

「……」

楽しかったお茶会の雰囲気《ふんいき》は、少し沈《しず》んだものになる。

それに気づいたネリネは一つ首を振《ふ》って気持ちを切り替える事にした。もう過ぎ去ったことは仕方ない。母と同じで弔《とむら》いの心は忘れないけれど、こうして故人は思い出の中の人になっていくのだろう。

「あなたの話も聞かせて貰えませんか？　そういう場なんでしょう？」

無理に微笑《ほほえ》んだネリネは、向かいの悪魔《あくま》に話を振る。紅茶のおかわりを二人のカップに注ぎながら促《うなが》すと、彼は少しだけ渋い顔をした。

「うーん、あんまり聞いてて楽しい話じゃないと思うけど……。何が聞きたい？」

何から聞こうと、改めて考える。いきなり核心《かくしん》に迫《せま》るよりは——と、別の所から攻《せ》めることにした。

「そうですね……魔界《まかい》にご家族などは居ないんですか？　こんなところで神父をやっているだなんて知られたらお叱《しか》りを受けるのでは？」

悪魔的な常識がどうだかは知らないが、教会はあちらにとっても天敵だろう。すると、クラウスは少しだけ表情の抜《ぬ》け落ちた顔で答えた。

「どうだろう、どうでもいいんじゃないかな」

「どうでも……？」

「悪魔は基本的に子育てというものをしない放任主義なんだよ。生まれ落ちた瞬間からある程度の知能と生存能力は備わっているから基本は独り。私も親兄弟の存在は知っているが、人間のように特別な繋《つな》がりといったものを感じた事はないかな。それは向こうも同じだと思う。会話をしたことすら数えるほどしかないよ」

想像以上に重い答えが返ってきて黙《だま》り込む。種族としては人よりはるかに上位の存在だと思っていた悪魔に、憐憫《れんびん》の気持ちが湧《わ》きあがる。だが、痛ましく感じていたネリネははたと気づき、クッキーに手を伸《の》ばしながら聞いてみた。

「それにしては、あなたはやけに人間臭《くさ》いというか、愛情というものが何たるかをきちんと理解しているように見えますが……子どもの相手も上手《うま》いですし」

そうでなければ教会の神父など務まるはずがないだろう。口にしたクッキーはサクッと砕《くだ》け、芳醇《ほうじゅん》なバターの香りを口いっぱいに広げてからホロホロとほどけていった。上出来、と満足していると、向かいの悪魔はパッと顔を輝かせた。

「そう見えるかい？　だとしたら勉強した甲斐《かい》があった」

「勉強したんですか？」

「ああ、元より私は悪魔の中でも変わり者でね、人間が持つ感情に強い興味があったんだ――このクッキー美味しいよ」

もう一枚、と褒《ほ》めてくれる彼は、やはり人間と対話しているようにしか感じなかった。

「だから人間界に来ようと決めた時に、こちらの書物を読み漁《あさ》ったんだ。その中でも物語……とりわけ恋愛物《れんあい》は良《い》い、繊細《せんさい》な感情の機微《きび》が一冊の中にちゃんと答えとして描《えが》かれているから大好きなんだ。登場人物の気持ちに共感できると、私も人間に近しい感性を持ち始められているような気がして嬉《うれ》しくなる」

クラウスは目を細めてその後も饒舌《じょうぜつ》に語る。好きなものを語る時の嬉しそうな顔に、人間も悪魔も違《ちが》いは無いのが新しい発見だった。自分がいつの間にかつられて笑っていることに気づいたネリネは、ごまかすように紅茶を一口飲む。

「なるほど、だから少女小説を集めているんですね」

「あれ？　そうだけど、見せたことあったっけ？」

不思議そうな声に紅茶がヘンなところに入る。墓穴《ぼけつ》を掘《ほ》ったネリネは、盛大にむせながら何とか誤魔化《ごまか》そうとした。

「ッげふ、がフ……。つ、次の質問いいですか」

「……なるほど、前に部屋の家具の位置が微妙《びみょう》に変わっていた件については触《ふ》れないでおいてあげよう。それでは質問をどうぞ」

ニヤリと笑った悪魔に苦い思いがこみ上げる。仕切り直しでコホンともう一度咳払《せきばら》いをして、本題に入った。

「悪魔は、人間と契約《けいやく》して魂《たましい》を得るんですよね？　何の目的があってそんなことを？」

これは前々から気になっていたことだ。クラウスもネリネの魂を契約の対価として求めている。目には見えないものだが、何に使うのだろう。

新たに淹《い》れられた紅茶を一口飲んだクラウスは、伏《ふ》し目がちに目を開ける。赤く見える瞳《ひとみ》は本性《ほんしょう》が出ているのか、それとも見つめる先の水面《みなも》を反射しているだけなのか分からなかった。ゆっくりと言葉を選ぶように彼は言う。

「人間の魂はね、悪魔としての格を上げるための燃料なんだ。気高く純粋《じゅんすい》な魂を内に取り込むほど、強くなれる」

その答えに、じっと正面に座る悪魔を見つめる。少しだけ臆《おく》するように声を震《ふる》わせたネリネは、おそるおそる聞いてみた。

「それじゃあ、その、あなたも過去に？」

魂を喰《く》らったことがあるのかと無言で尋ねると、クラウスは少し遠い目をした。もう一度口を潤《うるお》してから静かに答える。

「あぁ、そんなに多くはないけどね。私の一部となった彼らの事は全員覚えている。とりわけ最後に託《たく》された魂は本当にすごかった。〝彼女〟は本当に人として立派な人物だったよ」

「……」

それはそうかと自分に言い聞かせる。クラウスはかなり上位の悪魔のようだし、これまでに契約をした事があると考えるのが普通《ふつう》だ。それでもどこか複雑な気持ちになっていると、カップをテーブルに戻《もど》した彼は、まっすぐにこちらを見ながら続けた。

「ただ誤解しないで欲しいのは、私は決して騙《だま》して契約などは結ばない。双方《そうほう》が納得《なっとく》した上でしか魂は受け取らないことに決めている」

そこまで真剣《しんけん》に言った悪魔は、ここで冗談《じょうだん》を飛ばすように少しだけ声の調子を上げた。

「それに、私は契約者の寿命《じゅみょう》が来るまではきちんと『マテ』ができる良い悪魔なんだよ」

誠実な悪魔なんて、数か月前の自分が聞いたら鼻で笑い飛ばして居ただろう。だがこうして知り合ってしまった今となっては……。反応が無いことで不安そうな表情になっていくクラウスに、ついフフッと笑ってしまう。

「良い悪魔ってなんですか、変なの」

すると、パッと表情を明るくした悪魔は、ニコニコと笑いながらこんな事を言い出した。

「あ、さっき他《ほか》の女性を褒めたけど安心してくれ、ネリネの方がもっとすごいから」

「何を安心しろっていうんですか」

苦笑《くしょう》を浮《う》かべると、クラウスは真正面からこちらを見つめ、確信を持って言い切った。

「今まで会ってきたどの人物よりも、君の魂は純粋で気高く、美しい」

ポカンとするネリネの頬《ほお》が少しずつ染まっていく。ごまかすようにグイッとカップをあおった彼女は、表情を隠《かく》す盾《たて》のようにそれを口元へ持っていった。縁越《ふちご》しにジト目を覗《のぞ》かせるとボソリと言う。

「……悪魔に『美味《おい》しそう』って言われても、別に嬉しくないんですけど」

「え、そう受け取る？」

「言いましたよね、契約はしないって」

ツンと顔をそらして宣言する。逸《はや》る鼓動《こどう》を感じながらチラと彼の様子を窺《うかが》うと、意外にも悪魔は穏《おだ》やかで満ち足りた表情をしていた。手元のカップを見つめながらゆるく言う。

「そうだね……最近は、こんな日々も悪くないかなと思えてきたかな」

しみじみとした声音《こわね》で、その言葉が本心だという事が何となく伝わってくる。目を見開いていると、肘掛《ひじか》けに頬杖《ほおづえ》をついた彼は、流れる風を楽しむように目を閉じた。

「君といると本当に安らげる。この生活がいつまでも続けばいいと、願ってしまう自分が居るよ」

それはどこか叶《かな》わぬ祈《いの》りのようで、否定も肯定《こうてい》もせずネリネは沈黙《ちんもく》を返した。

（わたしも、悪くないかもと思い始めている……）

心の中で浮かんだ言葉を口には出さず、手元に残った紅茶と一緒《いっしょ》に飲み込んだ。

3章 悪夢の再来

そろそろ暑くなっていく気配が感じられる中、ネリネは今日も朝早くから清掃作業《せいそう》を行っていた。今日は正面玄関《げんかん》前を中心にやる日だ。参拝者が多く通る場所なので念入りに箒《ほうき》を使って掃《は》き掃除《そうじ》をする。

そろそろ衣替《ころもが》えもしなければと、汗《あせ》ばむ陽気の中で服の袖《そで》を捲《まく》った時、ザッと地を擦《こす》る音が聞こえた。顔を上げれば、そばかす面《づら》の配達員が自転車を止め、手紙の束を掲《かか》げているところだった。

「シスター、手紙だよ!」

「ご苦労様です」

箒を持ったままそちらに向かう。鉄柵《てっさく》ごしに受け取った数件の郵便物を順番にめくって内容を確認《かくにん》していく。クリーム色の大きめの封筒《ふうとう》――これは教会本部からの定期連絡《れんらく》書類だろう――あとは地域の店の宣伝、そして小さめの黄色い封筒。

そこで手を止めたネリネは怪訝《けげん》そうに片方の眉《まゆ》を上げた。宛名《あてな》には優雅《ゆうが》な字体で『コルネリア様』とだけ書いてある。裏返してみるが差出人名はない。

赤い封蠟《ふうろう》を指で押し切り開けようとした時、まだ残っていた郵便配達員が不明瞭《ふめいりょう》なうめき声を出した。

「うぅ、なんか朝から頭が痛いんだよな。シスター、いい薬ないかな?」

「あ、それでしたら……噛《か》んで頭痛を和《やわ》らげる薬草があります。畑から取ってくるのでしばしお待ちを」

「あはは、出たシスターのヘンテコ葉っぱ治療《ちりょう》。でもこれが不思議と効くんだもん、なぁ……いてて」

手紙の事はいったん忘れ、少し待つようにと言って踵《きびす》を返す。

ところが一歩進むか進まないかの所で背後からドサッという音が響《ひび》いた。驚《おどろ》いて振《ふ》り返ると、先ほどまで普通に会話していたはずの配達員が倒《たお》れていた。支えを失った自転車の車輪がカラカラと回転している。

「だ、大丈夫《だいじょうぶ》ですかっ」

「うぅ、なんだこれ、気持ち悪……うぇぇ」

慌《あわ》てて荷物を放《ほう》り出し駆《か》け寄る。助け起こすと青年の身体《からだ》は妙《みょう》に熱かった。土気色の顔をして、こみ上げる物を堪《こら》えるように口に手を当てている。

「とにかく中へ」

肩《かた》を貸して一歩ずつ歩いていく。ところが正面扉《とびら》を開けようとしたその時、またしても急な来訪者が通りの向こうからやって来たのである。

「シスター！　悪いがウチのカミさんの具合見てやってくんねぇかな。朝から急にゲロゲロ吐《は》き出してよ」

「参ったな、何かの伝染病《でんせんびょう》かな？」

午後になっても続々とやって来る患者《かんじゃ》に、クラウスは長椅子《ながいす》を脇《わき》にどかしながら途方《とほう》に暮れた声を出した。もはや教会奥にある簡易ベッドだけでは数が足りず、この礼拝堂を空けて急患《きゅうかん》たちを寝《ね》かせる事にしたのだ。毛布を引っ張り出してきたネリネは手早く広げながら同意する。

「めまいに吐き気・頭痛に発熱。これだけ同時発生したとなると可能性はありますね」

「そこの君、村長に伝言を頼《たの》めるかい？」

病人の付き添《そ》いで来ていた一人の若者に伝言を託す。今からこの教会は一時的に隔離《かくり》施《し》設《せつ》だ。

昼下がりを過ぎても、患者は誰《だれ》一人として回復のきざしを見せなかった。それどころかどんどん新たな患者が運び込まれてくる。彼らは見ているだけでも辛《つら》そうで、食べることもできずにひたすら呻《うめ》いて横になっていた。

せめて水分だけはしっかり摂《と》らせるようにと、看護に協力してくれている村の女性たちに指示を出す。吐瀉《としゃ》物に触《ふ》れないよう処理していたクラウスに、ネリネは声をかけた。

「神父、まだ陽《ひ》のある内に伝令を飛ばすべきかと」

「本部への緊急《きんきゅう》連絡か。……あのハト、私を猛烈《もうれつ》に嫌《いや》がるんだよなぁ」

教会の裏では非常時の連絡用に伝書鳩《でんしょばと》が数羽飼《わ》われている。帰巣《きそう》本能を利用して数時間で手紙を運んでくれるのだが、クラウスが近づくと怯《おび》えて全力で逃《に》げようとする。おそらく動物の本能で彼の正体に気づいているのだろう。

懐《なつ》かないハトに怯えている場合かと、ネリネはその尻《しり》を蹴《け》っ飛ばすように追い立てた。

「取り付けるのはわたしがやりますから、早く書く！」

「はいはい」


結局、患者の対応に追われて本部への嘆願《たんがん》書が完成したのは夕暮れ時になってしまった。

「ネリネ、書けたよ」

クラウスから声を掛《か》けられ、テーブルで黄色い封筒の手紙を読んでいたネリネはハッと我に返った。丁寧《ていねい》な字体で書かれた便箋《びんせん》を戻し、慌てて立ち上がる。

「わかりました、さっそく飛ばして――」

「誰かから手紙？」

「えっと、古い友人から……なんですけど」

不思議そうな顔をする神父に対して、ネリネは動揺《どうよう》したように視線を彷徨《さまよ》わせていた。

だが表情を引き締《し》めると手紙をポケットに突《つ》っ込む。

「時間のある時にお話しします。それより今はこちらを」

本部への嘆願書の内容は、原因不明の集団病の報告と一刻も早い首都からの応援要請《おうえんようせい》だ。

鐘塔《しょうとう》の外階段を上り、両手で抱《かか》えた白いハトをそっと放してやる。羽音を響かせた鳥は、一番星が輝《かがや》き始めた東の空へとまっすぐに飛び立っていった。

（あれ？）

そして再び戦場へと戻《もど》ろうとしたネリネは、階段を下り始めたところでその異変に気が付いた。

ホーセン村はクロス状の道を境にして四つの地区に区切られているのだが、ここから見て左上――北西部分だけが妙に暗い。普通《ふつう》この時刻になったらランプに灯《ひ》を入れるものだが……。

そこではたと気づく。今、下の礼拝堂で苦しんでいる面々は、その北西地区の者が多くないだろうか？

（教会の中で二次感染は起きていない。もしかしたら原因はあの地区にある……？）

そう仮説を立てたネリネは、食堂でホッと一息ついてお茶を飲んでいたクラウスを捕《つか》まえ北西地区へ調査に行くことにした。襟元《えりもと》をひっぱられた神父は情けない声を上げる。

「わ、わ、なんだい。少しぐらい休ませてくれよ」

「確かめたい事があるんです。ついてきてください」

問答無用で連れ出したクラウスに、道すがら先ほど見たものを伝える。彼は足早に進むネリネを追いかけながら顎《あご》に手をやった。

「なるほど、一理あるね。水かな？」

「もし井戸水《いどみず》が原因なら被害《ひがい》はもっと広い範囲《はんい》で起きているはずです。井戸同士は地下で繋《つな》がっていますから」

「じゃあ何が原因だろう、他《ほか》に考えられるのは……」

クラウスの問いかけに、ネリネは聖書の一ページを思い出していた。悪い伝染病をもたらすお決まりの『悪い奴《やつ》』と言えば――、

「悪魔《あくま》？」

無意識に呟《つぶや》いてしまって、ハッと気づく。そっと振り返ると、一瞬《いっしゅん》ポカンとした神父は、心の底からショックを受けたような顔をした。大げさに一歩引きながらこちらを指さす。

「あっ、今私を疑ったな！　そうだろう!?」

「え？　いいえ、そういうわけでは――あれ？」

そういうわけでは？　ごく自然に口から出ていた否定の言葉に驚く。だがクラウスはネリネのそんな些細《ささい》な変化には気づく事なく、自分の世界に入り込んでいた。

「ひどい！　いくら私が『アレ』だからって偏見《へんけん》にもほどがあるよ！　神に誓《ちか》ってそんなことしてない！」

「……。悪魔《あなた》が神に誓ったところで信憑性《しんぴょうせい》が……」

「うわぁぁ差別だー！」

ハァッとため息をついたネリネは、泣きわめくクラウスを放置して歩くスピードを上げた。すっかり馴染《なじ》んで忘れかけていたが、そういえばこの人は悪魔だった。

へそを曲げる彼の機嫌《きげん》を直すため、ネリネは話題を別の方向に変えて振ってみる。

「あなたのチカラでどうにか出来たりはしないんですか？」

それを聞いた悪魔は、だいぶ離《はな》れた位置に居たところからトンッと地を蹴るとネリネのすぐ横に出現した。ビクッとするが、彼は気にした様子もなく答える。

「残念ながら医療《いりょう》は専門外だな。私は『破滅《はめつ》』を司《つかさど》る悪魔だから」

物騒《ぶっそう》な発言に冷や汗《あせ》が出る。破滅の悪魔らしい男は思い出したように明るく喋《しゃべ》り出した。

「居るには居るよ、契約《けいやく》する代わりに不老不死の秘密を教える医療系悪魔が知り合いに」

それは何と言うか……ずいぶんと高い代償《だいしょう》が付きそうな悪魔である。どんな死の淵《ふち》に立ったとしてもそいつにだけは頼《たよ》るまいと密《ひそ》かに決めたネリネだったが、クラウスは朗《ほが》らかな顔をしてこう続けた。

「何ならそいつを呼んで来ようか——いや、やっぱりダメだ。君が私以外の悪魔と契約するなんて、考えただけでも嫉妬《しっと》で角が爆発《ばくはつ》しそうだ」

「角、爆発するんですか……。あと、あなたと契約するつもり『も』全くありませんからね」

なぜこの悪魔が自分に執着《しゅうちゃく》するのかは分からないまま、ネリネは問題解決に向けて歩みを進めた。事態はそれどころでは無いのだから。


北西地区は死んだように静まり返っていた。ぽつぽつと明かりが灯《とも》っている家もあるが、やはり住人の大半は教会に駆《か》け込んでいるようだ。

変わった様子は無いかとネリネは辺りを見回すが、異変に気付いたのはクラウスが先だった。空気中をクンと嗅《か》いだ彼は顔をしかめる。

「……魔界《まかい》の瘴気《しょうき》に似た香《かお》りがする。人間には良くないものだ」

身体《からだ》を強《こわ》ばらせたネリネは、慌《あわ》てて持ってきた布を口に当てた。平然とどこかへ向かう神父の後を追うと、村の境界を守る低木の生け垣《がき》にぶつかった。この季節に咲《さ》く白い花が咲き乱れ、月明りを反射している。

「ここからだ」

「えっ」

俄《にわ》かには信じられず目を見開く。ソフィアリリーと呼ばれるこの花は、初代聖女ソフィアの名を冠《かん》する聖花だ。野生動物が匂《にお》いを嫌《きら》うので、教会が育てることを推奨《すいしょう》している。例にもれず、ホーセン村にも取り囲むようにして植えられているのだが……。

その時、生ぬるい風がザザザと宵闇《よいやみ》をかき乱す。可憐《かれん》に咲く白い花たちが一斉《いっせい》に揺《ゆ》れ、淡《あわ》く光る不気味なピンク色の花粉がそのほころびから一斉に放出された。

「うっ！」

その花粉を少し吸い込んだだけですさまじい頭痛がネリネを襲《おそ》った。激しく咳《せ》き込む彼女を遠ざけながら、クラウスは口を開く。

「どうやらこの花が原因で間違《まちが》いなさそうだね。焼き払《はら》おうか？」

「待っ……て下さ……」

こみ上げる吐《は》き気を堪《こら》えながら、ネリネは神父の腕《うで》に手を掛ける。原因を特定する前に手がかりを消すのはまずいし、それに……、

「こうなる原因に、心当たりがあるかもしれません」

幸い、花粉を吸い込んだのはほんの少しだったようで、ネリネの症状《しょうじょう》はしばらくすると

治まっていった。長時間吸い込み続けると患者《かんじゃ》たちのような症状が出るのだろう。

教会の食堂へと戻ってきた二人は、試料として採取してきたソフィアリリーをガラス管に入れ向かい合う。

「ずいぶん昔に聞いた話ですが……母の生まれ故郷に、環境《かんきょう》が悪くなると臭気《しゅうき》を放出する低木の花があったそうです」

枝についた花からは相変わらずピンクの花粉がこぼれ落ちている。それを眺《なが》めながらネリネは続けた。

「ゆえに大地を汚《けが》してはいけないと、そう言い伝えられていたとか」

「じゃあこれも同じ物なのかい？」

コンコンと、ガラスを指の背で叩《たた》いたクラウスは興味深そうに覗《のぞ》き込んでいる。ネリネは難しい顔をしながら首を横に振《ふ》った。

「わかりません。花と葉の形は聞いていた物と似ていますが、花の色が違いますし、なによりこんなに強い毒性では無かったはずです」

頬杖《ほおづえ》をつき、うーん、と考え込んでいた神父は、真剣《しんけん》な顔をして一つの可能性を挙げた。

「水質に問題はなし。なのに、何十年と植えられていた花がいきなり毒性を持った。……杞憂《きゆう》ならいいんだが、作為《さくい》的な何かを感じないか？」

考えたくもない可能性にぶるりと身を震《ふる》わせる。誰《だれ》が、何のために？　正体の分からぬ悪意に背筋が冷たくなるが、ネリネは不安を押しやり勇気を奮い立たせた。机に手を突《つ》くと今後の方針を固める。

「とにかく、わたしは解毒《げどく》するための方法を探してみます。北西地区はしばらく立ち入り禁止にするよう村長にお願いし、花の方は見回りも兼《か》ねて周りに水を沢山撒《たくさんま》きましょう。もしこの仮説が当たっているなら大地を洗えば徐々《じょじょ》に普通《ふつう》の花に戻《もど》っていくはずです」

「それがいい、本部に報告するために立証は必要だからね」

柔《やわ》らかい微笑《ほほえ》みに思わずつられそうになるが、慌てて表情を引き締《し》めてコホンと咳払《せきばら》いをする。まだこの悪魔を完全に信用したわけではないのだ。

やるべきことを定めたネリネの行動は早かった。庭の薬草畑からありったけの薬草を摘《つ》んでくると、カゴを手に患者たちが寝《ね》ている礼拝堂内を走り回る。

「頭痛を軽減する薬と、少しでも気分をスッキリさせる薬草です、ゆっくり噛《か》んで下さい」

一人ひとり丁寧《ていねい》に回って、症状に合わせて薬草を処方していく。すっかりやつれた患者たちは、ランプを片手に回ってきたネリネにすがった。

「シスター、わしはどうなるんだ、まさかこのまま死ぬんじゃ……」

枯《か》れ枝《えだ》のような指をした老人に、袖口《そでぐち》をクッと引き留められる。不安なのだろう。無理もない、自分も患《わずら》った時は弱気になる。

(病は気から。弱気は病状を悪化させる。なら、いまわたしが確実に出来るのは、彼らを勇気づけることじゃないだろうか)

ふいに、以前シラー草の毒に冒《おか》された女の子を助けた時のことを思い出した。あの時、家族が泣きながら感謝してくれて、ほんの少しだけど自分が認められたような気がした。この場所で、この村で、必要とされたい、誰かの役に立ちたいという気持ちが沸《わ》き上がる。

はるか昔、まだ国の仕組みも碌《ろく》に整っていなかった頃《ころ》、かの初代聖女ソフィアは疫病《えきびょう》に苦しむ人々の前にあらわれ、献身《けんしん》的な世話をし特効薬を恵《めぐ》んだと言う。自分は聖女ではない。だが教会に属する者としてソフィアの遺志《いし》は継《つ》いでいる——すっくと立ちあがったネリネは、その場に居る全員に聞こえるように声を張り上げた。

「皆《みな》さん聞いて下さい！　この症状に心当たりがあります。本部にも応援要請《おうえんようせい》を出しました。今わたしが急いで特効薬を調合していますので、もう少しだけ頑張《がんば》ってください！」

自分のどこからこんな大声が出たのかと驚《おどろ》くほど力強い声が出た。少しでも信じて貰《もら》えるよう腹の底から声を出す。

「必ず！　助けます！」

患者の目に少しずつ光が戻ってくる。祈《いの》りを捧《ささ》げるよう手を組み、涙《なみだ》を流す者も居た。

「おぉ、頼《たの》むよ……この村を救ってくれ」

「シスター、わしらにとっちゃあんたが聖女だ……」

期待という名の重圧が肩《かた》にのしかかってくる。だがネリネの中に迷いはなかった。力強く頷《うなず》いて患者たちを励《はげ》ます。

もし、過去の自分に忠告できるのだとしたなら、数日後の彼女は間違いなくこの時の自分を止めただろう。この村に来るときに決めたではないか。これから先は地味に大人しく生きていくのだと。調子に乗って聖女の真似事《まねごと》などするべきでは無かったのだ。

ひどい後悔《こうかい》に苛《さいな》まれるとも知らず、ネリネは強い正義感を胸に立ち上がった。

それは奇《く》しくも、首都ミュゼルの大聖堂で、聖女ヒナコが伝令を受け取ったのと同時刻であった。

ネリネの闘《たたか》いは始まった。台所を占拠《せんきょ》した彼女は自前の庭から摘んできた大量の薬草を持ち込み、調合を開始する。

（要は身体に残留してしまった毒素を排出《はいしゅつ》すればいいのだから、体内環境を正常・活発化させれば……）

刻んでは乳鉢《にゅうばち》ですり潰《つぶ》し、アルコールに浸《ひた》したチンキを作製する。その作業を繰《く》り返し、いくつかのエキスを作ったネリネはあーでもないこーでもないと調合作業を繰り返す。

「できた！」

調合は夜通し続き、目測をつけていた試作品の第一号が完成した頃には外はすでに空が薄《う》っすらと白み始めていた。できたての薬を握《にぎ》りしめたネリネは喜び勇んで台所を飛び出す。そして、こちらも一睡《いっすい》もできなかったらしい患者のもとに膝《ひざ》を突《つ》くと、その薬を差し出した。

「飲んでみて下さい」

受け取った患者は感謝の言葉を口にして喜んだ。これで助かるのだと誰もが信じていた。

だが、どれだけ時間が経《た》とうとも回復のきざしは見られず、患者たちは苦し気に呻《うめ》き続けていた。焦《あせ》ったネリネは手当たり次第《しだい》に効きそうな薬草を調合したが、成果は出ない。

三日経ち、苦しみ抜《ぬ》いた末に老人二人が死んでしまった時、教会内は絶望の底に突き落とされた。死因は飲み物さえ受け付けないことによる脱水《だっすい》症状だった。

「ダメ！　どうして効かないの⁉」

皆の前では気丈《きじよう》に振《ふ》る舞《ま》っていたネリネだったが、台所で一人になった瞬間《しゆんかん》に頭を抱《かか》えた。碌に休息を取っていないせいか、元から陶磁器《とうじき》のように白かった肌《はだ》が今や青ざめている。

（なんで、何がいけないの？）

焦りと不安が冷たい手となり、ひたひたとうなじの辺りをなでるようだ。悪魔《あくま》に飽《あ》き足らず死神までやってきたというのだろうか。

そんなことを考えていると目の前がかすみ、視界が揺《ゆ》れる。ここまで一睡もせずにいたツケが回ってきたらしい。机に突っ伏《ぷ》したネリネはテーブルクロスをぼんやりと眺める。十分、いや五分だけ目を閉じよう。と、そんな事を考えるか考えないかのタイミングで意識が落ちていく……。

次に意識のピントが合ったとき、ネリネの目の前には暖かい森が広がっていた。

（ここは……）

直感的にここは夢の中だと悟《さと》る。なぜなら視線の先には、今は亡《な》き母がこちらに背を向けしゃがみ込んでいたからだ。

『おかーさん危ないよ！　それ、さわっちゃいけないおはなだよ！』

自分の口が勝手に動き、舌足らずな警告を発する。これは……子どもの時の記憶《きおく》だろうか？

母の手には、触《さわ》ってはいけないと彼女自身から教えられた黒い花が握られていた。焦った自分は、両手を振《ふ》り回してすぐさま捨てるよう母を急《せ》かす。

『――――』

微笑んだ母は口を動かし何かを話すのだが、彼女の声を忘れてしまったネリネにその声は届かなかった。だが、遠いぼんやりとした記憶の中で、『正しい知識さえ持っていれば大丈夫《だいじょうぶ》』と安心させてくれた気がするのを思い出す。

しばらく不安そうにしていた自分だが、本当に何でもないことを確認《かくにん》すると納得《なっとく》したように笑った。

『そっかぁ、おかあさんはすごいんだね』

記憶の中の母は今の自分とよく似ていた。差し伸《の》べられた手に飛びつくようにしがみつく。温かな手のぬくもりが懐《なつ》かしくてなんだか泣きそうだ。

家へとたどる森の小道を二人で並んで歩いていく。午後の陽射《ひざ》しが木洩《こも》れ日になり、悩《なや》みも苦しみもなかったあの頃の世界をキラキラと輝《かがや》かせている。

たとえ怖《こわ》いことがあったとしても、暖炉《だんろ》の傍《そば》で大好きな母親の膝にしがみついていれば安心できた。小さな自分の世界は絶対安全に守られていた。

見上げた先の母の笑顔《えがお》は優《やさ》しく、嬉《うれ》しくて繋《つな》いだ手を大きく振る。

✦

（お母さん……）

自分が眠《ねむ》ったという自覚さえなかった。だからこそ肩に何かが触《ふ》れた時、弾《はじ》かれたように彼女は跳《と》び上がった。

「うわっ」

驚いた声が背後から上がり、おそるおそる振り返る。毛布をこちらに掛《か》けようとしていた神父はそのままの体勢で固まっていた。肩の力を抜いた彼はこう続けた。

「ああ驚いた。こんなところで寝《ね》ると風邪《かぜ》を引くよ」

「……」

そうだ、ここはホーセン村の教会で、自分はこの荒《あ》れ放題《ほうだい》の台所で新薬の実験をしていて――温かい夢から急に冷たい現実に引き戻《もど》されたようで、ネリネは知らぬ間に滲《にじ》んでいた涙をこっそりぬぐった。

もう一度、神父が毛布を掛けようとしてきたのでやんわりと拒否《きょひ》する。いつもの真顔を取り戻した彼女は頭を振って声を奮い立たせた。

「ありがとうございます。でも、寝てる場合じゃないんです、起きます」

言葉とは裏腹に足にまったく力が入らない。何とかなけなしの気力をかき集めようとしていると、窘《たしな》めるような声が返ってきた。

「根を詰《つ》めすぎだよ、村人を救う前に君が倒《たお》れてどうするんだい？」

「……」

「薬師《くすし》が潰れてしまったら元も子もないじゃないか」

もっともな意見だったが、思考が短絡的《たんらく》になっているネリネにその言葉は届かなかった。

頭を振りたくった彼女は独り言のように呻く。

「それでも、みんなが助けを求めてるんです。約束したんです、ここで逃《に》げ出したら今度こそ――」

嫌《きら》われてしまうと言いかけて言葉を呑《の》みこむ。結局は己《おのれ》のために頑張《がんば》っているのだろうかと自分に対して少し嫌悪感《けんおかん》が湧《わ》く。だが、慎重《しんちょう》に言葉を選んだネリネは自分にも言い聞かせるよう低く呟《つぶや》いた。

「今回の毒は自然排出されないみたいです。わたしがここまで分かっていて、もう少しで何かひらめきそうなんです……やらなきゃ、わたしがやらないと……」

グッと握り込んだ拳《こぶし》が震《ふる》えている。頑《かたく》なシスターを眺《なが》めていた神父は、ふぅっと息をつくと彼女の隣《となり》の椅子《いす》をひいた。静かに腰掛《こしか》けるといつもの深みのある声でゆったりと話しかけて来る。

「手がかりを掴《つか》むまでは意地でも眠らなそうだね。一緒《いっしょ》に考えてみようか」

「一緒に……？」

「私は地上の薬草に関しては素人《しろうと》だけど、話している内に何か分かることもあるかもしれないだろう？　たとえばこういう物はどういった目的で調合しているのかな」

問いかけにのろのろと視線を上げたネリネは、試《ため》してダメだったその薬草の効能を思い出す。

「それは……胃の洗浄《せんじょう》です。入眠《にゅうみん》を促《うなが》すハーブに、そっちは一時的に吐《は》き気などの感覚を麻痺《まひ》させて自然治癒《ちゆ》での効果を期待した薬。ぜんぶ根本的な解決にはなりませんでした」

毒素がどこにとどまっているか分からなかったので、とりあえず経口摂取《せっしゅ》した場合のルートを洗ったものだ。となると、毒花の花粉は別のところに入り込んで悪さをしているのだろうか？　ネリネはクマのひどい目元をこすりながらブツブツと独り言を呟く。

「神経系？　吐き気や頭痛が引き起こされるのもそれなら説明がつく？　でも、そんなものどうやって取り除いたら……」

寝不足《ねぶそく》ゆえか考えがまとまらない。だが、ネリネの独り言を聞き留めたクラウスは何やら考え込むような仕草でこう言った。

「神経に作用する？　んー」

「何か？」

心当たりでもあるのかと藁《わら》にもすがる思いで問いかけると、神妙《しんみよう》な声色《こわいろ》が返ってきた。

「……見当違《けんとうちが》いだったらごめん。魔界《まかい》だと二日酔《よ》いの時は強い酒をぶつけるんだ」

「酒」

いきなり何の話だと胡乱《うろん》な目を向けると、魔界出身の悪魔は実に楽しそうに笑顔で人差し指を立てた。

「そうそう、魔界の酒は超強烈《ちようきようれつ》で、とくに特上品の辛口《からくち》なんか飲むと神経がギチャギチャに焼き切れるようでね。中には痛みのあまり自然発火しだす悪魔とかも居たよ。その悶《もだ》え苦しむ様を酒の席で見てみんなで笑うんだ」

「悪趣味《あくしゆみ》な酒の肴《さかな》ですね」

一言でバッサリ切り捨てる。精神的に参っている時に聞く話じゃないと終わらせようとすると、クラウスは慌《あわ》てたように続けた。

「待った、ここからが本題なんだ。だからその、迎《むか》え酒じゃないけど、毒には毒をぶつけるとかできないかな？」

「毒には、毒？」

「それが人間に効くかどうかは分からないけど……」

自信が無さそうに消えていく言葉尻《ことばじり》だったが、反対にネリネの目は大きく開いていく。

――イラカの花は猛毒《もうどく》。だけど、わたしが生まれたところでは『賢者《けんじゃ》の花』とも呼ばれていてね、適切な扱《あつか》いさえすれば薬になるんだよ。

夢の中では聞こえなかった母の声が火花のようにパッと蘇《よみがえ》る。勢いよく立ち上がった彼女は、霞《かすみ》がかっていた頭脳に血がめぐり始めるのを感じた。

「お母さん……あの花の効能だけは教えてくれなかった……強すぎるし、この国じゃ必要ないだろうからって」

そうだ、例の『大地の変化によって臭気《しゅうき》を振りまく花の話』は、その後にしてくれたのではなかっただろうか？　そして、その性質によく似通っているソフィアリリーの花……。

「……人体に影響《えいきょう》のない濃度《のうど》まで薄《うす》めたイラカの成分を少量ずつ投与《とうよ》して……」

バッと立ち上がったネリネは、自室に駆《か》け戻り一冊のノートを取ってくる。そこには、庭の薬草畑を作り始めた時から書き溜《た》めていた近辺に自生する野草の成分がまとめられていた。触ってはいけない物をまとめたページを探してパラパラとめくる。

「要注意、毒を含《ふく》む野草：トリカブト、ベラドンナ……イラカの花！　あった！　あります！　この近くにも生えています！」

スケッチに描《えが》かれているのは、夢の中で見た花と同じだった。ツル性の植物で長い一本から枝分かれするように黒い花が四方に向けて咲《さ》いている。

手がかりを掴んだ彼女の緑の瞳《ひとみ》は、爛々《らんらん》と輝き始めた。その熱気に若干《じゃっかん》気おされながらクラウスはおそるおそる尋《たず》ねる。

「ほ、本当に患者《かんじゃ》に毒を摂取させるつもりかい？」

「やってみる価値は、あります！」

ありとあらゆる手を尽《つ》くした後だ。このまま死にゆく彼らを黙《だま》って見過ごすくらいなら、この一手にかけてみるしかない。先ほどまでの眠気《ねむけ》もどこへやら、ネリネは張り切って腕《うで》まくりを始めた。

「すぐにでも採取しに行きましょう！」

「ちょっ、少しぐらい休まないと……」

「そうですか！　どうぞ休んで下さい！　わたしは一人で集めてきますので！」

「こらこらこら」

歩くのもやっとな彼女を行かせるわけにもいかず、クラウスは机の上に転がっていたカモミールの束をネリネの鼻の下にサッと差し入れた。

甘い蜜《みつ》リンゴのような香《かお》りがふわりと香り、気力だけが先走っていた思考がとろんと蕩《とろ》けていく。急にまぶたが重くなり、抗《あらが》えない睡魔《すいま》の波が意識を攫《さら》った。

効果はてきめんだった。カクリと崩《くず》れ落ちるネリネを受け止めた神父は、苦笑《くしょう》しながらその軽い身体《からだ》を抱《かか》え上げた。

「まったく、こうと決めたらそれしか見えなくなるのは、昔から変わらないな……」

すぅすぅと、穏《おだ》やかな寝息《ねいき》をたてながら眠るネリネを彼女の自室まで運び寝床《ねどこ》に優《やさ》しく横たえる。しばらくその寝顔《ねがお》を愛《いと》おしそうに見つめていた悪魔《あくま》は、くるっと踵《きびす》を返すとその場から瞬時《しゅんじ》に消えていた。

「ん……」

数刻後、喉《のど》の渇《かわ》きを覚えて目を覚ましたネリネは、自室のベッドの上でしばらくボーッと天井《てんじょう》を見上げていた。だが意識を失う前後がつながると、ガバリと起き上がり鎧戸《よろいど》を勢いよく開けた。

「嘘《うそ》……！」

とっぷりと暮れた夜半の空が視界に飛び込んできた瞬間《しゅんかん》、眠《ねむ》ってしまった自分に愕然《がくぜん》とする。だがキュッと眉《まゆ》をつり上げた彼女は、勢いよく立ち上がると足早に部屋を出た。

（こんなに暗くては黒い花を見分けるのも難しい……いや、そんなこと言ってる場合じゃない。這《は》いつくばってでも探さなきゃ――！）

手提《てさ》げランプに火を入れ、採取用カゴを持って勝手口に手を掛《か》けようとする。その瞬間、扉が向こう側から開けられた。驚《おどろ》いて一歩ひくと、もうすっかりおなじみとなった神父がそこにいた。

「あれ、もう起きたのか？」

ランプにぼやっと照らされた笑《え》みに様々な言葉がこみ上げる。どうして眠らせたのかと文句が飛び出しかけたところで、彼が抱えていた物が目に入った。

「それ……」

クラウスのカゴに入っていたもの。それは今まさにネリネが探しに行こうとしたイラカの花の束だった。その中の一つを摘《つ》まんで悪魔は口を開く。

「ちょっと自信はないけどたぶんあってると思う。間違《まちが》ってたら言ってくれ。また探して来るよ」

渡《わた》されたカゴを照らして見分する。見た限り、必要としていた量は揃《そろ》っているようだ。

ネリネは震《ふる》える声で問いかける。

「どうして……」

「私はこのぐらいしかできないからね」

ここで照れ隠《かく》しをするように頭を掻《か》いた神父は、少しおどけた口調で続けた。

「まあ曲がりなりにもここの神父だし、それに点数稼《かせ》ぎかと思われるかもしれないが、君と仲良くなるためにそういった下心がまったく無いと言えば嘘に――ネリネ？　どうした？」

カゴをギュッと抱《だ》きしめたネリネは、複雑な心境に苛《さいな》まれ視線を落とした。心配そうにこちらを呼ぶ声と共に肩《かた》に触《ふ》れようとする気配を感じ、キッと視線を上げる。こちらの強いまなざしに、さすがの悪魔も驚いて手を止めた。静かな廊下《ろうか》では、わずかな衣擦《きぬず》れの音さえ立てるのがためらわれ、互《たが》いに指先一つ動かせない。ジジッとランプの芯《しん》が燃える音だけが辺りに響《ひび》いていた。

ネリネは泣いてはいなかった。だが今にも決壊《けっかい》してしまいそうに顔を歪《ゆが》ませ、やがて消え入りそうな声が震える唇《くちびる》から零《こぼ》れ落ちる。

「どうして、あなたは……っ」

「え……」

言ってしまってからハッと我に返る。瞬時にいつもの愛想《あいそ》のない仮面をかぶりなおすと、踵を返して食堂へと向かう事にした。

「すみません、何でもないです。これで次の段階に進めますね」

「ネリネ」

何かを言いたそうに名を呼んでくるクラウスだったが、問答無用で歩みを進める。だが、ドアノブに手をかけたところでネリネは足を止めた。踵《かかと》をそろえると足元でコッと音が鳴る。

「……。今からわたしが言う事は世間的に見れば間違っているかもしれない。だけど」

そこで一度言葉を切ったネリネは、石像のように動かなくなった。微妙《びみょう》な沈黙《ちんもく》が駆け抜《ぬ》ける中、口を開けては結ぶを何度か繰《く》り返していたシスターは、背を向けたままやっとの事でその一言を発した。

「ありがとう……ございます。たとえあなたが悪魔であろうと、わたしはこの行いに感謝します」

そこから先は彼の表情を確かめることすら出来なくて、ネリネは勢いよくドアノブを掴《つか》んで扉の向こうに逃《に》げ込んだ。確かめたところで二の句は継《つ》げなかっただろうけれど。

実験室、もとい台所に再び籠《こ》もったネリネは成分抽出《ちゅうしゅつ》の為《ため》に革《かわ》の手袋《てぶくろ》をしてイラカの花を慎重《しんちょう》に刻み始めた。だがその脳裏《のうり》では先ほどのやりとりが幾度《いくど》も再現されてしまう。

(以前にも、同じような事があったっけ)

助けてくれて嬉《うれ》しかった。ありがたかった。なのに、手放しで礼を言えない葛藤《かっとう》がネリネを苛《さいな》ませていた。

どうしてクラウスは出会いがしらに自分が悪魔であることを明かしたのだろう。いや、契約《けいやく》の為というのは分かっている。だけど、もし知らずに居たのなら、もしかしたら自分は彼を――。

(ダメ、今はこちらに集中しなさい、コルネリア)

意識が逸《そ》れそうになる自分を叱責《しっせき》し、目の前の乳鉢《にゅうばち》に集中する。刻んだ花をすり潰《つぶ》しアルコールに浸《つ》ける、そして時間を置いたところで不純物を濾《こ》して煮詰《につ》めていく。

それを気の遠くなるほど繰り返し、やがて出来上がった透明《とうめい》な液体を目の前に持ち上げてランプの灯《ひ》に透《す》かす。ほんの一舐《な》めだけでも死に至る猛毒《もうどく》を作り出してしまったことにゾクリとするが、気を引き締《し》め直して次の手順に移る。出来上がった原液に蒸留水からなる希釈《きしゃく》液を加え、倍々に薄《うす》めては計算式に書き込んでいく。


夜通しの作業は続いた。不思議なことに、時間が経過するにつれてネリネは妙《みょう》な高揚感《こうようかん》に包まれていた。次はどんな薬草が必要かと考えたタイミングでひらめきが脳を駆《か》け巡《めぐ》る。

(あぁそうか、これを足したら副作用が抑《おさ》えられる……待って、だったらあっちも利用したらもっと効能の高いものが――)

それまでの経験が結びつき、アイデアが次々と洪水《こうずい》のように溢《あふ》れて来る。幼い頃《ころ》に見た母の調合作業を思い出し、ひたすら良《い》い薬を開発することに専念する。

（お母さん、力を貸して……！）

途中《とちゅう》で何度か誰《だれ》かが入ってきて食料を置いてくれた気がしたが、そちらに目を向けることもなく無意識に摑んで口に押し込む。そして限界を感じたら自室に戻《もど》り仮眠《かみん》をとる。

……そんなサイクルを何度繰り返しただろう。体感で言えばおそらく三日後。ハッと気付いた時、ネリネの手には一本の小瓶《こびん》が握《にぎ》られていた。

「でき……た？」

朝の光が射《さ》し込み、手のひらの中の希望をキラキラと輝《かがや》かせている。例の毒花を保管したガラス管に飛びついたネリネは、そっとその蓋《ふた》を持ち上げる。すぐさま刺《さ》すような激痛が頭を突《つ》き刺した。それでも我慢《がまん》して吸い込み続けると、一拍《いっぱく》置いて胃がひっくり返りそうな吐《は》き気がこみ上げて来た。思わず四つん這《ば》いになって口元を押さえる。

「っ！」

世界が回り出しそうなほどめまいがひどい。患者《かんじゃ》たちはずっとこんな症状《しょうじょう》に耐《た》えていたのかと涙《なみだ》でにじむ視界で痛ましく思う。すがるようにテーブルを這い上がったネリネは、調合したばかりの薬を震える手で摑んだ。一瞬《いっしゅん》ためらったが覚悟《かくご》を決めて一口で呷《あお》る。倒《たお》れ込むように床《ゆか》でじっとうずくまること数分——おそるおそる顔を上げた彼女は瞳《ひとみ》を輝かせていた。

「治まった……効果が、ある、これなら……っ」

震える手で鍋から使用した分を補充《ほじゅう》したネリネは、実験場を飛び出す。小瓶を握りしめたその胸は、嬉しさではち切れんばかりに膨《ふく》らんでいた。

（ああ、やっと、やっとこれで、わたしも認めて貰《もら》える、仲間に入れて貰える。この村に居てもいいんだって……！）

もうあの時のような思いはしない。あなたが居てくれて良かったと、みんなからきっと言って貰えるはずだ。そう、この扉《とびら》の向こうに温かな笑顔が——、

「皆《みな》さん！　やりました！　薬が——」

ところが、祭壇脇《さいだんわき》の扉を勢いよく開け放ったネリネは、目の前に広がる予想外の光景に言葉を失った。

所狭《ところせま》しと床に転がされていたはずの患者たちが、みな最後の力を振《ふ》り絞《しぼ》ってヨロヨロと出口に向かって歩き始めている。耳を澄《す》ますと外からは賑《にぎ》やかなざわめき声が聞こえてきた。

「ど、どうしたんですか、これはいったい……」

戸惑《とまど》うネリネに、近くを通りかかった男性が足を止める。痩《や》せこけた頬《ほお》が痛々しい彼は、それでも明るい表情で、忘れかけていたその名を高らかに呼んだのである。

「聖女が……ヒナコ様がこの村を救いにやってきて下さったんだ！」

外に飛び出したネリネは異様な光景を目にした。村人たちが門の付近めがけて我先にと集結しているのだ。彼らは足元など見ていないのか、アプローチ脇《わき》に植えられていた花たちは無残にも踏《ふ》みにじられていた。

その憐《あわ》れな姿を悲しそうに見下ろしていたクラウスを見つけ、ネリネはそちらに駆けよる。

「いったい何事ですか？」

「まさかこのタイミングで来るとはね……」

声をかけると、神父は困ったように眉根《まゆね》を寄せた。次の瞬間《しゅんかん》、人だかりの中心から大声が上がった。人垣《ひとがき》が揺《ゆ》れて騒《さわ》ぎの原因が見えてくる。

「ええい、寄るな！　この方をどなたと心得ているのだ！」

制服を着た護衛兵たちが村人を必死で遠ざけている。その向こうに見えてきたのは、白馬に乗ったジーク王子と、その前に収まる聖女ヒナコだった。まるで美しい一枚の絵のように堂々とした佇《たたず》まいで、周囲の様子を見回している。

「汚《きたな》い手で触《さわ》るな！」

「あっ！」

その時、最前列に居た老人が護衛に突き飛ばされた。ざわっと民衆がどよめく中、ヒナコは高らかな声を上げた。

「乱暴は止《や》めて下さい！」

タッと馬から下りた彼女はクリーム色を基調としたドレスを着ていた。だが、その美しい生地《きじ》に汚《よご》れが付くのも構わず、突き飛ばされた老人の前に膝《ひざ》を突《つ》く。眉根を寄せた彼女は辛《つら》そうに老人に向かって話しかけた。

「遅《おそ》くなってしまってごめんなさい。苦しい中、本当によく耐えて下さいました」

身分の高い聖女が下々の者に膝を突き、誠心誠意謝っている。その驚《おどろ》きの光景に村人たちはざわめいた。老人の頬に手を伸《の》ばしたヒナコは瞳を潤《うる》ませる。

「まぁ、こんなに痩せ細って……でももう大丈夫《だいじょうぶ》ですよ、とびっきりのおくすりを持ってきましたからね」

すっくと立ちあがった彼女は、腰《こし》につけたポーチから丸いフラスコを取り出した。鮮《あざ》やかな黄金《こがね》色の液体がちゃぷんと揺れる。

「私、自分に何ができるかずっとずっと考えてたんです。自分に聖女なんて本当に務まるのかなって……でもここで諦《あきら》めたらダメだ、頑張《がんば》れば奇跡《きせき》は必ず起こせるんだって、つらい時こそ笑顔《えがお》でいなきゃって自分自身を励《はげ》ましたんです！」

まるでお芝居《しばい》のような台詞《せりふ》回しだったが、村人たちはすっかり彼女に目を奪《うば》われていた。

両手を顔の横でグッと握りしめたヒナコは、華《はな》やかに微笑《ほほえ》む。

「そうしたら自然と勇気が湧《わ》いてきたんです。一生懸命《いっしょうけんめい》神様に祈《いの》りを捧《ささ》げたら、ほら！」

フラスコを目の前に差し出された老人は、震《ふる》える手でそれを受け取った。コルク栓《せん》をキュポンッと開ける間、ヒナコは胸に手を当てて目を閉じる。

「精いっぱい心を込めた聖水です。おくすりって治してあげたいって気持ちが一番の材料なんですよ？」

喉《のど》を鳴らすほどの勢いで聖水とやらを飲みほした老人は、しばらく立ち尽《つ》くしていた。

誰もがその様子を見守る中、彼はブルブルと震え出す。

「すごい……すごいぞ！　ダルさが消えていく、吐き気も、割れるように痛かった頭も、全部元通りだ!!」

年不相応に飛び跳《は》ね始めた老人に、一拍置いて村人たちは大歓声《だいかんせい》を上げた。聖女がもたらした奇跡に、教会全体がビリビリと震え出す。

「聖女様！　聖女様！」

「奇跡だわ！」

「本物の聖女様だ!!」

「信じられない！」

後ろでぽつんと取り残されたネリネは立ち尽くすしかなかった。言葉を失いその光景を見つめているとヒナコと目が合う。あ、と口を開いた彼女は嬉《うれ》しそうにパタパタと駆けよってきた。

「コルネリアちゃん！　こんなところに居たですねっ」

ひくっと顔が強《こわ》ばるのを感じる。だが、まさか逃《に》げ出すわけにもいかない。どうしようかと迷っていると、庇《かば》うように割り込む影《かげ》があった。

「ようこそホーセン村へ、まさか聖女殿《どの》自らが来て下さるとは思いませんでしたよ」

ネリネを背中に回したクラウスは、表面上は穏《おだ》やかに歓迎《かんげい》の意を見せる。するとヒナコは目の前で止まり、しばし考えるような仕草を見せた。

「んーっと？　あっ、ここの神父様ですね。こんにちはです〜」

「貴殿《きでん》がクラウス神父だな？　この状況《じょうきょう》でよくぞここまで耐えてくれた。大切な民《たみ》の命を繋《つな》いでもらって礼を言うのはこちらの方だ」

ヒナコを追いかけてきたジーク王子の登場に、ネリネは縮みあがった。元婚約者《こんやく》はあの断罪の場で見せた苛烈《かれつ》さはどこへやら、穏やかにこちらを見て話しかける。

「やぁコルネリア。君もこちらで頑張っているようだね」

誰《だれ》もが見惚《みと》れる笑みを浮《う》かべた王子は、周囲の人たちに聞こえるよう、よく通る声でこう続けた。

「噂で聞いているよ、君も薬を調合しようとしていたらしいじゃないか。成果はあったのか？」

その言葉に、ネリネは持っていた小瓶《こびん》を隠《かく》すように握りしめる。それを見た村人たちの間で微妙《びみょう》な空気が流れ始めた。

また効きもしない薬を……。

特効薬を作ると言っておきながら……。

結局は聖女様のおかげ……。

とっくに諦めたのかと……。

裏で引っ込んで何をしてたんだか……。

あたしらが大変な思いをしてたっていうのに……。

ヒソヒソと聞こえてくる言葉にカァァと頬が熱くなる。自分が村人たちから今どう見えているのかを意識した瞬間、突《つ》き刺《さ》さる視線がとてつもなく冷たいものに感じられた。

「こ、今度のは本当に効果があるんです、誰《だれ》か――」

飲んでみて、と訴《うった》えようとしたその時、ヒナコが言葉を遮《さえぎ》ってはしゃいだ声を上げた。

「ヒナへの償《つぐな》いのために、頑張って薬を作ろうとしてくれたんだよね。すごいすごいっ、その意気ですよコルネリアちゃん！」

「えっ……」

「たとえ『失敗しても』頑張った事が大事なんです。努力していればきっと罪は償えるですよっ、神様は見てるですっ」

ウィンクをした聖女は、グッとガッツポーズをするおなじみの仕草を見せる。話を妙《みょう》な方向に持って行かれるのを感じたネリネは慌《あわ》てて口を挟《はさ》もうとした。だが、

「あぁ、なんてお優《やさ》しいのだ！」

「あたしだったらあんな事、とてもじゃないけど言えないわ！」

あの時と同じだ。あの断罪の場と……フォローと見せかけて完全なる踏み台にされていることに気づいたネリネは、どうにもならない状況に喉の奥から熱いものがこみ上げてくるのを感じた。

「違《ちが》う、違うの、少しはわたしの話を――」

はくはくと口から漏《も》れ出る空気は声をなさずに周囲の歓声《かんせい》にかき消されていく。

それでも彼女は泣かなかった。泣けなかった。泣くことを忘れた鉄仮面はひたすら俯《うつむ》いてじっと耐《た》え続ける。行き場をなくした感情ははけ口を求めて容赦《ようしゃ》なく心をガリガリと削《けず》

っていく。ちょっとでも気を抜《ぬ》くと爆発《ばくはつ》してしまいそうだ。それだけはダメだ。みっともなく泣き喚《わめ》くなんて子どものような振《ふ》る舞《ま》いはできない。

「でもコルネリアちゃん、わざわざそんなことしなくったって良かったんですよ？　ヒナは最初から怒《おこ》ってなんかないんですからぁ」

聖女様の慈悲《じひ》深いお言葉に顔を上げてキッとにらみつける。

ネリネが死ぬ思いで頑張っていたのは村人と自分のためであって、ヒナコへの罪滅《つみほろ》ぼしなどでは断じてない。なのに印象の植え付けでまたこちらの真意をすり替《か》えられてしまう。心の中で、ヒナコに対する黒い感情が膨《ふく》れ上がっていくのを感じた。神に仕える者として決して抱《いだ》いてはいけないはずの醜《みにく》い想《おも》いがごちゃ混ぜになり胸の内を支配する。あぁダメだ、耐えろ、耐えなければ。

「ねぇねぇ教えて、そのおくすりってどうやって作ったの？　材料は？」

破裂《はれつ》しないよう心を保つのに必死で、頭まで血がめぐらなかったらしい。無邪気《むじゃき》なヒナコの問いかけに俯き加減《かげん》でブツブツと答えてしまう。

「違う……本当にわたしは理論に基《もと》づいて作った。祈りだなんてそんなインチキじゃない……イロンの根……ユキダマグサ……イラカの――」

「ネリネ！」

クラウスの鋭《するど》い制止にハッと我に返る。気が付いた時にはもう遅く、こぼれそうなほど目を見開いたヒナコが口に手を当てるところだった。

「ふ、ふぇぇ!?　イラカって、あの真っ黒いお花？　あれって毒じゃ……え、そんなもの弱った人たちに飲ませようとするなんて……えっ、えっ？」

周囲の人たちに聞こえるよう、ヒナコは驚いたふりをしてわざと声の音量を上げる。焦《あせ》ったネリネは即座《そくざ》に否定しようとした。

「違っ……毒は人体に影響《えいきょう》のない弱さまで薄《うす》めてる――」

しかし、毒が入っていると認めてしまった事で、場がしん……と静まり返る。村人たちの敵意に満ちた視線が突き刺さり、冷や汗《あせ》がじわりとにじみ出した。

そんな場の空気を変えるようにヒナコはうろたえた様子で手を握《にぎ》りしめた。

「はわわっ、ごめんなさい。せっかく頑張《がんば》ったのにヒナったら。そうだよね、コルネリアちゃんだって『自分なりに一生懸命考えて作った』んだもんねっ」

ここで数歩詰《つ》め寄ってきた彼女は、反射的に逃げようとするネリネの手をギュッと握りこみ輝《かがや》く笑《え》みを浮かべた。

「みんな、彼女を責めちゃダメですよ。コルネリアちゃん、お祈《いの》りのやりかた教えてあげるのでファイト、おーっなのですっ」

ぞわっと総毛立つ。もう限界だ、よろめいたネリネは手を振り払《はら》い、逃げるようにその場から走り出した。

みじめな負け犬を引き止める者などおらず、背後から王子と護衛兵たちの場を取り仕切る声が聞こえてきた。

「薬は順番に配る！　慌てなくても全員に行きわたるだけの量をたっぷりとヒナコが用意してくれたぞ！」

「並べ！　並べと言っている‼」

わぁわぁと押し寄せる人波をかき分けてとにかく逃げ出そうとする。ようやく抜け出たところで一人の少年と鉢合《はちあ》わせた。

「あ……シスター。うちもみんな寝込《ねこ》んじゃってさ……」

いつも教会に遊びに来ていた少年だった。いつだったか妹の容態を診《み》てあげた時の……。

「シスターも薬できたんだね。えっと、その……俺、そっち貰《もら》うよ」

気を遣《つか》ってくれているのか、ネリネが未《いま》だに握りしめていた小瓶に少年が手を伸《の》ばしてくる。

だが、彼がサッと後ろに隠したものをネリネは見逃《みのが》さなかった。聖女が持ってきた薬だ。その装飾《そうしょく》品としても十分なほどの立派な容器を見た瞬間《しゅんかん》、自分の薬があまりにもみすぼらしく見えてカァッと恥《は》ずかしさがこみ上げる。

こちらの薬に触《ふ》れられる寸前で手をひっこめる。少年が驚《おどろ》いてこちらを見上げたが、ネリネは無理に口の端《はし》を吊《つ》り上げ声を絞《しぼ》り出した。

「何……言ってるの、聖女様が作った薬の方が、絶対効くに決まってるじゃないですか」

いったい、自分が今どんな顔をしているのか、想像することすら嫌《いや》だった。こんな子どもにも憐《あわ》れまれている、恥ずかしい、みっともない。

そう自覚した瞬間、ネリネは駆《か》け出していた。後ろから呼びかける声が聞こえたような気がしたが今度こそ止まらなかった。

4章――契約

それから数刻が過ぎた。聖女がもたらした聖水は劇的な効果を発揮し、陽《ひ》も沈《しず》む頃《ころ》には謎《なぞ》の症状《しょうじょう》に苦しめられていた患者《かんじゃ》たちはほとんどが回復して歩き回れるほどになっていた。

その夜、村を救ってくれた感謝の証《あかし》として、ジーク王子と聖女ヒナコの為《ため》に、村で一番大きな宿屋で盛大な宴会《えんかい》が開かれることになった。

誰《だれ》もが笑っていた。子どもたちも今日ばかりは夜間の外出を許され走り回る。皆《みな》が幸せそうな顔で集《つど》い、踊《おど》り合っていた。


そんな中、ネリネは教会に残り、一人で病床《びょうしょう》の後を黙々《もくもく》と片付けていた。太陽は地平線に身を投じ、その残滓《ざんし》だけが教会内の姿をわずかに浮《う》かび上がらせている。

元から表情に乏《とぼ》しいシスターではあったが、伏《ふ》し目がちに閉じられた緑のまなざしは今やガラス玉のように成り果てていた。

ふと、村の中心地から楽団の愉快《ゆかい》な音が風に乗って遠くここまで届く。無感情に箒《ほうき》を動かしていたネリネは、手をとめてポケットから自分が作った薬を取り出した。

くすんだ小瓶《こびん》を見ていた彼女は、キュッと眉《まゆ》をつり上げるとそれを力いっぱい床《ゆか》に叩《たた》きつけた。カシャッと軽い音がして苦労の結晶《けっしょう》はあっけなく砕《くだ》け散ってしまう。中からこぼれた液体が身廊の赤い絨毯《じゅうたん》にじわりと染《し》みこんでいった。それが今の自分のみじめさを如実《にょじつ》に映しているようで、ネリネは手にした箒で上から何度も叩いた。

「こんなもの！　こんなもの！　こんなもの!!　──ッ！」

跳《は》ねたガラスの破片《はへん》が頰《ほお》に当たり、急激な虚《むな》しさに包まれる。肩《かた》で息をする彼女はその場に立ち尽《つ》くした。

（もう、今夜にでもこの村から出ていこう。教会も辞《や》めて、それから……それから？）

どこに行くというのだろう。身寄りはとうに亡《な》くした。どこへ逃《に》げてもヒナコの嫌がらせと聖女落ちのレッテルは付いて回るのではないだろうか。そもそもこんな時刻に女一人で村の外に出ること自体が自殺行為《こうい》だ。

（それが、なに？）

しかし、もはやそんな程度で思い留《とど》まらないほどには、ネリネの心はズタズタだった。

「もういや……」

持っていた箒をカタンと落とし目元をぐしっと拭《ぬぐ》う。ギリッと奥歯を嚙《か》みしめ、今まさに一歩を踏《ふ》み出そうとした──その時だった。

「宴《えん》もたけなわ。来ないのかい？」

ギィ、と後ろから正面扉《とびら》がきしむ音が聞こえてくる。振《ふ》り向かずとも誰だかわかるほどには聞きなれてしまった声だった。彼とも顔を合わせる事なく出ていくつもりだったのに、なぜ宴会場を抜《ぬ》け出してまで戻《もど》ってきたのか。こんなみじめな女など放《ほう》っておけば良いものを。拳《こぶし》を握りしめたネリネは怒《いか》りに声を震《ふる》わせる。

「……行けるわけ、ないじゃないですか」

「そうだね、村人からしてみれば君は誰も救えなかった無能なシスターで、ましてや追放された元聖女候補だ。行ったところで腫《は》れ物扱《あつか》いになるのは目に見えている」

淡々《たんたん》とした声で煽《あお》られる。現状のみじめさを余すところなく突《つ》き付けられたネリネはさすがにカッと来た。

「バカにしに来たんですか！」

威勢《いせい》よく振り向いた彼女は、ヒッと息を呑《の》んだ。

そこにいた神父は、かりそめの姿を解いていた。煉獄《れんごく》の塵灰《じんかい》をまとった赤い悪魔《あくま》が、感情を読ませない深紅《しんく》の瞳《ひとみ》でこちらをじっと見据《みす》えている。

見るのはこれで三度目だがとても慣れるものではない。思わず後ずさるネリネと距離《きょり》を詰めるよう、悪魔は大股《おおまた》で歩いてきた。

「君が作った薬は完璧《かんぺき》だった。この村を救うのは君だったはず」

「な、なにを……」

「その手柄《てがら》をあの聖女は横取りした。公衆の面前で尊厳を傷つけて、君を嘘《うそ》つきに仕立てあげ、こき下ろした」

いつもの穏《おだ》やかさの欠片《かけら》もない冷たい声だった。かと言って怒りを含《ふく》んでいるわけでもない。ただ本当に淡々と事実を述べている。これまでのネリネの苦渋《くじゅう》を全《すべ》て掘《ほ》り起こした悪魔はすぐ目の前まで来て立ち止まる。彼は目を細めると一言だけ問いかけてきた。

「憎《にく》くはないか？」

彼が……悪魔がこれから何を言わんとしているのか分かったような気がして、ネリネは目を見開く。

「前にも言ったが、悪魔が人に干渉《かんしょう》するには契約が必要だ」

「けい、やく」

もはや繰《く》り返すことしかできない憐れな子羊の前に、悪魔はスッと手を差し伸べる。物音一つしない礼拝堂でその声はハッキリと響《ひび》いた。

「俺の手を取れ、ネリネ」

本性《ほんしょう》を現した悪魔は妖艶《ようえん》な微笑《ほほえ》みを口の端《はし》に浮かべる。なぜ今まで気づかなかったのかと思うほどクラウスは恐《おそ》ろしく整った顔立ちをしていた。魅入《みい》られて動けないシスターを、彼は文字通り悪魔の囁《ささや》きで包み込む。

「お前が望むなら、あの宴会場を一瞬《いっしゅん》で消し炭にしてやろう」

自分の喉《のど》がゴクリと鳴ったのが分かった。やはりこれが、この男の目的だったのだ。弱っているところに付け込んで契約させる。絵に描《か》いたような悪魔の常套手段《じょうとうしゅだん》ではないか。この手を取れば間違《まちが》いなく破滅《はめつ》が待ち構えている。この村だけではない、ネリネ自身にもだ。

(あぁ、だけど……)

彼はネリネを幸せにするためやってきたと言った。ならばこの提案は、これ以上ないほど『幸せ』では無いだろうか。

あの聖女が苦しみながら焼け死ぬところを想像する。自分を切り捨てたジーク王子も、あっさりと手のひらを返した村人たちも、全部まとめて黒焦《くろこ》げになる様を。

自然と口の端が吊《つ》り上がり、嫌《いや》な喜びが胸を満たした。甘い甘い、喉が焼け落ちそうな誘惑《ゆうわく》がすぐそこで手を差し伸《の》べている。震える手が持ち上がり、のろのろと動いていく。

「悪魔に魂《たましい》を売り渡《わた》すのも悪くない……ですね」

「ああ、君が望むならいくらでもチカラを貸そう」

契約成立まであと数センチ。村人たちの楽しそうな声が風に乗って遠く聞こえる。

「……」

ふいに、昼間の光景がよみがえった。聖女《ヒナコ》に縋《すが》る村人たちは、みな苦しみの中で一筋の光を見つけたような表情をしていた。やっとこれで苦しみから解放される。友が、大切な家族が助かるんだと。

（わたしは、本物ではなかった。それは最初からわかっていた事でしょう？）

契約を結ぶための手が止まった。怪訝《けげん》そうに目をすがめた悪魔は目の前の俯《うつむ》いた女を見下ろす。

どちらも動かなかった。静かに降る赤い灰が二人を取り囲む。やがてゆっくりと顔を上げたシスターは悲痛な笑《え》みを浮かべていた。

「結果的に村が助かったなら、それでいいじゃないですか」

ぎこちなく、顔が引き攣《つ》れそうな笑顔だった。ネリネは背筋をシャンと伸ばして言葉を続けようとするのだが、笑う寸前か泣き出す寸前のような声しか出てこない。それでも彼女は無理やり続けた。

「現状を見て下さいよ。聖女様がやってきて、大勢の人を助けて下さった。これ以上の結末があります？」

「……」

彼らを救えたのが自分ではなかったからと言って、こんな契約《けいやく》を結ぶのは逆恨《さかうら》みでしかない。ネリネの中の敬虔《けいけん》な心が、最後の最後で踏みとどまらせた。そうだ、自分なんかがただ思い上がっていただけ。

こちらの笑顔につられることなく、クラウスは黙《だま》って見下ろしてくる。凍《こご》えてしまいそうなほど冷たい目ではあったが、死すら厭《いと》わなくなったネリネは怯《ひる》まなかった。彼女は祈《いの》りの形に手を組み、目を閉《と》ざす。

「あぁ、やっとわかりました。きっとわたしはヒナコさんの引き立て役となる使命を神様から与《あた》えられたのです。そうに違《ちが》いありません。どうしてその運命に抗《あらが》おうとしたのでしょう、こんな愚《おろ》かなわたしでも神様は許して下さるでしょうか、ねぇ神父様」

不思議なことに、ネリネは嵐のように荒《あ》れていた自分の心がスッと凪《な》いでいくのを感じた。今までの彼女からは信じられないほど饒舌《じょうぜつ》に語り、まるで女神《めがみ》のように慈悲《じひ》深い微笑みを浮《う》かべる。

そう、彼女はようやく笑顔の『作り方』が分かったのだ。最初からこうしていればよかった、そうすれば苦しむことも無かっただろうに。心の中でまだわめいている自分はいたが、穴を掘って放り込み、上から土をかぶせて見えないようにする。ほら消えた。もう大《だい》丈夫《じょうぶ》だ。感情を殺すのは昔から得意だったから。

微笑むネリネを見た悪魔はこの世で最も不快なものを見たように顔を歪《ゆが》める。それまで余裕《よゆう》を保っていたはずの声に初めて苛立《いらだ》ちが滲《にじ》んだ。

「……そうやってまた、自分の心を犠牲《ぎせい》にするつもりか」

「きっとこれが一番いい、みんな幸せになれるんです」

「ネリネ！」

声を荒《あら》げたクラウスが、こちらの襟元《えりもと》をグッと掴《つか》んでくる。それでもネリネは幸せの仮面をかぶり続けた。きょとんとした顔で何を怒《おこ》っているのかと不思議そうに見上げる。

それを見た悪魔は哀《かな》しそうな顔で眉《まゆ》を寄せた。感情を無理やり押し込めたような声で静かに問う。

「その『みんな』の中に、君自身は含まれないのか？」

ぴくっと、ネリネの肩《かた》がわずかに跳《は》ねた。答えはなく、クラウスを見つめるまなざしは不自然に明るくて遠い。

掴んでいた襟元から手を離《はな》したクラウスは、今度は両肩に手を置く。真剣《しんけん》な顔をして覗《のぞ》き込む彼は努めて冷静になろうとしているような声で言った。

「私は君を幸せにしたいんだ。君が壊《こわ》れてしまっては私も幸せにはなれない。絶対に」

「それは、どういう……」

「自覚してくれ、君の心は壊れかけている。自分を殺さないでくれ、それこそ神への冒瀆《ぼうとく》埋《う》めたはずの気持ちが、土の下でもがくのを感じる。ダメだ、耳を貸してはいけない。

「戻《もど》って来てくれ、君は誰《だれ》かの引き立て役なんかじゃない」

「言っていることが……よく」

「それで君は満足なのか！　自ら悪役になると！」

「聖女が称賛《しょうさん》を集めるように、憎悪《ぞうお》を集める標的も必要なんですよ。きっとだ」

このまま心を殺すこと、それが一番正しいはずだ。我を通したって何もうまく行くはずがない。これまでの人生で、それは散々思い知らされてきた。

「私はそんな取り繕《つくろ》った言葉が聞きたいんじゃない、君の本音が知りたいんだ！」

それなのに、この悪魔は手を伸ばして来ようとする。もう聞きたくないとばかりに、ネリネはきつく目を閉じ耳を塞《ふさ》いだ。はぁっと息継《いきつ》ぎをしたクラウスは、それまでとは打って変わって静かに問いかけてくる。

「もう一度だけ聞く。これが最後だ、二度は聞かない」

この距離では、どんなに耳を塞いでも聞こえてしまった。心地《ここち》よいと感じた低い声が耳から入り心臓に優《やさ》しく触《ふ》れる。埋めた心を――本当の心に触れようと、声は胸の奥をやわく握《にぎ》り込んでいった。

「本当にこれでいいのか、ネリネ」

……どれだけの時間が過ぎたのだろう。うっすらと目を開いたネリネのまなざしから涙《なみだ》がひと筋こぼれ落ちた。すぅっと頬《ほお》を伝った雫《しずく》はポタリと彼女の襟元に落ちてにじんでいく。反対の目からも流れ落ちた瞬間《しゅんかん》、ようやく自分が泣いていることに気づいたネリネの表情が見る間に瓦解《がかい》していく。

「……だって、そうとでも思わなければ」

顔を覆《おお》ったネリネは滂沱《ぼうだ》した。ようやく作り上げたはずの幸せの仮面にピシリと亀裂《きれつ》が入る音を彼女は聞く。胸の内でぐちゃぐちゃになってしまった気持ちを、言葉の端々《はしばし》で何とか理解して貰《もら》おうと拾い上げる。

「いつも、こうして来たんです。押し込めてしまえばくだらない感情なんか消えてなくなるから。いつだってうまくいったのに、どうして……」

堰《せき》を切った涙は止まらず、ネリネはひたすら拭《ぬぐ》い続けた。

「置かれた状況《じょうきょう》が憎《にく》い。だけど悪魔《あなた》の手を取る事もできない」

「……」

「お願いだから、もうこれ以上わたしの心をかき乱さないで……」

言い切った言葉が、もうすっかり日の落ちた暗闇《くらやみ》の向こうに消えていく。

もうここまで言ってしまえばさすがの悪魔も見放すだろう。契約の見込みがない人間をどうするのか、赤子の手をひねるより容易《たやす》く殺されてしまうのではないだろうか。

ところがそんな彼女に与えられたのは、焼き殺す為《ため》の炎《ほのお》でも、ましてや死に至る一撃《いちげき》でもなく、まるで人間のように柔《やわ》らかな抱擁《ほうよう》だった。ふわっと頭を引き寄せられたネリネは、目の前の胸に額を突《つ》く。

「っ、」

「それで出した結論が自己犠牲なのは、感心しないな」

穏《おだ》やかな声が間近で響《ひび》き、少しだけ心が安らぐ。だがその事にハッとしたネリネは慌《あわ》てて逃《のが》れようとした。

「は、離して！　これ以上絆《ほだ》さないで。悪魔の誘惑になんて応じない。わたしは、わたしは……っ」

「そうじゃない。君の心が揺《ゆ》らがないのは先ほど確認《かくにん》したよ。今は悪魔としてではなく、ただ一人の神父として君の気持ちに寄り添《そ》いたい」

驚《おどろ》いて顔を上げると、クラウスは困ったように微笑《ほほえ》みながらこちらを見下ろしていた。そっとこちらの頬に手を当てた神父は、涙の跡《あと》をぬぐいながら続ける。

「どうしてそんなに自己犠牲が過ぎるんだ。君だって幸せになっていいんだよ。嫌《いや》なものは嫌と声をあげていいんだ」

「だって、怒られる、わたしの意見なんて誰も……」

聞いてくれない。と、言いかけたネリネは、目の前の男に見つめられ声を失くした。

――大丈夫、真っ当に生きていればいつかちゃんと報《むく》われる。見る人は見ているのだから。

思えば、この悪魔が自分を疑ったことなど一度でもあっただろうか？　偏見《へんけん》も、先入観もない。出会った当初から聖女落ちなどと色眼鏡を掛《か》ける事なく、ただのネリネとして自分を見てくれた。他愛《たわい》もないやりとりが、どれだけ自分の心を慰《なぐさ》めてくれただろう。氷のように冷え切っていた心はいつの間にか溶《と》けかけていた。

「泣いていいんだ、ネリネ」

頭に乗せられた手が優しく動く。大きな手の感触《かんしょく》は子どもの頃《ころ》、暖炉《だんろ》の側《そば》で母親に撫《な》でられた感触とよく似ていた。不安も、哀しみも拭い去ってくれるような、そんな――。

ふいに頭の手が離れる。一歩退いたクラウスは、目元に皺《しわ》を寄せるひどく優しい笑《え》みを浮《う》かべた。全《すべ》てを受け止めるように、両手を広げる。

「おいで」

ぬくもりが欲しかった。ずっと誰かの手が恋《こい》しかった。

これも悪魔の戦略なのかもしれない。だけどもう、どうでもよかった。言葉にならない声が喉元《のどもと》を通過して奇妙《きみょう》な音を立てる。気づけば、考える前にその胸の中に飛び込んでいた。

クラウスの胸元《むなもと》にしがみついたネリネは、大声をあげて泣いた。声の続く限り感情を吐《と》露《ろ》する。

「いっ、いつか報われるって、いつです、かぁっ！」

クラウスは口を挟《はさ》まず、黙《だま》って頭を撫で続けてくれた。いままで溜《た》め込んできた感情を全て吐《は》き出すがごとく、ネリネは叫《さけ》んだ。

「真っ当に生きてきたつもり、なのにっ、頑張《がんば》ってる、のに、なんで、なんで!! うああぁあぁ!!」

後はもう不明瞭《ふめいりょう》に泣き喚《わめ》く。泣く。哭《な》く。ひたすらに声を張り上げ続けた。やがて肺の中の酸素を全て使い果たし、ひっくひっくとしゃくり上げる。

「誓《ちか》おう。私は君の味方だよ」

しがみついた身体《からだ》から響く声は低く落ち着いていて、心臓を震《ふる》わせるようだった。

返事はしなかった。しない代わりに、背中に回した腕《うで》に少しだけ力を込めた。

「お見苦しいところを申し訳ありません……」

気の済むまで泣いた後、祭壇《さいだん》の段差には並んで腰《こし》かける二人の姿があった。呆《あき》れるほど涙を流したネリネは元の冷静さを取り戻し、恥《は》じたように俯《うつむ》いている。羞恥心《しゅうちしん》はその頰を染め、膝《ひざ》の上に置いた拳《こぶし》を微《かす》かに震わせていた。

「あはは、スッキリしただろう？」

その隣《となり》、こちらもすっかりいつもの調子とヒト形態に戻ったクラウスが朗《ほが》らかに笑いながら返す。本当にさきほどまでの悪魔と同一人物なのかと疑いたくなるような変わり様だ。

両手の指先を合わせた神父は、いつも村人に教えを説くのと同じように助言をくれた。

「泣くっていうのも立派なストレス発散方法の一つだからね。君も内に溜め込むばかりじゃなくて、もっとはけ口を持ち合わせた方がいい」

「それはどうもご丁寧《ていねい》にありがとうございます。わたしはもう大丈夫《だいじょうぶ》なのでさっさと宴会《えんかい》場に戻ってはいかがですか」

「本当に君は意地っ張りな女性だよ……もう少し私に頼《たよ》るってことをしてもいいんじゃないか？」

腫《は》れぼったい目元のネリネは、ぶすっとしたままそっぽを向く。それを苦笑《くしょう》しながら見ていたクラウスは、立ち上がると数歩進んだ。

「まぁ確かに、そろそろ戻《もど》らないと」

「っ……」

ネリネは思わず引き止めたくなる衝動《しょうどう》に駆《か》られ、いや、それはおかしいとギリギリのところで踏《ふ》みとどまる。おかしな話だ、入ってきた時は早く出て行って欲しいと願っていたはずなのに。

シスターが戸惑《とまど》っているとは知らず、少し先で立ち止まった神父は、顎《あご》に手をやり考え込むしぐさを見せた。

「しかし、改めておかしいとは思わないか？　毒の中和剤《ざい》——ヒナコ殿《どの》が言うには『聖水』だったか——タイミングといい、あまりにも彼女にとって都合よく出来過ぎている」

それまでとは少し調子の違《ちが》う声にネリネは顔を上げる。陽《ひ》がとうに暮れたのに彼の姿が見えるのは月明りのおかげだと気づいた。今日は満月を少しばかり過ぎた月齢《げつれい》だったはずだ。

「ですが実際、患者《かんじゃ》には効いているわけですし……」

「そこだよ。君と違って直接症状《しょうじょう》を見たわけでもないのに、聞いた情報だけで一発で薬を作れるものなのか？」

ピッと指を差され数度まばたきをする。言われてみれば……ネリネは気が遠くなるほどの失敗を重ね、試行錯誤《さくご》した末ようやく正解にたどり着いたというのに。

だが、魔《ま》法《ほう》のような回復劇を見せつけられたシスターは、聖職者として当然の意見を述べた。

「彼女は儀《ぎ》式《しき》を経て正式な聖女になりました。本当に神に通じるチカラでも授《さず》かったのでは？」

「祈《いの》って祈って祈って……それでカミサマに聖水の作り方を教えて貰《もら》ったというあれかい？」

ここで少し崩《くず》れた表情を見せたクラウスは、皮肉っぽく笑ってこう続けた。

「言ってはなんだが、神なんてのはただの概《がい》念《ねん》さ。一人ひとりの心の中にいる指標だと私は考えている。祈りを捧《ささ》げれば簡単にポンと解をくれるような都合のいい神なんてどこにも居ないんだよ」

仮にも神父とは思えない発言に目が点になる。神父は説法をする時の声そのままに言葉を継《つ》いだ。

「『神の教え』とは市民を上手《うま》く操作するための教会側の都合。ヒナコ殿の『聖水』には何かカラクリがありそうだね」

神父に諭《さと》されているのか、それとも悪《あく》魔《ま》に惑《まど》わされているのか分からなくなる。難しい顔をしたネリネは首を傾《かし》げながらつぶやいた。

「自力で作れるとは思えない。その上、神の啓《けい》示《じ》に頼れないのだとしたら、ヒナコさんはいったいどうやってあの薬を作ったんでしょう？　それこそ悪魔と契約《けいやく》したとしか……」

「さぁ。そのセンも考えられなくはないけど……もっと単純で明解な方法がある。前提から逆だと考えてみたらどうだい？」

逆？　と、視線だけで問いかけると、クラウスはとんでもない爆弾《ばくだん》発言を投下した。

「最初に薬を用意して、それから患者を〝作った〟」

「ぶっ⁉」

まさかの自作自演説に妙《みょう》な声が出る。慌《あわ》てたネリネは周囲を見回して誰《だれ》かが盗《ぬす》み聞きをしていないか確かめた。

「何てことを言うんですか！　誰かに聞かれたら侮辱《ぶじょく》どころの騒《さわ》ぎじゃすみませんよっ」

「だが可能性として一番高いのはそれだろう。彼女は最初から正解《こたえ》を持っていて、問題を作り上げた。そして民衆が適度に困ったところで華麗《かれい》に現れて解決する。もし私が聖女ならその手段を取るね。バレさえしなければ手っ取り早く人気が得られる——ただし倫理《りんり》は問わないものとする」

ここで眉間《みけん》にシワを寄せたクラウスは、不愉快《ふゆかい》そうにまなざしを細めた。その茶色の瞳《ひとみ》が一瞬《いっしゅん》だけ本来の赤色に光る。

「正直、あの手の女には虫唾《むしず》が走る。顔を直視するのも嫌《いや》なくらいだ」

「あんなに愛らしい方なのにですか？」

　ヒナコは天使のようだと絶賛する者が大多数なのに。そう思って尋《たず》ねると、悪魔は吐き戻しそうに舌を出しながらこう答えた。

「勘弁《かんべん》してくれ、君らには見えないかもしれないが、彼女の魂《たましい》はおぞましいぐらい品がないぞ。私は長年人間を見てきたが、醜悪《しゅうあく》さで言えば五本の指には入るな」

「そ、そんなにですか」

「あの王子も相当だがな。まとめて化けの皮を剝《は》いでやりたいね。あれが聖女だって？　冗談《じょうだん》じゃない」

「……」

　嫌悪感《けんおかん》むき出しのクラウスに、一瞬ネリネは本当の事を言おうかどうか迷った。自分だけが気づいているヒナコの秘密を。

「さて、私はそろそろ宴会場《えんかいじょう》に戻るよ、その辺りも踏まえて探《さぐ》りを入れて来よう」

「あ……」

　だが、ためらっているうちに彼は再び歩き出してしまった。肩越《かたご》しに振《ふ》り返りニコッと笑い掛《か》けられる。

「心配しなくても『神父クラウス』としてしかやらないよ。まぁ、あんまりにも酷《ひど》いようなら宿屋一帯が吹《ふ》き飛んじゃうかもしれないけどね」

「……」

「あれ、ここは君の鋭《するど》いツッコミが入るはずだったんだけど」

お得意の悪魔的ジョークを無視されクラウスは苦笑《くしょう》を浮《う》かべる。それに反応することもなく、立ち上がったネリネは胸元《むなもと》を握《にぎ》りしめぽつりと問いかけた。

「……どうして」

その先を続けることができず、見つめるその瞳は戸惑いの色を浮かべている。もう一度こちらに引き返してきたクラウスは、再度頭にポンと手を乗せた。

「言っただろう、私は君の味方なんだよ」

行ってくるよと小さく呟《つぶや》いた彼の手が離《はな》れていく。正面玄関《げんかん》の扉《とびら》がパタンと軽い音を立て、今度こそネリネは一人になった。クラウスが来るまでと比べれば気持ちは俄然《がぜん》ラクになっていたが、入れ替《か》わりに残された疑問は複雑怪奇《かいき》なものだった。

「……どうして、わたしなんかの為《ため》にそこまでしてくれるんですか？」

ようやく口にできた問いかけに答える者は居ない。ポケットから黄色い封筒《ふうとう》を取り出したネリネはじっとそれを見つめた。

その時、コトンという小さな音が彼女の耳に届く。彼が戻ってきたのかと顔を上げると、玄関脇《わき》にある懺悔《ざんげ》室に誰かが入ったことを示す木のサインが下がっていた。

（誰？）

今は受付時間外だ。というか、今夜は村人全員がお祭りムードなはずで、わざわざここを利用しに来る物好きが居るとも思えない。

なのに確かにそこに誰かが来ている。聞かなかったことにして部屋に引っ込むことも出来たが、何となくネリネは歩み寄ってみた。小さめのドアをくぐり懺悔室の中に入る。

「……『神に懺悔をどうぞ』」

面会用の小窓を開けていつもの決まり文句を口にする。しばらくして金網《かなあみ》の向こうから聞こえてきたのは知らない男の声だった。

「恐《おそ》ろしいことをしてしまいました……人の道から外れた行いを……そのせいで何人もの人が苦しみ、ついには帰らぬ者も……」

聞き覚えのない声だったが眉根《まゆね》を寄せて耳を傾《かたむ》ける。穏《おだ》やかな内容ではなさそうだ。

「どうしてあんなことを引き受けてしまったんだ……いや分かっている、多額の報酬《ほうしゅう》に魔《ま》が差したんだ。俺はどうしても金が必要だった……」

少し屈《かが》んで向こう側をそっと覗《のぞ》き込むが、細かい金網の向こうは素性がわからないようにする為にシルエットしか見えない造りになっている。ネリネは口がカラカラに乾《かわ》き始めるのを感じていた。

「今夜、同じことをしなければならない。やらなければ俺が殺されてしまう。神よ、罰《ばつ》は甘んじて受け入れます。だけど死後、貴方《あなた》は赦《ゆる》して下さいますか？」

「『神の御心《みこころ》のままに生きなさい。悔《く》い改めたことであなたの生前の罪は赦されました』」

できるだけ平静な声を装って定型文を返す。バクバクと心臓が速まる中、懺悔者が小さくお礼を言って出て行った。

パタンと扉が閉まった瞬間《しゅんかん》ネリネは飛び出した。正面玄関を抜け辺《ぬ》りを見回すがそこには誰一人として居ない。昼間、民衆に踏《ふ》み荒《あ》らされたアプローチの花たちが月明りの下でしんなりとしているだけだ。

(今夜、同じことを?)

怪《あや》しい、怪しすぎる。村に行って誰かに知らせるべきか。いや、行ったところでまともに取り合って貰える気がしない。笑われて宴会に水を差すなと追い出されるのがオチだろう。今から走ってクラウスに追いつけないだろうか、でも、その間にこの手がかりを逃《のが》してしまったら……。

(……遠くからでいい、確かめてみよう)

キュッと口元を引き締《し》めたネリネは、自室に引き返し普段《ふだん》はあまり被《かぶ》ることのない祭事用の黒いベールを手にする。それを頭からすっぽりと被ると裏の勝手口から教会を抜けた。そして風のように走り始めたのである。

月明りの下、路地裏を駆《か》け抜けるネリネは紺色のシスター服とベールのおかげで完全に闇《やみ》に紛《まぎ》れていた。にぎやかな中心地を避《さ》けできるだけ人目につかないよう村の北西へと急ぐ。

やがて見えてきた目的地は、いつだったかクラウスと共に調査に来た場所だった。あの時と変わらず、まっすぐ左右に伸《の》びる道の脇《わき》にソフィアリリーの生け垣《がき》が村の境界を守るように茂《しげ》っている。

唯一《ゆいいつ》、その時と違《ちが》うのは花からこぼれていたピンクの花粉が見当たらない事だった。水をひたすら撒《ま》いて洗浄《せんじょう》するようにと言ったネリネの読みは正しかったようだ。

しかし今夜、そのバランスを崩《くず》し、再び村を混乱に陥《おとしい》れようとしている者がいる。

(実行犯は先ほどの男一人だろうか。それとも複数？　誰かから指示を受けて動いている様子だった。なんでもいい、黒幕につながる手がかりを見つけられたら……)

道を端《はし》から端まで見渡《みわた》す。すると、ずいぶん遠くの方で何者かの影《かげ》が動いた。

(いた！)

用心深く建物の陰《かげ》に身を潜《ひそ》め、暗がりをたどるようにしてそちらに近付く。犯人は大柄《おおがら》な二人組のようでスコップを使い地面に穴を掘《ほ》っていた。見つかれば力では敵《かな》わない。そう判断したネリネはできるだけ身を潜めたまま近寄った。月明りが明るいおかげで、もう少しで顔が見えそうだ。

掘る手を止めた二人は、白い錠剤《じょうざい》を二、三粒《つぶ》取り出し穴に放《ほう》り込んだ。慣れた様子で上から土をかぶせると十メートルほどの間隔《かんかく》をあけて同じ作業を繰《く》り返す。

（たぶん、あれが花の性質を変化させるんだ）

その場所をしっかりと記憶《きおく》に書き留める。後で掘り出して検証してみよう。だがこれだけでは犯人特定の証拠《しょうこ》には繋《つな》がらない。

歯がゆい思いをしていたその時、片方の男のポケットから何かが落ちた。そちらに注意を向けつつ男二人の顔をしっかりと目に焼き付ける。やはり見覚えのない顔だ。少なくとも村の人物ではない。

「これで全部か？」

「ああ、まったく厄介《やっかい》な仕事を押し付けられたもんだぜ」

作業を終えた二人組が汗《あせ》を拭《ぬぐ》いながらこちらに歩いてくる。息を呑《の》んだネリネは慌《あわ》てて木箱の裏に引っ込んだ。黒いベールを目深《まぶか》にかぶり、膝《ひざ》を抱《かか》えてできるだけ小さくなる。ドクンドクンと心臓が早鐘《はやがね》のように脈打ち始めた。

「まぁこれも下っ端《ぱ》の宿命か」

「早く戻《もど》ろうぜ、腹減った」

ザッザッと足音がすぐ近くを通る。息を止めてじっと通り過ぎるのを待つ間、ネリネはひたすら神に祈《いの》りを捧《ささ》げていた。そうでもしなければ恐怖《きょうふ》で声が漏《も》れてしまいそうだったから。

必死の願いは通じたのか、彼らは手を伸ばせばとどく距離《きょり》を通過しながらも気づかずに行ってくれた。全身の力を抜いてほぅっと息を吐《は》く。助かった、子どもたちがよくしている『かくれんぼ』とはこんなに心臓に負担をかける遊びなのかと的外れな事をふと考える。いや、自分は幼少期に遊ぶ相手など居なかったから知らないのだけど。

やがて二人組の影が曲がり角に消えたのを確認《かくにん》し木箱の陰から飛び出した。彼らが落とした物の傍《そば》に膝を突《つ》き、手に取って確かめる。

「これは……」

それは手のひらに収まるほどのエンブレムで、大きく翼《つばさ》を広げる金の竜《りゅう》をモチーフとしていた。これを付けることを許されている組織など一つしか無い。嫌《いや》な予感に背筋がぞわぞわとしてくるのを感じる。まさか、予想が当たってしまったというのか。なぜならこれは王家直属の――。

「まんまと引っかかったな」

「！」

突然《とつぜん》、背後から響《ひび》いた声に弾《はじ》かれたように振《ふ》り返る。思考に気を取られていたネリネは、いつの間にか複数の男の接近を許してしまっていた。その中には先ほどの二人組もいる。しまったと思う間もなく聞き覚えのある声が響いた。

「さきほどの懺悔は君をおびき出す為《ため》の罠《わな》だよ。しかし、こうもあっさり乗ってくれるとはね……元婚約者《こんやく》として君の事が心配になるよ、コルネリア」

取り囲む男たちを割って現れたその男にネリネは凍《こお》り付く。震《ふる》える声でおそるおそるその名前を——宴会場《えんかい》に居るはずの彼の名を呼んだ。

「ジーク王子……」

ネリネにでっちあげの断罪を下し、体《てい》よく聖女の座から追い払《はら》った男がそこに居た。彼は肩《かた》にかかる金髪《きんぱつ》を払いのけながら悠々《ゆうゆう》とこちらに歩いてくる。

「あの懺悔内容でここに即座《そくざ》に来たということは、だいぶ嗅《か》ぎつけているようだな」

「……なんのことでしょうか、わたしはただ見回りに来ただけで——」

彼をにらみつけ、何とかごまかせないかと思考をめぐらせる。その時、王子の後ろから小柄《こがら》な女性が顔を覗かせた。驚《おどろ》きの声を上げる間もなく、彼女はけたたましく笑い出した。

「あはははは、すっごーい、本当に来ちゃったんだ。ねぇねぇ、コルネリアちゃんってどうしてヒナの思い通りに動いてくれるの？　バカなの？」

「っ!?」

そちらに気を取られた瞬間、いつの間にか背後から近づいてきた男に捕《つか》まってしまう。後ろ手にねじり上げられたネリネは痛みに顔をしかめた。目の前にやってきたヒナコが、心底嬉《うれ》しそうな顔つきで下から覗《のぞ》き込んでくる。

「ほんっとお人好《ひとよ》しだよねぇ、あんだけ村人から盛大になじられた後だってのにさ。善人ぶっちゃってバッカみたい。そんなんだから利用されてしまうんですよぉ？　えへへ」

わざとらしいしぐさで笑うヒナコだが、その目元はにんまりといやらしく弧《こ》を描《えが》いていた。ネリネはガンガンと痛み始める頭で問いかける。

「まさか本当に、あなたが？」

「何が？」

いくらこちらを貶《おとし》めようとも、まさか聖女が――いや、心ある人間がそんな真似《まね》をするわけがないとネリネは信じていた。ガッチリと捕《と》らえられているのも忘れ、噛《か》みつくように一歩踏み込む。

「あなたがこの村に病の原因をばら撒いたのかと聞いているんです！」

「そうだけど、それが何？」

きょとんとした顔で返され、いっそ拍子抜《ひょうしぬ》けしてポカンと口を開けてしまう。

うーん、と可愛《かわい》らしく頰《ほお》に人差し指をあてたヒナコは、小首を傾《かし》げながらこう答えた。

「だって王子がこうすればいいって言ったんだもん。ヒナ知らなーい」

「知らないで許されると思ってるんですかっ、人が死んでるんですよ！」

声を荒《あら》げるとヒナコは不愉快《ふゆかい》そうに鼻にシワを寄せた。

「うっざー。なんでヒナがアンタなんかにくっさい説教されなきゃいけないのよ。どーせ死んだのなんて、一か月も経《た》てばみんな忘れるようなザコでしょ？　問題ないじゃん！

あは」

「よくもそんな事を……！」

死者にすがりつく家族の悲痛な声がよみがえる。ぐっと拳《こぶし》を握《にぎ》りしめたネリネは、ジーク王子をにらみつけながら叫《さけ》んだ。

「ジーク様！　ご自分が何をしているか分かっていますか！　この国を継《つ》ぐ者として民《たみ》を裏切るこのような行為《こうい》が赦《ゆる》されるとでも!?」

王位継承者《けいしょうしゃ》としての自覚はないのかと問い詰《つ》めても、ジークは薄《うす》く笑うだけだった。

「どうして、なんでこんな意味のないことを……」

情けないやら悔《くや》しいやらでネリネの言葉尻《ことばじり》が消えていく。そんな様子をニヤニヤと見つめていたジークはようやく答えを返してきた。

「意味がない？　ふふ……。コルネリア、一つ面白《おもしろ》い話を聞かせてやろう。ソフィア王妃《おうひ》を知っているか？」

「初代聖女の……？」

それは神の道に生きる者ならば知らぬ者はいない名だった。苦しむ人々の前にあらわれ献身《けんしん》的な行いをした彼女は、その功績が称《たた》えられ当時の王の妻に迎《むか》え入れられた。

その直系の子孫であるジークはニヤリと笑うと、聞きたくなかった聖人伝説の裏側を語り始めた。

「俺はある時、城の書庫で彼女の日記を見つけた。それによるとソフィアは自らこっそりと毒を撒《ま》き、あらかじめ用意していた薬で癒《いや》す……そんな手段で聖女という地位を手に入れたらしい」

ネリネはあんぐりと口を開けて言葉を失った。聖典にも載《の》っている彼女がまさかそんな汚《きたな》い行いをしていたなんて……。ショックを受けるネリネを見て、王子は饒舌《じょうぜつ》に続ける。

「死の間際《まぎわ》には後悔《こうかい》していたようだけどな。だが俺から言わせて貰《もら》えば、彼女がやったことは愚《おろ》かな国民の手綱《たづな》を握る為に実に理想的な手段だ！　だから俺は初代のやったことをそっくり再現することにしたんだ。簡単だったよ、事細かに毒の性質と薬の調合法が書いてあったのだからな！」

次々と悪事を白状する王子はますます調子に乗る。ヒナコの肩を引き寄せ見せつけるように頬を撫《な》でた。

「この国は平和すぎるんだ。だから俺の事を陰《かげ》で無能のバカ王子と侮辱《ぶじょく》する……。だが貴様も見ただろう！　俺たちに泣いて縋《すが》るあの愚民《ぐみん》どもの姿を！　ハハ、そうだ、あれこそが本来あるべき俺への敬い方なのだ！」

「馬鹿《ばか》な事を……！」

吐き捨てるように呟《つぶや》くのだが、優位に立つジークは余裕《よゆう》の笑《え》みで金髪をかき上げた。

「ほざいていろ。俺は武力だけではなく、賢君《けんくん》としても後世に語られる器《うつわ》だ。意見する者はこいつらを使って容赦《ようしゃ》なく粛清《しゅくせい》してきた」

周囲の取り巻きどもはニヤニヤと下卑《げび》た笑いを浮《う》かべていた。こんな奴《やつ》らがいずれ国を背負うことになるだなんて……。絶望するネリネを見下ろし、ジークは彼が考える『有能戦術』を続けた。

「だが、聖女役《ソフィア》はお前のような地味な女では務まらない。明るく華《はな》がなくては民衆に示しがつかないだろう？　だからヒナコを抜擢《ばってき》したのさ」

屈辱《くつじょく》でギリィッと奥歯を噛みしめる。確かに自分の髪《かみ》はくすんで縁起《えんぎ》の悪い灰色だし、愛想笑《あいそわら》いも下手くそで世間ウケはしないだろう。だが聖女とはそういうものではないはずだ。断じて！

睨《にら》み付けているとジークは鼻を鳴らしてせせら笑った。

「そう睨むな。こちらの都合も考えてくれ。ジルならばまだ見栄《みば》えがしたものを、よりによってお前が残ってしまったのだからな。俺がこういう選択肢《せんたくし》をとるのも仕方のないことだろう？」

「……」

「しかしそのジルにも困ったものだな。あの程度で命を絶つとは」

「えっ……」

何気なく付け足された言葉に思わず声を漏《も》らす。その意味を考えていたネリネは次第《しだい》に怒《いか》りで身体《からだ》が震《ふる》えだすのを感じた。

「まさか……まさかジルが身投げをしたのは」

誰《だれ》よりも敬虔《けいけん》で誠実。責任感の強い彼女が命を絶つだなんて今でも信じられなかった。

まさかこの男が何か――？

「まったくバカな女だ。あそこで素直《すなお》に頷《うなず》いてさえいれば、今頃《いまごろ》ソフィア役として羨望《せんぼう》のまなざしを集めていたのはジルだったろうに」

最後にジルを見かけた時の記憶《きおく》が稲妻《いなずま》のようによみがえる。憔悴《しょうすい》しきった様子の彼女がこちらに向けて「ごめんね」と呟いたのは、王子の圧力に打ち勝てなかった自分を恥《は》じての謝罪だったのだ。

「まぁ、従わなければ実家を取り潰《つぶ》すと少し圧力を掛《か》けたぐらいであれだからな。どの道、あんな精神力ではこの王たる俺の妻にはふさわしくなかったか」

ふふんと笑う王子は、その後ジルに対して行った嫌《いや》がらせの数々をまるで武勇伝のようにべらべらと語り出した。あまりに陰湿《いんしつ》な追い詰め方に、めまいがしてくる。

従えば悪事に加担させられ、断れば大切な家族に被害《ひがい》が及《およ》ぶ。誰かに相談できる余裕もなくなるほど、ジルは追い詰められていたというのか。それこそ、身投げを選んでしまうほどに……。

王子の話を聞いていた取り巻きたちは、誰一人諌《いさ》めることもせずギャハハと揃《そろ》って笑い声をあげる。人を人とは思わないケダモノたちがそこにいた。彼らの声が耳障《みみざわ》りで、耳を塞《ふさ》ぐこともできないネリネはせめて自らの声でかき消すように叫ぶ。

「人でなし！　あなた達なんてケダモノ以下よ!!」

村まで届いてくれとの大声だったがパッと口をふさがれてしまう。汗臭《あせくさ》い革《かわ》の手袋《てぶくろ》の臭《にお》いがむわりと鼻腔《びこう》を衝《つ》き総毛立つ。近寄ってきた王子がこちらを見下ろしながら言った。

「なんとでも言え。死人に口なし、すぐに処理してやろう」

「これからもヒナの引き立て役として振《ふ》る舞《ま》ってくれるなら生かしてあげるけど、どうする？」

両手を顔の横で握りこむお決まりのポーズをした聖女は、実に楽しそうに続けた。

「悪い話じゃないでしょ？　割り切って一緒《いっしょ》にバカな国民を騙《だま》しちゃおうよ。これからは事情もちゃーんと説明するし、な・か・ま、に入れてあげる」

断れば数時間後には冷たい土の下だろう。ホーセン村の寡黙《かもく》なシスターは己《おのれ》の無能さに絶望し行方《ゆくえ》不明に……そんな筋書きが彼らの頭の中では描《えが》かれているはずだ。

「とりあえず今回の毒花騒動《そうどう》はコルネリアちゃんが犯人ね」

生き延びるためにはうわべだけでもこの提案に乗るべきだ。けど、だけど——。

返答のため口を覆《おお》っていた手を外される。すぅっと息を吸い込んだネリネは、返事の代わりに目の前でニヤつくヒナコの顔に思いっきり唾《つば》を吐《は》きかけてやった。彼女はきゃあと悲鳴を上げのけぞる。それを見据《みす》えたネリネの緑の瞳《ひとみ》に怒りの燐光《りんこう》が走った。

「死んでもお断りです」

たとえ形だけだとしてもコイツらだけには屈服《くつぷく》してやるものか。これは虐《しいた》げられてきた者としての最後の意地だ。ネリネは凜《りん》とした表情のままハッキリと言い放つ。

「あなた達に少しでも与《くみ》した時点で、わたしはわたしを許せなくなる。そうなるくらいなら殉教《じゆんきよう》を選んだ方がいくらかマシだわ！」

世の中にこんなにゲスな人間がいるなんて信じられなかった。これなら悪魔《あくま》であるはずのクラウスの方がよっぽど人らしい素晴《すば》らしい生き物ではないか。

「わたしがここで殺されることで、いつか必ず誰かが真実に気づいてくれる」

一瞬《いつしゆん》だけその神父の顔がよぎりキュッと胸が締め付けられる。どうして自分は今まで頑《かたく》なに彼の事を突っぱねていたのだろう。あんなにも寄り添《そ》おうとしてくれたのに……。ひどい後悔が胸を襲《おそ》ったが、それを振り払《はら》うように宣言した。

「あなたたちはいずれ報《むく》いを受ける事になる。神は見ているのだから！」

クラウスは、神は概念《がいねん》に過ぎないと言った。それぞれの心に存在している指標なのだと。ならばその彼の心に託《たく》そうではないか。彼は悪魔だが正しい心を持っている。ネリネが不自然な死を遂《と》げたのなら遺志《いし》を継《つ》ぎ、きっと真実にたどり着いてくれるはずだ。そう願うしかない。

ところが顔を拭《ぬぐ》っていたヒナコは発言をそのままの意味で捉《とら》えたらしく、一歩退いて顔をこわばらせた。

「うわ……真性の馬鹿だコイツ……覚悟《かくご》決まり過ぎててマジでドン引きなんですけど」

「答えは出たようだ。まぁ犯人が死体でも不都合はないだろう、喋《しゃべ》らない分かえって都合がいい」

いよいよだ。細めのロープを袋《ふくろ》から取り出したジークはそれを放《ほう》り投げた。キャッチした男が背後からネリネの首に巻き付ける。

「くっ……は……ぁっ」

少しずつ気道が締《し》まっていく。必死にロープに手をかけるがビクともしなかった。目を見開いたネリネはその場で膝立《ひざだ》ちになる。死への恐怖《きょうふ》で目の前がチカチカと点滅《てんめつ》を始めた。

絶望させるためジークが追い打ちをかけてくる。

「ヒナコを台頭させたことをよほど怨《うら》んでいるようだが、仕方が無いだろう。お前のような女を嫁《よめ》にしなければならないところだったんだぞ？」

ぴくっと動きを止めたネリネは、すぐ間近で覗《のぞ》き込んでくる二人を見上げた。ヒュウヒュウと鳴る口の端《はし》から唾液《だえき》が流れ落ちる。王子はぞっとするような声でコルネリアという人物の評価を下した。

「笑わない、気の利《き》いた話の一つもできない、お前のような陰気《いんき》な女を誰が愛する？」

「あはは、これは要《い》らないゴミの処分ってことですねー王子」

わずかに持ち直したはずだった自尊心がぺちゃぺちゃにすり潰される。酸素が足りない頭は次第にぼんやりとしていった。力の入らない手がだらんと両脇に落ちる。

（わたしは誰にも愛されない……）

自覚はしていたはずだった。愛されるようにはできていないと自分に言い聞かせてきた。ちっぽけで貧相で、愛想のないぼうっきれのような女。それなのに少しでも期待を抱《いだ》いてしまったのは、

――君だって幸せになっていいんだよ。

そう言ってくれたのは誰だっただろう。そういえば彼の名は頑なに呼ばなかったなと朦《もう》朧《ろう》とする意識の中で思う。

幼いころからの記憶がものすごい勢いで駆《か》け巡《めぐ》る。あぁこれが走馬《そうま》灯《とう》かと覚悟し、静かに目を閉じたネリネの目尻《めじり》からすぅっと涙《なみだ》がひと筋こぼれ落ちた。

暗転していく意識の中で、光射《さ》す教会が目の前に広がる。庭の片隅《かたすみ》で誰かが立ち上がり、

優《やさ》しい笑《え》みを浮《う》かべて振り返る。そうだ、彼の名は――、

「……すけて……クラウス」

漏れ出た吐息《といき》のような声は、一度口の周りで留《とど》まる。

「⁉」

そして勢いよく飛び出していった。そう、確かにその声は何らかの意思を以《もっ》てどこかへと飛んで行ったのだ。不思議な感覚にネリネはパッと目を見開く。

「うわ、まだ死なないんですかぁ？」

「しぶといな。そこまでしがみつくほど価値のある命か？」

目を開いてもそこは現実で、醜悪《しゅうあく》な面《つら》をした王子とヒナコが居る。だがネリネは確かに感じていた。すさまじい熱量を持った『何か』が急速に接近してくる。

「なんだ？」

最初に気が付いたのは一番離《はな》れたところにいた近衛兵《このえ》だった。静かに、だが着実に場の空気は渦《うず》を巻き始め、熱を帯びてブルブルと震《ふる》え始める。次の瞬間《しゅんかん》、熱気は目も開けていられないほどの熱風となり、その場に居た全員の髪《かみ》と服をゴウゴウとなぶった。

「きゃあ！」

「何事だ！」

（来る――！）

ネリネがギュッと目をつぶった次の瞬間、首を絞《し》めつけていたロープが唐突《とうとつ》にブチッと焼き切れた。前向きに倒《たお》れ込むところを誰《だれ》かにすくい上げられる。

「ゲホゲホッ!! ガハッ！ ッは!!」

それが誰かを確かめる余裕《よゆう》もなく、身体《からだ》をくの字に折って激しく咳《せ》き込む。多少熱いが新鮮《しんせん》な空気をむさぼるように取り込んでいたネリネは奇妙《きみよう》な浮遊感《ふゆうかん》を覚えた。目を開けば宙に浮かんでおり、先ほどまで自分を見下ろしていた王子たちがあっけに取られてこちらを見上げている。

「ようやく助けを求めてくれたね。いい傾向《けいこう》だ、素直《すなお》だと余計に可愛《かわい》がりたくなる」

「え」

そして、すぐ上から降ってきた声に顔を上げる。自分を抱《だ》きかかえていたクラウスはいつもと少しも変わりない優しい笑みでこちらを見下ろしていた。その姿にネリネは仰天《ぎようてん》して目を剝《む》く。

少しも変わらないのは表情だけだった。見慣れた神父服の背後には大きな黒い翼《つばさ》がはためき、頭の両脇《りようわき》には禍々《まがまが》しい角が生えている。つまり、クラウスは本来の悪魔の姿でこの場に降臨したのである。慌《あわ》てたネリネは無意味に両手を振《ふ》り回して事態を理解しようとする。

「えっ、なっ!? その姿っ」

「この期《ご》に及《およ》んでまだ私の心配をしてくれるのか。本当に優しいな君は」

抱《かか》えられた腕《うで》にギュッと力を込められ赤面する。降りしきる赤い灰に照らされた悪魔はいっそ空恐《そらおそ》ろしくなるほど冷たい目で奴《やつ》らの事を見下ろした。

「それに引き換《か》え、彼らの方がよほど悪魔的だと思わないか？」

その言葉にもう一度地上を見ると、ようやく状況《じょうきょう》を把握《はあく》したらしい男たちはこちらに向かって剣《けん》を構えていた。ただしその切っ先はよく見なくても分かるほどに震えている。

「あ、悪魔だ！」

「悪魔が出た!!」

「落ち着け！　誰か！　弓を持ってないか!!」

接近戦を得意とする近衛兵にとって、宙を飛んでいる悪魔相手では分が悪い。慌てる彼らを見下ろしていたクラウスはクスリと笑った。間近で見ていたネリネはその横顔を目にして凍《こお》り付く。

「私のネリネに手をかけた罪、その身を以て償《つぐな》って貰《もら》おう」

悪魔《あくま》は激昂《げっこう》していた。彼がふっと軽く息を吹《ふ》いた瞬間、深々《しんしん》と降っていた赤い灰が一気に燃え上がり、王子たちの手や足などの肌《はだ》にジュッと音を立てて落ちる。その途端《とたん》、彼らは剣を捨ててのたうち回り始めた。

「ギッ、ギャアアアアア!?」

「あぎっ、いぎゃあ⁉」

「アアぁぁアアア熱い！　あああああああ‼」

夢でうなされそうな叫《さけ》び声にネリネは息を吞《の》む。目には見えない攻撃《こうげき》なのか、見たところ外傷はないのに大の男たちがなりふり構わず転げまわっている。

「おやおや、人間はこの程度で壊《こわ》れてしまうのか」

クスクスと笑う悪魔に恐怖がこみ上げつつも、確認《かくにん》する。

「人間には手出しをできないはずじゃ……？」

「助けてくれと言ったじゃないか。こんなの『お試《ため》しサービス』の範疇《はんちゅう》だよ」

笑顔で青筋を立てている悪魔様に、拡大解釈《かいしゃく》が過ぎるとネリネは冷や汗《あせ》をかく。だが、次に聞こえてきた言葉でさらに肝《きも》を冷やした。

「まぁ、本契約《けいやく》してくれたら、この国一帯くらいなら五分で焦土《しょうど》にできるけど」

「⁉」

しれっと真顔で何てことを言うのだろう。破滅《はめつ》の悪魔の名は伊達《だて》ではないということか。

ネリネは、地上を見下ろしながらおそるおそる問いかけた。

「殺してしまったんですか？」

「いや、彼らのうす汚《ぎたな》い魂《たましい》を少し炙《あぶ》ってやっただけさ。死んではいないんじゃないかな？　たぶん」

そうは言うが、ようやく沈静化《ちんせい》した彼らはピクピクと痙攣《けいれん》し、穴と言う穴から体液を漏《も》らしまくっていた。いったいどんな地獄《じごく》の責め苦を味わったというのだろう。

「死んだらそこでおしまいだろう？　彼らはこれから一生私の影《かげ》におびえて生きる事になるだろうねぇ、あはは」

「あなたのそういうところは、本当に悪魔的ですね……」

殺してはいないのかとホッと胸を撫《な》でおろす。その袖口《そでぐち》をちょいちょいと引っ張ったネリネは、線引きをハッキリさせておくことにした。

「お願いします、これからは必要以上に人間に危害を加えるのはやめて下さい」

ん？　と、こちらに耳を傾《かたむ》けてくれたので真剣《しんけん》に見つめ返す。助けて貰《う》ってこんなことを言うのは気が引けたが、これはきっと人間と悪魔の価値観の差を埋めるためには必要な事だ。そう考えながら言葉を続ける。

「わたしたちは言葉を持たない獣《けもの》ではありません。たとえ酷《ひど》い目に遭《あ》わされたとしても、感情のままに殴《なぐ》り返すのは違《ちが》う気がするんです」

「そうか？　奴らが話し合いで剣を納めるようには到底《とうてい》見えないけどな。危害を加えられたのはこっちだ、やり返して何が悪い？」

納得《なっとく》がいかないように見下ろす悪魔は、不快感を露《あら》わにしていた。再び熱風が巻き起こり始めるのを肌で感じたネリネは慌ててしがみつきそれを止めた。

て欲しい。

「お願いです。あなたの手をあんな奴らなんかで汚《けが》して欲しくないんです」

尚《なお》も反論しようとするクラウスを見上げ、どうか聞き入れてくれと希《こいねが》う。

「だけど――」

「だとしても、暴力行為《こうい》はダメです」

これは本心だ。この悪魔の手を染めるのは、どす黒い血ではなく色とりどりの花であっ

あっけにとられたようなクラウスを真剣な顔で見つめ続けていると、彼はふいに怒《いか》りの矛先《ほこさき》を収めた。熱風が収まる中、困ったように眉根《まゆね》を寄せて静かに問いかけてくる。

「それは、私を思ってということで良《い》いのか？」

「えっ……と、そ、そうですね！　共に暮らす以上は問題を起こして欲しくないですし！」

なんだか自分が恥《は》ずかしい事を言ったような気がして、ついひねくれた返しをしてしまう。それにクスリと笑ったクラウスは、いつも通りの笑顔《えがお》でこう答えた。

「わかった、今後は正当防衛だけに止《とど》めるよ」

伝わった……！　と、胸に嬉《うれ》しい気持ちがこみ上げる。しがみついていた胸元《むなもと》から手を離したネリネは、彼の胸にトンと頭を預けてみた。その口元は少し笑っていて、しみじみとした声で告げる。

「また、助けられてしまいましたね。危ない所を救ってくれて本当に嬉しかった」

「おや？　本当に素直《すなお》だ、明日《あした》は槍《やり》でも降るのかな？」

茶化《ちゃか》した返しにムッとするも、ネリネは顔の見えない体勢のまま続けた。

「今まで素直に礼の一つも言えなくてごめんなさい。どれだけ助けてもらっても、心のどこかでは疑ってしまっていたんです。親切にするのもきっと何か裏があっての事だろうと」

涼《すず》しい夜風が髪を揺《ゆ》らす。彼の胸に顔を埋《うず》めたまま、ネリネは正直に今の気持ちを打ち明けた。

「でももう、疑うのは止《や》めにします。上手《うま》く言えないけれど……あなたを信じてみたいと思ったから」

彼の心が知りたいと思った。ならこちらから素直になるべきなのだと、ネリネが生来持つ純粋《じゅんすい》な部分がそう告げていた。初めて心の底から言える嬉しさを噛《か》みしめながら言う。

「ありがとう……クラウス」

その言葉に、微《かす》かに笑う気配が伝わってくる。

「そうだな、君は本来とても素直な性格だったな……」

ふわりと後頭部に手を添《そ》えられる。じわりと胸中に温かさが広がり――かけるのだが、今の言葉が引っかかったネリネは顔を引き剝《は》がした。

「本来？　わたしの何を知ってるんですか？」

「あ、いやそれは、その――。ん？」

なぜか急に焦《あせ》り始める悪魔だったが、視界の端《はし》に動く何かを見つけて二人して意識がそちらに向かう。こっそり逃《に》げ出そうとしていたヒナコはそれに気づきヒッと声を上げた。

場に沈黙《ちんもく》が訪《おとず》れる。ネリネが声をかけようとしたその時、ヒナコはその場に跪《ひざまず》いてみっともなく命乞《いのちご》いを始めた。

「ごっ、ごめんなさい!! 許してぇ、ヒナ悪くないんです! 王子がやれって言ったから仕方なく……本当なの、やらなきゃあたしが殺されてたの!!」

二人は顔を見合わせ下降を始める。騎士《きし》たちが転がる地に足を付けた途端、ヒナコはネリネの足元にすり寄ってきた。その笑顔は恐怖《きょうふ》でひきつっており、恐《おそ》ろしい悪魔を前にして何とか助かろうと、それまでの尊大な態度をかなぐり捨てていた。

「コルネリアちゃん、コルネリアちゃん、そんなひどいことしないよね? ねっねっ?

助けてくれてありがとうっ、本当はこんな男ずっと嫌《いや》だったの!」

そう言って、気絶しているジークの背中に蹴《け》りを入れる。ゴロンと転がった王子は不明瞭《ふめい》《りょう》なうめき声を一つ上げた。

「信じてくれるよね? さっきまでのあたしの態度、もちろん演技だってわかるよね?

隙《すき》を見て出し抜《ぬ》いてやろうって思ってたのよ」

見え透《す》いた嘘《うそ》と必死さに少し嫌悪《けんお》を感じる。一歩退いても追いすがろうとしてきたので、クラウスが間に割って入ってくれた。さすがに止まったヒナコだったが、今度は瞳《ひとみ》いっぱいにこぼれそうな涙《なみだ》を浮《う》かべた。

「う、うぇぇぇん、ひどい、悪魔《あくま》様ぁ、こんなに謝ってるのにコルネリアちゃんが赦《ゆる》してくれないんですぅ……ひ、ヒナが死ねばいいって、思ってるんだわっ。ひぐっ」

民衆や男たちには効果的だった泣き落としも、その本性《ほんしょう》を知っているネリネにとってはただ見苦しいだけだった。

もちろん死ねばいいとは──思ってないこともほんの少しだけ無い事も無いが──思っていない。とはいえ、このままタダで逃がすわけにもいかない。どうしたものかと思案していると、隣《となり》でフムと考え込んでいたクラウスが耳を疑うような発言をした。

「赦さない……と、言いたいところですが、女性は手にかけない主義なんです。反省しているようですし、この場は特別に見逃《みのが》してあげましょう」

「⁉」

バッとそちらを振《ふ》り向くが、口を挟《はさ》む前にパァァッと顔を明るくしたヒナコが両手を握《にぎ》りしめ甲高《かんだか》い声で叫《さけ》んだ。

「は、はわわわわ‼　悪魔様、ありがとうございます。ヒナ感激ですぅ‼」

「もう二度とこんなことをしてはいけませんよ？」

悪魔はにっこりと微笑《ほほえ》みかける。ヒナコは途端《とたん》に媚《こ》びを売るように上目づかいになり、やたらとパチパチ瞬《まばた》きを始めた。長いまつげについた涙がキラキラと飛び散る。

「はうぅ、悪魔様ってカッコいい上にすっごくお優《やさ》しいんですね、どうしよう、なんだかドキドキしちゃう……ヒナもしかしたら」

ここでハッとしたヒナコは、慌《あわ》てて両手を振りながら後ずさり始めた。

「あっあっ、あたし今何か言いました？　えへっ。えっとぉ、ヒナは一度ミュゼルに戻《もど》って今までの王子の悪行ぜーんぶ教会にバラしたいと思います！　それじゃこれでっ、あ！　コルネリアちゃん、今度首都に戻ってきたらお茶しようね、愛してる、大好きだよーっ！」

とてもスカートとは思えないスピードでヒナコは村の中心へ逃げていく。だが最後にこちらを睨《にら》みつけた目つきは到底好意的なものではなかった。それを見送ったクラウスは呆《あき》れたように腕《うで》を組む。

「大嘘《おおうそ》つきめ、何が『愛してる』だ。いったい今まで何人にあの薄《うす》っぺらい愛を振りまいてきたんだろうな」

そこで横からのジトッとした視線に気づいたのだろう。フッと笑い、腰《こし》を屈《かが》めて覗《のぞ》き込んできた。

「不服そうだね」

「……一瞬《いっしゅん》、本気であの子にほだされたのかと思いました」

媚びを売るヒナコに微笑み返すクラウスを思い出すと何だか胸の辺りがモヤモヤした。だがそこまで考えてハッとする。これではまるでやきもちを焼いているようではないか。

「っ、じゃなくて！　こんな簡単に逃がしてしまっていいんですか？　絶対これで終わるわけないですよ？」

慌てて話を本題に戻すと、クラウスはどこか不敵に笑ってこう言った。

「こんな誰《だれ》も見てないところではなくて、決着は然《しか》るべき場所で付けようじゃないか。君もやられっぱなしでは腹の虫が納まらないだろう？」

「……」

違う。と即答《そくとう》できなくなっている自分に驚《おどろ》く。我慢《がまん》しなくてもいい、気持ちを呑《の》み込まなくてもいいのだと気づかせてくれた悪魔はカラッと笑ってこう続ける。

「まぁ見ていなさい、断罪は派手にやった方が楽しいから」

それに、と続けたクラウスは、こちらの腰あたりを指さしてこんな事を言った。

「君には私以外にも心強い味方がいるみたいじゃないか」

ぴくっと反応したネリネは、しばらくしてポケットから黄色い封筒《ふうとう》を取り出した。この騒動《そうどう》が始まったあの日に送られてきた『古い友人からの手紙』だ。そういえばクラウスには後で話すと言ったきりすっかり忘れていた。まぁ、それどころではない事件の連続だったから仕方ないのだが……。それにしても、と、悪魔をにらみ付けたネリネは疑わしそうに言った。

「どうして知っているんですか、まさか」

「ひどいなぁ、盗《ぬす》み見なんかしてないよ。なかなか話してくれないから、推理して言ってみただけさ。ということは、本当にそうなんだ？」

しれっとした笑顔《えがお》で言われて、痛む頭を押さえる。かまを掛《か》けられた……この人は神父より詐欺師《さぎし》の方が向いているのではないだろうかと、そんな失礼な考えが浮かぶ。

さて、と話題を切り替《か》えたクラウスはスッと手を差し伸《の》べて来た。

「それは帰ったら詳《くわ》しく聞かせてもらうことにして……聖女様が助けを引き連れて戻って来る前に、さっさとこんなところからは逃げてしまおうか？」

改めて辺りを見回したネリネは青ざめた。死屍累々《ししるいるい》と転がっている王子とその側近たち。そしてその前に立っているツノと翼《つばさ》を生やした悪魔。とどめにそれを従えているようにしか見えないであろう自分。この場にいる限り何を言われるか分かったものではない。

「なぁに、しらばっくれてしまえばなんてことはない。今夜、神父は慣れない酒で酔《よ》い潰《つぶ》れ、シスターは一晩中教会の後片付けをしていた。そういう事にしておこう。とても人間業《わざ》には見えない事件の犯人が誰かなんてわからないさ」

「あ、でも、王子が埋《う》めた薬剤《やくざい》を回収しないと……」

また性質変化でもしたら目もあてられない。だがクラウスはそこも重々承知のようで、軽く請《う》け負ってくれた。

「後で掘《ほ》り起こしておくよ。土の色が変わっているところだろう？」

そこまで言われたら、もうこの場にとどまる理由はない。素直に礼を言ったネリネはその手を取る。軽くめまいがした次の瞬間《しゅんかん》、二人はもう教会の前に立っていた。


翌朝、歩くことすらままならない王子とその護衛たちは村の出口で見送られていた。馬車の窓から身を乗り出した王子は情けない声で御者《ぎょしゃ》に叫ぶ。

「はっ、早く馬車を出せぇ!! こんな村に一秒でも居られるかぁっ」

その時点で尋常《じんじょう》ではない怯《おび》え方であったが、真下にひょっこりとクラウスの顔が現れるとか細い悲鳴を上げた。

「きぃぁぁぁぁぁ!?」

「ジーク殿下《でんか》、道中のご無事を祈《いの》らせてください」

朗《ほが》らかな笑顔で旅の無事を祈る仕草をした神父は、彼にだけ聞こえるよう耳元に口を寄せ、ぼそっと付け足す。

「忘れるな、『それ』はいつでもお前の影《かげ》に潜《ひそ》んでいる。私の機嫌《きげん》を損《そこ》ねるような真似《まね》をしたら……分かっているな？」

その途端、王子はブクブクと泡《あわ》を吹《ふ》いて後ろ向きに倒《たお》れてしまった。ハッと意識を取り戻すと隅《すみ》でガタガタと膝《ひざ》を抱《かか》え震《ふる》え始める。

「お気をつけて」

へらりと笑って手をふるクラウスを、隣にいたネリネは呆れたように横目で見やった。

王子は引っ込んでしまったが、返事の代わりに窓から顔を出したのは硬《かた》い表情をしたヒナコだった。さすがにこんな大衆の前ではクラウスが本性を現さないと分かっているのか王子よりは冷静だ。

「……」

こちらを穴が開くほどにらみ付けていた聖女だったが、結局最後まで何も言わずに馬車は動き出した。深く刻まれた眉間《みけん》のシワと憎々《にくにく》し気な瞳は「必ずお前らを恐怖《きょうふ》のどん底に突《つ》き落としてやる」と凄《すご》んでいた。それを見送った村人たちは不安そうに話し合う。

「本当にどーしたんだろうなぁ、王子様は」

「よくわかんねぇけど、悪魔がどーのこーのって」

「いやだわ、ホーセン村がお咎《とが》めを受けなきゃいいけど」

「よしとくれよ、ようやく疫病《えきびょう》がヒナコ様のおかげで終わったっていうのに……」

一部から疑わし気な視線を感じたが、ネリネは背筋を伸ばしてそちらをまっすぐに見返してやった。やがて気まずそうに目を逸《そ》らした彼らはすごすごと去っていく。

「いいぞ、何もやましい事は無いのだから堂々としていればいいのさ」

クラウスからのお褒《ほ》めの言葉にネリネは少しだけ微笑み返した。仏頂面《ぶっちょうづら》しかできないと思われていたシスターのまさかの表情に、村の若い男たちが一様にざわっとする。だが神父は特に気に留めることなく馬車が去っていった方角を――首都ミュゼルへと続く道を真剣《しんけん》な顔で見つめた。

「もう後戻《あともど》りはできない。近々私たちは本部から招集《しょうしゅう》されるだろう、覚悟《かくご》はできているか？」

同じようにそちらを向いたネリネは、朝の光が照らし出す中で迷わず言葉を選んだ。

「数か月前、わたしは何もできず状況《じょうきょう》に流されるだけでした。でも今は違《ちが》う」

すっと右に立つクラウスに向き直った彼女は、下ろした両手をきちんと前で重ねまっすぐに彼を見上げた。

「共に闘《たたか》ってくれますか、クラウス」

その表情から、この村に来た時のような悲愴《ひそう》感は消え去っていた。目の前にいる悪魔を信頼《しんらい》してみようという気概《きがい》が感じられる。

フッと笑ったクラウスは己《おのれ》の胸に手をあてると、雰囲気《ふんいき》を和《なご》ませるように冗談《じょうだん》を飛ばした。

「元より私はそのつもりさ。それに一度、燃え上がる本部の聖堂というのを見てみたかったんだ」

「わたしが協力して貰《もら》いたいのは神父としてです!」

憤慨《ふんがい》するネリネを見る悪魔《あくま》は笑い出しそうだ。しかしこれ以上機嫌を損なわない前にと思ったのだろう、力強く請け負ってくれた。

「任せてくれ、実はもう策はあるんだ」

「策?」

「ああ、ヒナコ殿の出現と今回のことに少し引っかかるところがあってね。その調査をするために少し教会を空けるかもしれない、大丈夫《だいじょうぶ》か?」

パン屋のおかみたちの方をちらりと見やった彼はそんなことを言う。詳細《しょうさい》を聞くまでも無く、ネリネは即座《そくざ》に頷《うなず》いていた。

「わかりました、そちらはお願いします。わたしはここで、やれることを」

「うん、任せた。もし危ない目にあったら呼んでくれ、すぐにでも駆《か》けつける」

その時、ある人物が背後から近寄ってきた。その小さな影はネリネの後ろから元気いっぱいに飛びついた。

「わっ!?」

「シスター! あの薬、効いたよ! やっぱりシスターはすごいんだよ!」

それは村人がヒナコの聖水に群がる中、たった一人だけネリネの薬を受け取ろうとしてくれた少年だった。その後ろから妹が嬉《うれ》しそうな顔で駆けて来る。

「そう、それは良かっ――」

嬉しさがこみ上げたネリネだったが、はたと気づいて少年の頭を両側からガッ！　と摑《つか》む。ひくりと顔を引きつらせる彼の目を真剣に覗《のぞ》き込みながら鬼《おに》の形相で尋《たず》ねた。

「渡《わた》してないですよね？」

「へ？」

「薬をどこから手に入れたのか言いなさい！」

「……あっ！」

途端《とたん》にしまったという顔をする少年は、しばらくあーだの、うーだのと言ってごまかしていたが、やがて観念したように白状した。

「その、シスターがくれないもんだから……台所にお邪魔《じやま》して、ちょっとだけ……な？」

ネリネはヒュッと息を呑《の》んで凍《こお》り付く。確かに薬の在庫は鍋《なべ》に残っていたはずだ。そしてそれを薄《うす》める前の原液もすぐ隣《となり》に……もし彼が間違《まちが》えてそちらを家族に飲ませでもしていたら――。

「あはは、でも心配しなくても効いたよ。なーんにも問題は……あれっ？」

「しすたぁ？　どうしたの？　あたし元気になったよ？」

へなへなと崩《くず》れ落ちたネリネは、少年の肩《かた》を摑むと叩《たた》きつけるように叫《さけ》んだ。

「どうしてそんな事をしたの、馬鹿《ばか》！」

「ひっ⁉」

いつだって物腰柔《ものごしやわ》らかで優《やさ》しく喋《しゃべ》るシスターに怒鳴《どな》られた。その事にショックを受けた少年は放心して、目の前で鬼気迫《ききせま》る顔をただ見ることしかできない。

「あの薬の隣には少し舐《な》めただけで死んでしまう劇薬もあったのよ！　もしそっちを飲ませていたらあなたの家族は……っ」

そこまで言ったネリネは、くしゃりと顔を歪《ゆが》ませる。ボロボロと泣き出すと、少年と妹を力いっぱい抱《だ》きしめた。

「無事でよかった……最初から素直《すなお》に薬を渡していればよかった、ごめんね……」

本当に自分たちの心配をしてくれたのだと気づいた子どもたちの瞳《ひとみ》が一気に潤《うる》んでいく。

二人の子どもとシスターは一緒《いっしょ》になって大声をあげて泣き出した。

しばらくして落ち着くと、二人は気恥《きは》ずかしそうに、だけど愛らしい笑《え》みを浮《う》かべる。

「ごめんなさいシスター、もう二度としないって約束する」

幼い兄妹《きょうだい》は嬉しそうに飛び跳《は》ねる。弾《はず》むように駆け出した彼らは手を振《ふ》りながらこんな事を言った。

「俺知ってる！　シスターがずっと寝《ね》ずに頑張《がんば》ってくれてたこと。今回やこの前だけじゃない、ずっとずっと、いつだって村のみんなの健康を気にかけてくれてたよな。みんな誤解してるんだ！　本当のことを伝えるよ！」

「あたしもっ」

笑って手を振り返すネリネだったが、彼らの姿が見えなくなった途端に死ぬほど重たいため息をついた。さすがに驚《おどろ》いたような顔をしたクラウスが言う。

「この展開は予想してなかったな。鍵《かぎ》は掛《か》けていなかったのか？」

「たぶん、窓をこじ開けて入ったのでしょう。危なかった、本当に危な、危……立てない」

「落ち着いて、ほら」

完全に腰《こし》が抜《ぬ》けてしまったので助けを借りて立ち上がる。正直、王子とその側近たちに首を絞《し》められた時よりもよっぽど肝《きも》が冷えた。

「帰ったら鍵付きのキャビネットでも作ろうか。……ごらん」

彼が指し示す方を見ると、幼い兄妹は村人たちの間に入り込み何やら一生懸命《いっしょうけんめい》に説明をしているようだ。

「見ている人はちゃんと見てくれている。心強い味方がまた増えたね」

「……」

子どもの言うことだ、影響《えいきょう》力はさほどないだろう。だが、ネリネは胸の辺りが温かくなるのを確かに感じた。再び鼻がツンとしてきたのでくるりと背中を向ける。面白《おもしろ》そうに神父が覗き込んできたので手で押しのけながらもう片方の手で涙《なみだ》をぬぐった。

「それは良《い》い事だと思うよ。奥底に押し込めてしまうよりはよっぽどね」

「なんだか、ここに来てから涙腺《るいせん》がゆるくなったような気がします」

指先に載《の》った雫《しずく》を払《はら》ったネリネは少しだけ微笑《ほほえ》んだ。いつも堪《こら》えて飲み込んでいた時よりも、今はずっと清々《すがすが》しい気分だった。

「うわぁあああぁ!! 大変だぁ!」

と、その時、血相を変えながらメインストリートを駆けてくる姿があった。北西地区に住んでいるその青年は、沫《あわ》を飛ばしながら見てしまった恐《おそ》ろしいものを報告する。

「まっ、またあの花が! 病気の花粉を振りまいてるぞ!!」

「えっ!」

村人たちの間にサッと緊張《きんちょう》が走る。倒《たお》れ込む彼を受け止めた仲間は、すぐさま状況を確《かく》認《にん》した。

「なんでだ、水を撒《ま》いて浄化《じょうか》したはずじゃなかったのか?」

「それが、汚染《おせん》されたのが奥地に一群《ひとむれ》残っていたみたいなんだ。子どもたちが今朝発見した。もう数人吸い込んじまったみたいで……!」

悪夢の再来かとパニックに陥《おちい》った村人たちは、右往左往し始める。

「やだ! ヒナコ様が下さった聖水はもう無いのよ!?」

「どうすればいいんだ!」

「すぐ聖女様を呼び戻《もど》せ！」

「ダメだ、もうあんな遠くに……!!」

ここでポンと肩を叩かれたネリネは、ひきつった笑みを浮かべる神父を見上げる。彼はふぅっと息を吐《は》くとこう言った。

「作った薬が無駄《むだ》にならなくて良かったじゃないか」

「でも……口にして貰えるでしょうか？」

自分の薬はすっかり信用を失ってしまったのではないかと怖気《おじけ》づく。だが勇気付けるようにクラウスは腕《うで》まくりを始めた。

「文句は言わせない、四の五の言う口があれば私が薬を突《つ》っ込んでやるさ」

「そんな乱暴な……」

「いいんだよ、ほら、あの子たちも待っているぞ」

顔を正面に戻せば、あの兄妹の期待に満ち満ちた視線とぶつかった。トンッと背中を押されて一歩前に出る。振り向くと、神父は力強く笑って送り出してくれた。

「今度こそ救世主になっておいで」

ようやく決心がつく。頷《うなず》き返したネリネは、キュッと口の端《はし》を吊《つ》り上げると勇ましく駆《か》けだした。

「皆《みな》さん、落ち着いて下さい！　薬ならあります!!」

5章　首都ミュゼルにて

あの波乱の一夜から二週間後、本部から呼び出されたネリネは首都ミュゼルの大聖堂の前に佇《たたず》んでいた。クラウスの予測は的中したのだ。

「ここから追放されて、まだ半年も経《た》っていないんですよね……」

複雑な表情で正門を見上げる彼女は、今日はシスターの姿ではなく私服を着ていた。白いブラウスにカーキ色のスカートという地味だが品のいいスタイルだ。

返事は求めていなかったが、その隣にザッと立った『彼』は不敵に笑いながら言った。

「あぁ、そしてそれは、そっくりそのまま、あの女をのさばらせてしまった期間ということになるな」

「……」

ネリネはその姿を横目で一瞥《いちべつ》して、首都に到着《とうちゃく》してから何度目になるか分からないため息をついた。なぜなら、クラウスは上下をビシッと正装で決め、髪《かみ》の毛を整髪料《せいはつ》で撫《な》でつけオールバックにしていたのである。田舎《いなか》村の素朴《そぼく》な神父が、少し姿を消したかと思うと伊達男《だておとこ》になって帰ってきた時の衝撃《しょうげき》たるや……道行く女性たちから好奇《こうき》の目を感じて、ネリネは彼から一歩引いた。

「クラウス」

「何だい？」

「わたしたちは仮にも裁かれに来たんですよ、そんな気合いの入った恰好《かっこう》はどうかと……」

今回二人は、ホーセン村で起きた集団病の重要参考人として呼ばれた。つまりは容疑を掛けられているのだ。

ところが神父は堂々と胸を張って、心外だとでも言わんばかりの顔を返して来た。

「何を言う、闘《たたか》いの場だぞ。恰好から威嚇《いかく》しないでどうする」

「妖気《ようき》で悪魔《あくま》だとバレても知らないですからね」

事実、彼からはタダ者ではないオーラがにじみ出ている。あまり目立ちたくないネリネは往来の黄色い声に押されてさらに一歩退いた。


その後、二人は本部の正面アプローチを抜けて中庭に来た。いつもなら地方から礼拝に訪《おとず》れる人たちで賑《にぎ》わっているのだが、今日は裁判が行われるため関係者以外は立ち入り禁止となっている。

閑散《かんさん》とした場を抜けて、いよいよ聖堂に入ろうとしたところで頭上から聞き覚えのある

「ノコノコ来ちゃってごくろーさま、カミサマに必死の祈《いの》りは捧《ささ》げてきた？」

声が降ってきた。

小ばかにした声の持ち主はもちろんヒナコだった。正面玄関《げんかん》の上にあるテラスから、今日も清楚《せいそ》にセットした髪型《かみがた》とドレスで頰杖《ほおづえ》をついてこちらを見下ろしている。

ネリネがそれに答える前に、不愉快《ふゆかい》そうにフンと鼻を鳴らしたクラウスが返した。

「呼び出しに応じなければ職を解かれるからな、拒否権《きょひ》はないんだろう？」

「あれぇクラウスさん。今日はずいぶんと人に化けるのがお上手ですね〜、神父をやめたらホストにでもなったらどうです？」

きゃはっと笑うヒナコの言葉は、暗に今日の結末を匂《にお》わせていた。煌《きら》めく瞳《ひとみ》で見下《くだ》した彼女は続けてこう言った。

「あ、ここでヒナを攻撃《こうげき》しようとしても無駄《むだ》ですよぉ。そんなことしたらすぐに悲鳴をあげてやるんだから」

ギクッとして身体《からだ》が強《こわ》ばる。今、自分たちは彼女の妄言《もうげん》一つで現行犯逮捕《たいほ》される立場にあるということを改めて思い知らされたからだ。

だが、ヒナコはネリネたちが公衆の面前で無様に裁かれるのを望んでいるらしかった。手玉に取るのを楽しんでいるようにクスクスと笑う。

「裁判は全部ヒナの思い通り。もうぜーんぶ教皇さまに言いつけて根回しは済んでるの。

悪魔祓《あくまばら》いも、新聞記者も、たんまり呼び寄せてあるのよ」

思わず怯《ひる》みそうになってしまうネリネだったが、肩《かた》に手をポンと置かれる。見上げるとクラウスは自信たっぷりにヒナコを顎《あご》でしゃくった。

「ご覧、ネリネ。聖女にしてはずいぶんとせせこましい小物が居るぞ」

一瞬《いっしゅん》グッと詰《つ》まったヒナコだったが、すぐに鼻で笑うとドレスの裾《すそ》を翻《ひるがえ》した。

「裁判の後でもそんな余裕《よゆう》を見たいものですよ、お二人さん」

そして最後に振《ふ》り返ると、聖女とは程遠《ほどとお》い、したり顔でニヤリと笑った。

「ねぇコルネリアちゃん。あたし前に居た世界では邪魔《じゃま》なヤツは徹底《てってい》的に潰《つぶ》してきたの。あたしが願えば白も黒になる。アンタもそこの悪魔も、この国じゃ生きていけなくしてやるから」

その後ろ姿が消えた後、ネリネは無意識の内に肩に入っていた力を抜《ぬ》いた。自分を抱《かか》えるように左腕《ひだりうで》を握《にぎ》ると視線を落とす。

「……わたしたちは、竜《りゅう》の口の中に飛び込もうとしているのでしょうか」

聖堂のぽっかりと開いた正面玄関が怪物《かいぶつ》の口に見えて、ついそんな事を呟《つぶや》いてしまう。

それに対して、クラウスはこう返してきた。

「だが、最大のダメージを叩《たた》きこむには敵の内側からが一番だと言う。悪魔語録にもそう書いてある」

それを聞いたネリネは、ふっと笑って少し首を傾《かたむ》けた。呆《あき》れとも笑いともつかない声で冗談《じょうだん》を返す。

「物騒《ぶっそう》なのか実践《じっせん》的なのかわかりませんね。その語録、今度取り寄せて貰《もら》えます？」

「いいとも。魔界《まかい》の本は凶暴《きょうぼう》だから私が読み聞かせてあげよう。ヤツらは読もうとする者の頭にかじりついて逆に知識を吸い取るんだ」

「安易に知識は得られないって事ですね」

ふふっと笑ったネリネとクラウスの視線がカチリと合う。急に真剣《しんけん》な顔をした二人は声のトーンを落とした。

「手紙の返事は来たのか？」

「……『両方とも』返事は貰えませんでした。あの方は予想通りですけど、彼女は迷っているんだと思います」

「そうか……。まぁ無理強《むりじ》いはできない、保険程度に考えておこう」

今回の作戦を立てたクラウスは、ひと筋ほつれてきた髪を撫でつけながら聖堂を見据《みす》える。ネリネの肩に手を置くと勇気づけるように一つ叩いた。

「心配しなくとも君は私が守る。その時はこの大聖堂ごと消し炭になっているだろうがな」

「そうならない事を祈るばかりです」

目を閉じたネリネは手を祈りの形に組む。それを見下ろす悪魔はどこか面白《おもしろ》そうに尋《たず》ねてきた。

「それは神に？」

スッと目を開けたシスターは、聖堂を見上げ勇ましく言った。

「自分の勇気に、です」


大聖堂はあの時と少しも変わっていなかった。空間全体が重々しく神聖な気に満ちていて、息苦しささえ感じる。ひんやりと冷たい石材で造られた内部は、月に一度教皇による説法も開かれるため大人数が収容できる構造になっている。中央あたりで仕切りの柵《さく》が設けられ、そこから後ろの傍聴席《ぼうちょうせき》には教会に多額の寄進をしている貴族家の顔がズラリとならんでいた。

「……」

その中に養父のエーベルヴァイン卿《きょう》を見つけ、脇《わき》の通路を歩いていたネリネは顔をしかめた。向こうもこちらに気が付いたのか鼻に皺《しわ》を寄せ睨《にら》み付けて来る。

彼の立場がその後、教会内でどうなったかは知らない。だが、自身の家から聖女を輩《はい》出《しゅつ》するという野望が断《た》たれた怨《うら》みは全《すべ》てこちらに向けられているようだ。ふいと顔をそらしたネリネは険しい顔のまま歩みを進める。

貴族家よりも前列にはヒナコが呼び寄せたという大勢の記者が入っていて、明日の朝刊の見出しを少しでもインパクトのあるものにしようと鼻息荒《あら》くペンを構えていた。

そしていよいよ裁きの場へと立たされる。半円形に取り囲む腰《こし》ほどの高さの柵の中に入ったネリネは、下ろした両手を前で重ねて姿勢よく正面を見上げた。

聖堂の前面は観衆と向かい合う二階構造になっている。上の段の中央には白いたっぷりとした布を身に纏《まと》う教皇が椅子《いす》に座っていた。落ち着いた様子の彼は無感情にこちらを見下ろしている。

そしてその隣《となり》、陽《ひ》の差し込む位置にヒナコが居た。冷たくこちらを見る彼女の傍《かたわ》らには、ジーク王子が威嚇《いかく》するように肩を怒《いか》らせている。

役者はそろった。教皇が手にした錫杖《しゃくじょう》をカーンと足元に打ち付ける。そのよく響《ひび》く音を合図に裁判が開始された。

「ホーセン村教会付きのシスターコルネリア、神の御前《ごぜん》に嘘偽《うそいつわ》りなく真実を話すと誓《ちか》いますか？」

「誓います」

何のためらいもなくネリネは即答《そくとう》した。当たり前だ、自分は全てを白日の下《もと》に晒《さら》すためここに来たのだから。

「では改めて。今回あなたを呼び寄せたのは、二週間前ホーセン村で起きた疫病《えきびょう》について明らかにしたいことがあったからです」

抑揚《よくよう》のない声で喋《しゃべ》る教皇は、感情を読ませない薄《うす》い色の瞳でこちらを見据えた。

「この病の発生についてあなたが何か関与《かんよ》しているのではないかと聖女ヒナコから告発を受けました」

すぅっと細められた教皇の目がネリネを射貫《いぬ》く。

「説明、願えますか」

記者団のペンが一斉《いっせい》に動き出す音がする。それを背後に聞きながらネリネはゴクリと唾《つば》をのんだ。何から話そうかと思案する隙《すき》に、ヒナコからの先制攻撃が始まった。

「私、見たんですっ」

震《ふる》えながらも胸元《むなもと》を握りしめるヒナコはまさに正義のヒロインだった。悪を滅《めっ》しようと覚悟《かくご》を決めた聖女の姿にペンの音がより一層鳴り響く。

「ホーセン村で開いて貰った宴会《えんかい》の夜、こっそりやってきたコルネリアさんがみんなのジョッキに何か液体をこっそり入れて回ってたんですっ」

――たぶんだけど、私が悪魔《あくま》だとは、彼女は裁判の場じゃ言いづらいんじゃないかな。

ここに来るまでのクラウスの言葉がよみがえる。彼の予想通り、ヒナコは悪魔にしてやられたということを伏《ふ》せたいようだ。なぜなら、真の聖女とはその存在自体が悪魔を退けると信じられているから。己《おのれ》の聖女としての格を下げるエピソードは、極力避《さ》けたいのだろう。

だから、当初の予定通りコルネリアを集団疫病の犯人に仕立て上げることに決めた。完全なるでっちあげだが、彼女にはその出まかせを真実にすり替《か》えるだけの自信があるのだ。

ここでヒナコは言いにくそうにためらうそぶりを見せた。視線を横に逃《に》がし、声をギリギリ聞こえる程度に潜《ひそ》める。

「私たちが首都に帰った後、またあの病気が発生したと聞きますし、もしかしたら今回の事件は復讐《ふくしゅう》のために最初から彼女が仕掛《しか》けたことなんじゃないかって……王子とも話し合ったんです」

ヒナコからチラと視線を送られたジークは鼻息荒く拳《こぶし》を握りしめた。

「そうだ、それにその女は私たちの事をひどく怨んでいたはずだ。自業自得《じごうじとく》で左遷《させん》されたのに、反省するどころかこんな計画を実行するとは！　何たる極悪《ごくあく》非道！　二度目はない、断じて赦《ゆる》されることではない！」

「つまり、怨みからの犯行だと？」

教皇までもがそれに反応し始める。お得意の印象操作が始まった。ヒナコはますますドラマチックに作り話を広げていく。

「はい。それに、彼女の養父だったエーベルヴァイン卿から聞いたのですが」

ここでヒナコはチラッと傍聴席を見やった。視線の先にいた卿は誇《ほこ》らしげに背筋を伸《の》ばしてウンウンと頷《うなず》く。

「なんでもコルネリアさんの実のお母様は、人里離《はな》れた森の中で怪《あや》しげな薬の調合をしていたとか……教会が知らない知識を使えば、どのような毒も調合できてしまうのではないでしょうか？」

「ふぅむ」

「彼女が作った特効薬？　というのにも、毒の成分が入っていると本人が口を滑《すべ》らせたのを私も含《ふく》めて何人もが聞いています。コルネリアさんが危険な秘術を持った人物なのはもう間違《まちが》いないのでは……」

ありもしない捏造《ねつぞう》の泥《どろ》をこってりと塗《ぬ》りたくられたネリネは、今や稀代《きたい》の悪女に仕立て上げられていた。背後では目つきの悪い女のスケッチが描《えが》かれている頃《ころ》だろう。

だがネリネは怯《ひる》まなかった。あの時の泣き寝入《ねい》りするしかなかった自分とは違う。決して俯《うつむ》くことなく聖堂の上段をまっすぐに見つめる。

その毅然《きぜん》とした態度を不審《ふしん》に思ったのだろう、泣き真似《まね》をしていたヒナコの表情が少し曇《くも》る。それには気づかず教皇はあの時と同じ問いかけをしてきた。

「さてコルネリア、申し立てることはありますか？」

「証言を始める前に、一つお願いが」

ふぅっとため息をついたネリネは、ヒナコのペースに惑《まど》わされることなく冷静に反論を開始した。

「教皇様はわたしに説明を求めたはずです。それなのに、指名されても居ない方が勝手に答えているようなので、注意して頂けませんか？」

「……。はぁっ!?」

それまで淀《よど》みなく『正義のヒロイン』を演じていたヒナコが、虚《きょ》を衝《つ》かれてうろたえる。

言われてみれば……と、すっかりヒナコの雰囲気《ふんいき》に呑《の》まれかけていた場が少しだけ冷静さを取り戻《もど》した。ふぅむと唸《うな》った教皇は、二人の女性を見比べていたかと思うと淡々《たんたん》と話を進める。

「それもそうですね。ヒナコ、それからジークも、次に意見を出すときには必ず挙手をしてから私に発言権を求めるように」

しばらく瞠目《どうもく》していたヒナコだったが、ハッと我に返るといつものキャラを取り戻した。

「ご、ごめんなさいぃ。あれこれ言われる前にハッキリさせておきたくって。それというのもですね、コルネリアさんは――」

「教皇、私からもよろしいですか？」

また何か言い続けようとしたところですかさず口を挟《はさ》んだ人物がいた。全員の視線が集まる中、椅子にかけたその男は軽く右手を挙げていた。目をすがめた教皇は男の名前を呼ぶ。

「クラウス神父、どうぞ」

「え、クラウ……ひぃぃッ⁉」

それまで尊大な態度を崩さなかった王子は、トラウマとなった人物がずっとそこに居た事にようやく気付いたらしい。途端《とたん》にひっくり返って腰を抜《ぬ》かしてしまった。

「う、うわぁぁあ‼」

「ジーク！　どこへ⁉」

みっともなく転げた彼は悲鳴を上げながら聖堂の裏へ逃げて行った。一人残されたヒナコは舌打ちでもしそうな表情を一瞬《いっしゅん》浮かべる。だが、クラウスはそんな彼らのことは気に留めず、落ち着いた様子で話を進めた。

「ありがとうございます。先ほどのヒナコさんのお話に少し疑問を抱《いだ》いたのですが」

すっくと彼が立ち上がった瞬間、ネリネはざわりと聖堂内の空気が変化したのを感じ取る。

「ヒナコさん、冒頭《ぼうとう》でシスターコルネリアが祝杯《しゅくはい》のグラスに疫病の原因となる毒を入れたと証言していましたね」

「はい、それはもうコソコソと、人目を避けるようにして――」

「ワインに毒を入れたのを目撃《もくげき》したのなら、あなたはなぜその時に止めなかったのですか？」

見た目こそ人のままだが、クラウスが悪魔としての本性《ほんしょう》を少しだけ解放している。具体的に言うと抗《あらが》いがたい魅力《みりょく》で強制的に視線を集めているのだ。

教皇の前でそんな大胆《だいたん》な真似をするなんてとハラハラしながら見守っていると、ヒナコは歯切れ悪く答えを返してきた。

「それは……」

しばらく思案するそぶりを見せた彼女は、ゆっくりと慎重《しんちょう》に言葉を選びだした。

「……ごめんなさい、あの日はヒナもお酒を断れなくて………ちょっとだけ勘違《かんちが》いしてたかもしれません。そう、彼女が持ってきたのは毒入りのワインボトルだったんです。毒を直接入れたのを見たわけでは無かったので、確信が持てなくて……」

嘘《うそ》だ。そもそもネリネはあの晩、宴会の会場に足を踏《ふ》み入れてすらいない。顔をしかめていると、ヒナコは心情に訴《うった》えるよう声を張り上げた。

「でもあれは毒です。ぜったいに毒が入ってました！　だってあからさまに怪しかったし、すごくいやらしい笑《え》みを浮《う》かべていたんです彼女！」

眉毛《まゆげ》をハの字に曲げて訴えるヒナコに聴衆《ちょうしゅう》の同情が少し流れる。だが、にっこりと笑ったクラウスが全《すべ》てをかっさらっていった。

「なるほど。ところであなた最初に、毒が入れられたのは『ジョッキ』と言いませんでした？　ジョッキでワインを飲みますか？　毒を入れられたのはビアですか？　それともワイン？」

「!!」

ヒナコが言葉を失うのと同時に、一斉《いっせい》に記者たちがメモをめくり返す音が響《ひび》く。ざわざわとする中、かまをかけたクラウスはさらに追い込んでいく。

「いくらアルコールが入ってたとは言え、証言が二転三転していると感じるのは私だけでしょうか？　本当にその現場を見たんですか？　思い込みの可能性は？」

「そ、そんなこと……」

「そもそも、あの宴会《えんかい》場にコルネリアは居ませんでした。彼女は教会に残り、病床《びょうしょう》の後片付けを一人黙々《もくもく》と行っていたのですよ。作り話の設定が甘いんじゃないですか？」

大きな目をこぼれそうなほど開いていたヒナコだったが、『作り話』という単語を聞いた瞬間、顔をクシャッと歪《ゆが》ませ大粒《おおつぶ》の涙《なみだ》をボロボロと溢《あふ》れさせた。

「だって、だって、ほんとに見たんだもん……ひどい……私が嘘つきだって言うんですか？」

くすんくすんと泣きながら止まらない涙を拭《ぬぐ》う。可憐《かれん》な美少女の涙に、再び疑惑《ぎわく》の目がネリネとクラウスへ向けられ始めた。

「そんなに責め立てなくたって……ちょっと間違えただけなのに……ヒナ、お酒に弱いんだもん……コルネリアさんは居たんです、村の人にも聞いてみて下さい、絶対いたはずです」

どうせその村人も用意された誰《だれ》かなのだろう。ここまで来ても嘘の演技で切り抜けようとするヒナコにネリネは苛立《いらだ》ちを隠《かく》せなかった。泣き落としは自分が絶対にとれない手段だと分かっていたから余計に。

だが意識して怒《いか》りを鼻からフーッと逃《に》がす。違う、ずるいなどと思わなくてもいい。自分はこれでいい。そう言い聞かせて挙手をする。

「教皇、わたしからも主張をさせて下さい」

「どうぞ」

「いやです！　コルネリアさんはきっと言い訳するに決まってるわ！」

「ヒナコ、静粛《せいしゅく》に」

泣いていたヒナコから群衆の注意がこちらに向けられるのを感じた。一瞬怯《ひる》みそうになったがいつの間にか横に来ていたクラウスに肩《かた》を叩《たた》かれ目が合う。

多少間違《まちが》えてもフォローしてやるとその目は語っていた。一人ではない、仲間がいることにどれだけ勇気づけられたことだろう。縮こまりそうになってしまうのをなんとか堪《こら》え背筋をシャンと伸《の》ばす。深く息を吸い込んだネリネは、ずっと言えなかった真実を口にした。

「神の名の下《もと》に誓《ちか》います。わたしが『毒をばらまいた』疑い、そして前回糾弾《きゅうだん》された『ジルを自殺に追い込んだ』疑い。ヒナコさんが主張するこの二つは全くのでたらめです。むしろ、わたしを陥《おとしい》れるために画策をしているのは彼女の方です!!」

「なっ……」

大げさに驚《おどろ》いて見せたヒナコが顔を上げる。すぐに拳《こぶし》を握《にぎ》った彼女は間髪《かんはつ》をいれずに叫《さけ》んだ。

「冗談《じょうだん》はやめてっ、どうしてヒナがそんなことしなくちゃいけないの！」

「ハッキリ申し上げます、彼女に我が国が定める聖女の資格がないからです！」

聖堂内がざわりとどよめいた。ビクッと身体《からだ》を強《こわ》ばらせたヒナコの瞳《ひとみ》に一瞬、猛々《たけだけ》しい憎悪《ぞうお》の炎《ほのお》が宿る。

「それはどういうことですか？　教会が認めた聖女が偽者《にせもの》だと？」

教皇の瞳がすぅっと細められ冷たい色を落とされる。口をキュッと引き絞《しぼ》ったネリネは反撃《はんげき》の狼煙《のろし》を上げた。服の下に仕込んでいた小冊子を取り出す。

「疑惑をかけられ呼び出された身ではありますが、身の潔白を証明するため逆にこちらから告発させて頂きます。これは、今回ホーセン村で起きた流行《はや》り病についてわたしが纏《まと》めたレポートになります。皆《みな》さんのお手元にも一冊ずつお配りしますのでご覧ください」

合図を出すと、前もって職員に頼《たの》んでおいた資料が聴衆に配られる。それらが行き渡《わた》るまでの間、手短に今回の事件のあらましを説明する。

「結論から申し上げますと、今回のホーセン村での集団疫病《えきびょう》は疫病などではなく、人為《じんい》的に引き起こされた公害の可能性が非常に高いのです。今から三週間ほど前、症状《しょうじょう》を訴える患者《かんじゃ》たちが一斉に現れ、手に負えないと判断したわたしとクラウス神父は規程に則《のっと》り本部へ助けを求めました」

その辺りは周知されているはずだ。原因不明の集団病はこちらでも新聞の見出しに載《の》ったと聞く。

「応援《おうえん》が来るのを待つ間、わたしは独自に原因の調査を始め、村の境界線に植えてあるソフィアリリーの花が原因だと突《つ》き止めました」

どこの村にも植えてある聖花の名に、聖堂内から驚きの声が上がる。ネリネは冊子の表紙をめくりながら説明を続けた。

「五ページの図をご覧ください。ソフィアリリーは人の手を必要としない強い花ですが、それは周囲の環境《かんきょう》に適応する力が非常に強いからです。自身が植わっている土の性質に変化があると、それを敏感《びんかん》に感じ取った花は環境に適応するために自らの構造を変える。その際に排出《はいしゅつ》される花粉が人体に影響《えいきょう》を及《およ》ぼしたのです」

ネリネは懐《ふところ》から一本のガラス管を取り出した。中には顆粒状《かりゅう》になった白い粉が入っている。

「この国の環境であれば、普通《ふつう》にしていれば毒花になることはありません。いくつか土と花の試料を集めて検証しましたが、性質が今回の件と同じように変化したのはこの薬剤《やくざい》を撒《ま》いた土だけでした」

「それは？」

「この国には生息していない……おそらくは何かの貝を細かく砕《くだ》いたものではないかと思われます」

「なんと、どこからそのような物を？」

教皇からの質問に、解説をしていたネリネは一度言葉を止める。もったいをつけて周囲を見回してから通りの良い声で言い放った。

「これは宴会の夜、こっそり抜《ぬ》け出した王子の近衛《このえ》兵たちが生け垣《がき》の根本に埋《う》めていた物です！」

「なっ……！」

ガタッと立ち上がったヒナコは怒りの表情をあらわにした。眉《まゆ》をつり上げ声を張り上げる。

「ジーク王子に対する侮辱《ぶじょく》ですっ、証拠《しょうこ》はあるんですか!?」

「現場にこれが落ちていました」

スッと取り出したのは、あの晩ネリネの気を引く為《ため》わざと落とされたエンブレムだった。遠くからでもわかる派手な紋章《もんしょう》に観衆が息を呑《の》む。偽物《にせもの》には見えなかった。王族直属の紋章を偽造《ぎぞう》すれば重い厳罰《げんばつ》に処せられる、そんなリスクを背負う細工師が居るとは思えない。

かと言って自分で作るには材料を用意することすら困難な『特別製』なのだ。

「おそらくは再び同じ病を起こして、わたしに罪をなすりつけるつもりだったのでしょう。調べたところ、この薬剤入りの小瓶《こびん》がいつの間にか教会のあちこちに仕込まれていました。彼らが『原因不明のトラブルに巻き込まれていなければ』、翌朝、その証拠を発見してわたしを捕《つか》まえるつもりだったのかと」

どちらを信じるべきなのか、貴族たちは困ったように顔を見合わせ、記者たちは「面白《おもしろ》くなってきたぞ」と顔を輝《かがや》かせている。それに気づいたヒナコは、手すりから乗り出して叫んだ。

「心優《やさ》しい王子が大切な国民をそんな危険な目に遭《あ》わせるはずがありませんっ。分かった、どうにかエンブレムを盗《ぬす》んだあなたが、王子に罪をなすりつけようとしてるんでしょう！」

「ヒナコさんと王子がどうしてこのような事をしたのかというと、自分たちの立場をよく見せようとするためではないでしょうか。仲間に薬剤を撒かせてこっそり病人を『作り』、病気が蔓延《まんえん》したところで後からやってきた自分たちがあらかじめ用意しておいた薬で治療《ちりょう》する」

核心《かくしん》を衝《つ》いた言葉にヒナコはショックを受けたようによろめいた。胸元《むなもと》を押さえて頭《かぶり》を振《ふ》った彼女は反論する。

「覚えがありません！　印象操作はやめて！　ひどい、ひどすぎるわ!!　だいたい――」

「静粛に、勝手に発言するなと言ったはずですよ」

錫杖《しゃくじょう》をカーンと打ち鳴らした教皇が少し感情を滲《にじ》ませてヒナコを窘《たしな》める。ハッと我に返ったヒナコは恥《は》じたように一歩退き髪《かみ》の乱れを直した。そこに教皇からの質問が入る。

「ヒナコ、本当に心当たりがないのですか？　共に居たのでしょう？　王子たちの動きに不審《ふしん》な点は？」

信じていた教皇からのまさかの一言に、ヒナコは頰《ほお》を押さえて絶叫《ぜっきょう》した。

「教皇様までヒナを疑うんですか!?　知らない！　少なくとも、私は関与《かんよ》してませんっ」

見る間にその目が潤《うる》んでいき、彼女はその場に崩《くず》れ落ちた。

「私はただっ、苦しんでいる人がそこに居たから助けただけです！　だいたい、最初に伝《でん》書鳩《しょばと》で助けを求めてきたのはコルネリアさんじゃないですか。私たちは嵌《は》められたんです！　彼女が言うような策略なんてこれっぽっちも考えたことありませんっ」

涙《なみだ》に濡《ぬ》れた顔を上げたヒナコは、民衆に訴《うった》えるように語り掛《か》けた。

「皆さん信じて下さい、そんな言葉《ことば》巧《たく》みな魔女《まじょ》なんかに騙《だま》されないで――」

そこでハッとした様子の彼女は、すっくと立ちあがるとわざわざ陽《ひ》の当たる箇所《かしょ》に進み出てくる。目を閉《と》ざし指を祈《いの》りの形に組むと、気のせいか彼女の周りで急に光が輝き始めたような演出が入った。

「わかりました、これはきっと神様が私にお与《あた》えになった試練なのですね。ヒナ負けません！　たとえこの身が滅《ほろ》びようとも、誇《ほこ》りだけは捨てません。皆さんが心から信じてくれるその日まで闘《たたか》い続けます！」

「ヒナコ……様！」

凛《りん》とした佇まいに、心を動かされた愚《おろ》か——ではなく、純粋《じゅんすい》な一部の貴族が立ち上がる。

その中にエーベルヴァイン卿《きょう》の姿も有り、ネリネは顔をしかめた。

「そうだ、やっぱり聖女はヒナコ殿《どの》を措《お》いて他《ほか》には居ないっ」

「見ろ、あの健気《けなげ》で高潔な佇まいをっ」

「がんばれヒナコ様！」

「そんな陰険《いんけん》女に負けるな！」

「皆さん……!!」

その声援《せいえん》にハッと目を見開いたヒナコは、口に手をあて瞳を潤ませる。最高の笑顔《えがお》で微笑《ほほえ》んだ彼女はキュッと胸元を握《にぎ》りしめると高らかに宣言をした。

「ありがとう！　この身は今までも、そしてこの先も絶対に潔白です。絶対にあなたたちを裏切らないことを誓《ちか》います！」

「「「ウオオオオ!!」」」

またしても『茶番ヒナコ劇場』が始まるところだった。盛り上がる一瞬《いっしゅん》の隙《すき》をついて、ネリネの冷めきった声が響《ひび》く。

「でもあなた、命の恩人を見捨てたそうじゃないですか」

「……は」

笑顔のまま凍《こお》り付いたヒナコは硬《かた》い動きで振り返る。その視線を無視してネリネは資料のページをめくるよう促《うなが》した。

「十三ページをご覧下さい。ここからはソフィアリリーとは別件になりますが、ヒナコさんの出自について非常に重要な話になりますのでお聞き下さい。首都ミュゼルから馬車で半日ほど北西に走らせたところに一つの村があります。名をカミル村。ヒナコさんご存じですよね？」

「……知らない」

しらを切るヒナコに構わず彼女の過去を暴《あば》いていく。恐《おそ》らくは隠《かく》したいであろう過去を。

「クラウス神父が直接行って証言を得て来ました。聖女に擁立《ようりつ》されるより以前、ヒナコさんとおぼしき女性がこの村の宿屋で働いていたそうです。その女性はある日突然《とつぜん》ふらりと現れ、何でもするので働かせて欲しいと言った」

「……」

二週間というわずかな時間でクラウスが調べてきてくれた情報だ。ホーセン村の噂好きのおかみたちから得た情報らしいのだが、追って行けば真実にたどり着く事もある。彼女たちと友好関係を築いていた悪魔《あくま》に感謝して続ける。

「その宿の酒場では、女性がお酒を飲んで接待することもあったそうで、ヒナコさんによく似たその人物は見目の良さからとても人気があったそうです。そして視察で訪《おとず》れたジーク王子ととても親密な関係になっていたとか……。時期はジルが亡《な》くなってから数週間後、王子の公務履歴《りれき》とも合致《がっち》します」

「知らない、知らないですそんな村……」

「そこでは『ハヤサカ』と名乗っていたそうですね。世間には公表されていない聖女様の名字でしょうか？　教皇様」

そこまでつらつらと読み上げていたネリネは教皇を見上げて意見を求める。落ち着き払《はら》った彼はヒナコに問いかけた。

「確かに。そなたの名はヒナコ・ハヤサカであったな。どういうことだ？　異世界からやってきて落とされたのは別の街だったと聞いているが」

沈黙《ちんもく》が降りる。しばらく目を見開いて立ち尽《つ》くしていたヒナコだったが、息を呑んだ彼女は急に泣き崩れた。口を押さえて涙を流しながら釈明《しゃくめい》する。

「っ、ごめんなさい。ヒナ、嘘《うそ》ついてました。この世界に飛ばされてすぐの頃《ころ》、確かに私はカミル村の近くに落ちました。まだその時は記憶《きおく》もぼんやりしていて、ゆく当ても頼《たよ》れる人もいなくて死にそうだったんです。そんな時、宿の親切なご夫婦《ふうふ》に拾って頂きました。その恩返しの意味も込めて働かせてもらっていたのですが……」

ここで顔を上げたヒナコは両手を胸の前で握りしめた。

「でも、でもっ、信じて下さい！　みなさんが思っているような仕事はしていません！　お酒を飲んでお客さんと少しおしゃべりをしただけですっ。その後、王子と出会って前世のジルの記憶を思い出して……。でも聖女としての地位についた時、そんな水商売やっていただなんて知られたらジーク王子の名にキズが付くんじゃないかって怖《こわ》かったんです！　世間の目が怖くて……ずっと言い出せなかったっ！　生きていく為には仕方なかったんです！」

顔を覆《おお》ってわっと泣き出したヒナコに同情の目が集まる。だが、ネリネはまたしてもその流れを断《た》ち切った。

「ところでその宿屋ですが、ヒナコさんが礼も言わずに忽然《こつぜん》と姿を消した後、火の手があがり全焼《ぜんしょう》したそうです」

聖堂中が――そして当の本人であるヒナコでさえもギョッとしたように固まる。淡々《たんたん》と報告するネリネはさらに追い打ちをかけた。

「宿で働いていた従業員は一人残らず焼死。……ですが、村人の証言では焼け跡《あと》から出てきた遺体に不自然な点があったそうです。まるで鋭利《えいり》な刃物《はもの》で背中から切られたような痕《あと》があったとか」

「……」

冷え冷えとした空気が流れ、人々の視線がヒナコに集まる。シンとした静寂《せいじゃく》の中、スッと目を細めたネリネはとどめを刺《さ》した。

「口封《くちふう》じ、したんじゃないですか？」

ざわつく空気の中、青ざめたヒナコは王子の消えた方を一瞬だけちらりと見て、そして急に絶叫し始めた。

「いやぁぁっ！　なんで⁉　あんなに優《やさ》しい人たちだったのにっ、どうしてぇ⁉」

滂沱《ぼうだ》するヒナコだったが、向けられる人々の視線は裁判が始まった当初よりしらけ始めていた。

ひたすら感情論をふりかざすだけのヒナコと、淡々と事実を挙げていくネリネ。その対比は着実に裁判の流れを変え始めていた。

その時、ネリネは傍聴《ぼうちょう》席の片隅《かたすみ》にある人影《ひとかげ》を見つけた。表情を引き締《し》めると喚《わめ》き続けるヒナコを見上げる。彼女はどこかの盗賊《とうぞく》に罪を押し付けようと必死だった。

「そんなこと王子がするわけないじゃないですか！　物取りの可能性は？　金品とか無くなっていたんじゃないですか⁉」

「ヒナコさん。これだけの嘘を吐《つ》いておいて、あなたはまだ自分が清廉潔白《せいれんけっぱく》な聖女だと言い張るつもりですか？」

言い張るという発言にカッと来たのか、ヒナコは手すりから乗り出し大声を張り上げた。

「いい加減にして！　ヒナに聖女の資格がないって……あなたがみんなにそう思い込ませたいだけでしょう！　自分が聖女じゃなくなったからって根拠《こんきょ》のない憶測《おくそく》ばっかり！　そうよ、証拠《しょうこ》がないわ！　明確な証拠を持ってきて頂戴《ちょうだい》！」

「あなたに資格が無いのは事実でしょう。ジルの異世界での生まれ変わりとか言ってましたけど、完全になりすましですよね？」

ヒナコは完全に頭に血が上っていたらしい、胸を張って手を広げると堂々と答えた。

「いいえ、神に誓ってヒナは正真正銘《しょうしんしょうめい》ジルの生まれ変わりです！　最近はどんどん前世の記憶も蘇《よみがえ》ってきてるのっ。もういい、本当は黙《だま》って居ようと思ったけど言わせて貰《もら》うから！　あなた本当に昔からネチネチネチネチネチネチ画策するのが得意で、私が身投げしたあの夜だって――」

「残念です」

「はぁっ⁉」

嘘を嘘で塗《ぬ》り固めたヒナコの仮面がついに剝《は》がれる時が来た。教皇に向き直ったネリネは真剣《しんけん》な顔で許可を求める。

「教皇様、証人を一名、この場に召喚《しょうかん》してもよろしいでしょうか？」

「それは今回の件に関係する方ですか？」

「もちろんです」

力強く頷《うなず》いたネリネに、教皇はさほど間を置かず答える。

「許可します」

ネリネは傍聴席に振《ふ》り返り、先ほど見つけた人物をまっすぐに見つめる。観衆がつられてそちらを見るとそこには白いフードを目深《まぶか》にかぶった人物がいた。入り口付近の柱の陰《かげ》に隠れるようにしてこちらを窺《うかが》っていたのは、華奢《きゃしゃ》なシルエットから察するに女性か子どものようだ。

「っ……！」

謎《なぞ》の人物は向けられた視線の圧にビクッと跳《は》ねた。そして助けを求めるようにうろたえて左右を見回す。今にも逃《に》げ出してしまいそうな証人に向かってネリネは呼びかけた。

「こちらに来て証言して下さいますか？」

それでも迷っているのかフードの人物は動かない。ネリネは精いっぱい声をやわらげ説得する。

「大丈夫《だいじょうぶ》、真実を打ち明ければあなたを咎《とが》める者など誰《だれ》も居ません。仮にそんな奴《やつ》が居たとしても、わたしが蹴《け》散《ち》らしてやります」

久方ぶりの再会に、ネリネの胸は嬉《うれ》しさではち切れんばかりに膨《ふく》らんでいた。軽く微笑《ほほえ》み言葉をそっと息に乗せる。

「わたしは怒《おこ》ってなんかいないです。ずっとあなたに会いたかった……」

どれだけの時間が流れただろうか。覚悟《かくご》を決めたらしいフードの人物は柱から離《はな》れ、よたよたとこちらに歩いてくる。ネリネが居る証言台に乗ると二人は軽く抱擁《ほうよう》を交《か》わした。

謎の人物はそこでようやくフードに手を掛《か》けそっと外す。艶《つや》のないしなびた金髪《きんぱつ》と、哀《あわ》れなほど痩《や》せこけた横顔が現れた瞬間《しゅんかん》、聖堂はざわめいた。

「ジル様……？」

「ジル様だ……」

そこに居たのは、ネリネと共に聖女候補として競《きそ》い合っていたジルだった。コルネリアよりも有望だとされていたにもかかわらず、選抜《せんばつ》の直前になって身投げを図《はか》った彼女がなぜここに？　そんな疑問に答えるよう、ネリネは声を張り上げた。

「ご覧の通りジルは生きています！　奇跡《きせき》的に一命を取り留め、世間から身を隠《かく》して今まで生きてきたのです。ジル、なぜ逃げ出したのか……そしてなぜ身を隠していたのか、その訳を説明して貰えますか？」

発言の後半はジルに向け優しく促《うなが》すと、微《かす》かに震《ふる》えていたジルはギュッと目を瞑《つぶ》った。

やがて覚悟を決めたように表情を引き締めると、胸元《むなもと》を握《にぎ》りしめながら告発する。

「それは……全《すべ》てあの男が、ジーク王子が原因、です！」

ジークが消えた通路をにらみ付けたまま、ジルは積年の恨《うら》みを吐露《とろ》し始める。

「せ、聖女を決める選定の直前、彼は、わたくしに、ある相談を持ち掛けて来ました。いい方法があるから、初代聖女の奇跡を再現しろと言うのです！　それは、民《たみ》の命をまるで道具のように扱《あつか》う、ひどい、自作自演でした」

大勢の目の前で過去の精神的苦痛を打ち明けるのは勇気がいる事に違《ちが》いない。けれど、彼女はネリネを助ける為《ため》この証言台に立ってくれたのだ。その事に胸が熱くなり、ネリネは下の方で彼女の手をギュッと握る。話している内に怒《いか》りがふつふつと湧《わ》いてきたのか、ジルは次第《しだい》にヒートアップしていった。

「い、いやしくも、わたくしは聖女候補です！　そのような悪事の片棒は担《かつ》げないと、ハッキリお断りしました。ですが、承諾《しょうだく》しなければ、死ぬまでひどい目に遭《あ》わせてやると」

見るも哀れな姿になってしまったジルの証言は、嫌《いや》というほど説得力があった。聖堂内がざわめく中、彼女はさらに王子からの嫌がらせを告白し続ける。

「そして……最終的には、俺の力で実家を取り潰《つぶ》すとまで、脅《おど》されて」

ここで俯《うつむ》いたジルは、握りしめた拳《こぶし》をブルブルと震わせながら消え入るような声で言った。

「誰かに言えば迷惑《めいわく》が掛かると思いました。自ら命を絶つなど、神に背《そむ》く行いです。それでも……耐《た》えることが、できませんでした」

シン……と、静まり返る中、ヒナコに向けられる疑いの目の数は着実に増えていた。それを確認《かくにん》したクラウスはネリネにだけ聞こえるようそっと耳打ちをする。

「祈《いの》りが届いたな、君の勇気が彼女を奮い立たせた。よく頑張《がんば》った、ここまでやれば十分だ、後は私に任せてくれないか？」

驚《おどろ》いて見上げると、悪魔《あくま》は穏《おだ》やかに笑っていた。不思議と最初に教会で出会った時の事を思い出す。

「そのまま彼女の手でも握ってやるといい。いい子だな、君の為に全力を尽《つ》くせる真の友人だ」

最後にニコッと笑いかけたクラウスは、顔を上げると発言権を求めた。

「教皇、ここからは私がコルネリアから引き継《つ》いでも？」

「どうぞ」

「ではジルさん、あなたから見たジーク王子とはどのような人物ですか？」

「下劣《げれつ》で、最低な男です！」

「ヒナコさんとの面識や関係は？」

「ありません、彼女はいったい誰なんですか!?」

間髪《かんはつ》をいれず返ってきた力強い言葉が聖堂内に反響《はんきょう》する。まるで踊《おど》るように手を広げながら一歩退いたクラウスは完全に場の主導権を握っていた。

「ありがとうございます。さてヒナコさん、あなたいったいどなたの生まれ変わりだと仰《おっしゃ》っていましたっけ？」

見上げた先のヒナコは手すりを握りしめ蒼白《そうはく》な顔をしていた。もはやとても聖女とは呼べなそうな悪鬼《あっき》然とした表情の彼女は、とつぜん金切り声を上げこちらを指して来た。

「悪魔！　その男は悪魔なんです！　そいつの言うことなんか信じないでッッ!!」

「おやおや、言うに事欠いて」

肩《かた》をすくめたクラウスは微かに笑いながら冷静に言い返す。

「人を陥《おとしい》れ、民の命を駒《こま》のように使い捨てておきながら……いったいどちらが悪魔なんでしょうね」

「なに言ってんのよ！　皆《みな》さん!!　そいつは悪魔なんですっ、空を飛んであたしたちを焼き殺そうとしたの!!」

「翼《つばさ》を持たないただの神父が空なんか飛べるはずないじゃないですか、私はこの大聖堂で教皇様から皆伝《かいでん》を受けたれっきとした聖職者ですよ？　話の整合性すら失ってきたようですね」

「悪魔！　悪魔ァーッッ」

会話の誘導《ゆうどう》により、もはやヒナコの発する言葉は全て苦し紛《まぎ》れの出まかせにしか聞こえなくなっていた。虚言《きょげん》まみれの彼女の言葉の中で唯一《ゆいいつ》の真実が何とも嘘《うそ》くさいとは……ネリネは何とも言えない気持ちで視線を泳がせる。

人かぶりの悪魔は観客席に振り返ると、悠々《ゆうゆう》と手を広げながら続けた。

「きっと王子とその取り巻きたちは神の裁きを受けたのではないでしょうか。そして――」

ここで一度切った彼は、チラッとヒナコに視線を送った。目を血走らせ、ヒステリックに叫《さけ》ぶ彼女はどこからどう見ても聖女からは程遠《ほどとお》かった。

「教会の管轄《かんかつ》である偽《にせ》聖女に関しては、御身《おんみ》は裁く権利を我々に与《あた》えて下さったようだ。かような不届き者を短い期間とは言えのさばらせてしまった事、教会としてきっちりけじめを付けるべきではないでしょうか。私とコルネリアはそう強く主張いたします」

流れるように言い切った彼は聴衆《ちょうしゅう》に向かって優雅《ゆうが》に一礼する。凄《すさ》まじい特ダネを摑《つか》んだ記者たちは、聖堂から転げる勢いで飛び出して行った。

それを見送った教皇は静かに目を閉じる。そして、開廷《かいてい》の時と同じく錫杖《しゃくじょう》を勢いよく足元に打ち付けた。カーンという澄《す》んだ音が裁判の閉廷《へいてい》を告げる。

「シスターコルネリアへの聞き取りは以上と致《いた》します。コルネリア、情報を精査し、あなたへの処遇《しょぐう》は後日改めて通達いたします。遠いところをお疲《つか》れ様でした」

拘束《こうそく》するでもなく、事実上の無罪放免《ほうめん》にネリネはパッと顔を上げる。

代わりに、立ち上がった教皇は傍《かたわ》らに控《ひか》えていた職員二人に何かを耳打ちする。すると、職員はへなへなと座り込んだヒナコにピッタリと付いて両脇《りょうわき》を持ち上げた。

「え……。い、いや！　ちょっと待って!!　違うのっ、本当にアイツは……っ、いやああああ!!」

ヒナコは絶叫《ぜっきょう》したままズルズルと引きずられて行った。それらを見届けた教皇は彼らを追って奥へと消えていく。

「あっ……。クラウス、ここは任せていいですか？」

「え？　ネリネどこへ、わ、ちょっと、押さないで」

質問攻《しつもんぜ》めにしようと傍聴者《ぼうちょうしゃ》たちがこちらに押し寄せて来る。それらを何とか押さえていたクラウスをその場に残し、ネリネは駆《か》け出した。

だが、数歩走り出したところで行く手を阻《はば》まれる。おどおどと小さくなっていたのは元養父のエーベルヴァイン卿《きょう》だった。先ほどとは打って変わって空々しい笑《え》みを顔に貼《は》り付けた彼は、揉《も》み手をしながら馴《な》れ馴《な》れしく話しかけてきた。

「こ、コルネリア」

「……」

キッとにらみ付けて牽制《けんせい》する。彼の背後には妻や子どもたちも控えていた。形式上はコルネリアの家族だった人たちだ。一番小さな末っ子からも部外者として冷たく扱われた記《き》憶《おく》しか無いが。

「今まで疑ったりしてすまなかった。本当は前の裁判の時も信じていたんだが、あの時は家族を守るため仕方なく……な？」

薄《うす》ら笑いを浮《う》かべながら近寄ってきた卿に、自分の眉間《みけん》のシワが深く刻まれるのを自覚する。

「お前も人の子なら分かるだろう？　ん？」

なんとかすり寄ろうとしてくる卿にため息をつく。顔を上げたネリネは苛立《いらだ》つ気持ちを笑顔に変えることにした。これまでの仕打ちを思い出しながらにっこり笑って言い放つ。

「なるほど、つまりわたしはその『守るべき家族』の中には含《ふく》まれていなかったと。そういうわけですね？」

「あ、いや、そういう意味では、だな。……おいっ、話を合わせろ、育ててやった恩を忘れたかっ」

後半を小声で怒鳴《どな》りつけてきた事により、ネリネは完全に吹《ふ》っ切れた。何が育ててやっただ、愛想《あいそ》が悪いと散々叩《たた》いて食事抜《ぬ》きにしたくせに。息を吸い込んで最高の笑みを浮かべる。その場に居る全員に聞こえるよう、復讐《ふくしゅう》を大声でぶちまけてやった。

「今までお世話になりましたエーベルヴァインさん！　あなたがわたしを、母から人さらい！　同然に！　買った事とか！　絶対誰《だれ》にも言いませんから!!」

「あわっ、うわぁぁ!?」

残っていた記者たちが目を光らせてこちらに突進《とっしん》してくる。もう彼らに用はない。青ざめる卿の脇《わき》をすり抜けて駆け出したネリネは奥の扉《とびら》に逃《に》げ込んだ。大騒《おおさわ》ぎになる外の様子を窺《うかが》って、どうやらこちらまでは追って来なそうだと胸をなでおろす。

それはそうだ。なぜならここは教会本部の中でも一番奥の聖域。これより先に踏《ふ》み入るのを許されているのはごく一部の者しかいない。たとえばそう、聖女候補であったり。

一時期はよく通った道だった。落ち着いてから振《ふ》り返ると、外の喧噪《けんそう》が嘘のように静まり返っている。薄暗《うすぐら》い通路の正面に大きな窓があり、傾《かたむ》き掛《か》けてきたオレンジ色の光で宙にキラキラとホコリが舞《ま》っているのが見える。

そして少し先には、こちらに背を向けゆっくりと歩いていく影《かげ》があった。ネリネは駆け出しながらその背に声をかける。

「教皇様」

天窓の光が射《さ》す手前で足を止めた彼は振り返る。ようやく追いついたところで軽く頭を下げた。

「改めてお久しぶりでございます。わたしの証言を信じて下さってありがとうございます」

「事前に受け取った手紙の通りでしたね」

裁判の時とは違《ちが》う、少しだけ温かみのある声で返される。

そう、ネリネはこの裁判が始まる前、二人の人物に向けて手紙を書いていた。一通目はもちろんジルに。そしてもう一通は――全《すべ》ての真実を記して教皇に出したのだった。ヒナコと王子のした事を詳細《しょうさい》に綴《つづ》り、この件が世間に露呈《ろてい》すれば必ずや教会の信用も地に堕《お》ちる、どうか正しい判断をして欲しいと何枚にも亘《わた》って書き記した。

「その……正直生きた心地《ここち》がしませんでした。お返事が無かったので、てっきりこのまま握《にぎ》りつぶされてしまうのかと……」

「こちらとしても、ヒナコには手を焼き始めていましたのでね」

ふぅっと重たいため息をついた教皇は、辺りに誰も居ないことを確認《かくにん》した後に口を開く。

「彼女は少し調子に乗り始めていました。ジークをそそのかし、聖女の権力の範囲《はんい》を広げようと密《ひそ》かに裏で画策していたようです」

ここで口の端《はし》を少し吊《つ》り上げた教皇は、まるで説法をしている時のように穏《おだ》やかに言い放った。

「まったく愚《おろ》かな娘《むすめ》です。下手に野心を出さずにこちらの指示に従っていればこんな結末にはならなかったでしょうに」

その言葉にひそむ冷酷《れいこく》さに、ネリネは背筋が冷たくなった。自然と体が強《こわ》ばる。

「……教皇様、一つだけ聞かせて下さい。ソフィアリリーの件は……教会が王子たちに指示したものだったんですか？」

どうしても聞かずには居られなかった。この問いかけも『愚か』なのだろうか？　だが、教皇は心外だとでも言わんばかりの表情で鼻を鳴らした。

「面白《おもしろ》くない冗談《じょうだん》ですね。あのバカ王子が勝手にやったことです。まったく、どこからソフィアの日記なんて引っ張り出してきたのやら……」

その口ぶりから王子が大体何をやっているかは把握《はあく》していたのだろう。そして、あえて見過ごしていたと。

こちらの不信感が伝わったのか、教皇は薄く微笑《ほほえ》んで平然と返してきた。

「ソフィアやジークのやりかたについて、私は肯定《こうてい》も否定もしませんよ。人の欲望《よくぼう》が引き起こした災厄《さいやく》も、それを治す救世主が現れるのも、全ては神のご意思。少し俗《ぞく》物的な言い方をすれば『運命』というやつです」

「……」

「さて、これから王家はどうしましょうか。ジークくらいのバカ王子が傀儡《かいらい》としてはちょうどよかったのですが」

この人は……影の支配者だ。今回、ネリネの味方をしてくれたというわけではなく、たまたま利害が一致《いっち》しただけ。裁判の攻勢《こうせい》によってはコルネリアに罪を着せ、ヒナコをそのまましばらくは『使い続ける』つもりだったのだろう。

ぞっとしながらもなんとか平静さを保とうとする。本当は怒鳴りつけてやりたかった。教会の操《あやつ》り人形でしかない聖女という役割のために、自分もジルもずいぶんと人生を引っ掻《か》き回されてしまった。だがここで噛《か》みつくべきではないと冷静な自分が諭《さと》す。

（今じゃない、いつかきっと）

ネリネは心の内で密かに闘志《とうし》に火が付くのを感じた。別の角度から、少しずつでもいいからこのくだらない制度を変えていけないだろうか。それが何なのかはまだ思いつかないけれど。

少なくとも今回は切り抜けた、利用されたくなければこの場は賢《かしこ》く立ち回ればいい。

こちらが沈黙《ちんもく》を選んだことに満足そうな表情を浮かべた教皇は、話を締《し》めにかかった。

「まぁその件はこの場ではいいでしょう。正式な通達は後日、ホーセン村に届けますからね。帰ってくださって大丈夫《だいじょうぶ》ですよ」

「はい」

踵《きびす》を返して去っていく教皇に頭を下げて見送る。懸念事項《けねんじこう》の諸々《もろもろ》はひとまず保留にしよう。今はただこの処刑回避《しょけいかいひ》を喜べばいい。

──だがその考えも、次の発言が聞こえてくるまでだった。

「ああそうだ。時に、クラウス神父は上手《うま》く正体を隠《かく》し通せていますか？」

頭を下げたままだったネリネは大きく目を見開いた。ゆっくりと顔を上げると、教皇は振り返りニコニコと笑いかけている。

「……なんのことでしょうか？」

ムリに笑おうとして顔が引きつるのを感じた。だが教皇は相変わらずの笑顔のまま彼女を追《つ》い詰めていく。

「気づかないとでも思いましたか？　ジークと近衛兵《このえ》たちが付けて帰ってきた『魂《たましい》の火傷《やけど》痕《あと》』、あんな芸当ができるのは悪魔《あくま》をおいて他《ほか》にはいません」

「そ、れは」

さすがにここまで踏み込まれると平静は保てなくなっていた。嫌《いや》な動悸《どうき》が胸を穿《うが》つ。今にも卒倒《そっとう》してしまいそうなシスターの顔色に気づいたのだろう、教皇は少しだけ申し訳なさそうな顔で手を掲《かか》げた。

「あぁ、そんなに心配そうな顔をしなくとも大丈夫ですよ。正しい心を持っていれば悪魔も人もない、全ては神の前で平等である、私もそう考えていますから」

「本当ですか？」

疑わしい気持ちはあれど、わずかな希望に縋《すが》りたくなる。自分と同じ考えなのかと期待しながら尋《たず》ねると、教皇は胸元《むなもと》で印を切り、まるで説法の時のような安心させる笑顔《えがお》で答えた。

「ええ、これも神の思《おぼ》し召《め》し、もちろん、全ての悪魔がそうとは言いません。ですが、クラウス神父はこれまでの彼の実績も踏まえ特例としましょう。しばらくは私の裁量で見守ることにします」

「……」

以前の彼女ならばここで素直《すなお》に感謝して受け入れて居ただろう。だが今回の事件で心の有り様を変えたシスターは、胸に浮《う》かんだ一つの可能性をどうしても捨て置くことができなかった。

(だって、おかしい。あの魂の火傷痕は人間ならまず気づかないはずだってクラウスは言っていた)

それにやっぱりどう考えても普《ふ》通《つう》ではない。教皇が悪魔を認めるなんて。

「あの、教皇様」

去りかけていた教皇の背中がコツと音を立てて止まる。カラカラに乾《かわ》いた口を動かして、ネリネは遠慮《えんりょ》がちに聞いてみた。

「……。…………。もしかして、お知り合いに悪魔でも？」

永遠とも思われる時間が過ぎていく。やがて肩越しに振り返った教皇は笑っていた。それはどこかこれまでとは違う、少しだけイタズラめいた、秘密を共有している仲間に向けるようなまなざしだった。指を立てて口に当てるとシーッと内緒話《ないしょばなし》でもするような仕草をする。

「他の皆《みな》には内緒ですよ？　悪魔の一匹《ぴき》も飼い慣らせないようでは真の聖職者とは言えませんからねぇ」

は？　と、今度こそ口から驚《おどろ》きの声が漏《も》れ出た。

「これからも期待していますよ、コルネリア」

そうして彼は、意味ありげな一言を残して今度こそ本当に行ってしまう。返事も出来ずに固まっていたネリネはふと視線を落とす。

オレンジ色のひだまりの中に進んだ教皇の影《かげ》がおかしな具合に歪《ゆが》んでいた。まるで角が生え、大きな翼《つばさ》がその背から飛び出しているような――。

しばらくネリネは動けなかった。ようやく我に返ったのは、陽《ひ》も沈《しず》んだ後にランプを灯《とも》しに来た職員に声を掛《か》けられてからだった。

ヒナコが聖女の座を下ろされ、その役割が空位となりひと月が過ぎた。彼女と、王室から存在を抹消《まっしょう》されたジークの処遇《しょぐう》が決まったのは、世間の注目が最大限に高まったタイミングを少し過ぎた、そんな頃だった。

王子の近衛兵たちも含め彼らには、自分たちがしてきた罪をそっくりそのまま身に受けるという罰《ばつ》を教会から下された。生かさず殺さず、人々の反面教師となる為《ため》に各地をめぐり苦痛に満ちた表情を見せる事。犯罪の抑止力《よくしりょく》としてこの上ない見せしめとなる。

順番は終わりから遡《さかのぼ》って、ソフィアリリーの毒花からに決まった。それに耐《た》え抜《ぬ》けば次はカミル村の放火と背後からの切り捨て（これは四肢《しし》を炙《あぶ》る事と遺族からの鞭《む》打《ち》ちに変更《へんこう》された）、そして最後には首都に戻《もど》り、公衆の面前で再度きっちりと裁かれる予定だ。その後は投獄《とうごく》され、みじめに奉仕《ほうし》刑《けい》を続けながら一生をかけて償《つぐな》い続けることになる。

「た、助けてぇ、コルネリアちゃん。死んじゃう、死にたくないよぉっ」

そして、ホーセン村から贖罪《しょくざい》の旅は始まった。いつぞやとは逆の立場でネリネは、手首を前でしばられ憐《あわ》れっぽく懇願《こんがん》する膝《ひざ》立ちのヒナコを見下ろしていた。やがて開いた口からは氷のような声が流れ出る。

「死にたくない、ですか。あなたたちのせいで死んでいった人たちもたぶん同じことを考えていたでしょうね。大丈夫、死なない分だけあなたたちの方が被害は軽い。ヒナコさん、償いましょう？」

「あなた本当の聖女なんでしょう⁉　きっと真の聖女はこういう場面で赦《ゆる》すわ！　だから、ね⁉」

なにが「だから」なのか分からない。彼女の手を取ったコルネリアはにっこりと微笑《ほほえ》んだ。

「聖女？　今のわたしは何の権限もないただのシスターですよ？　だってあなたたちに追放されたんですもの」

絶望するヒナコの手の中に、紫《むらさき》の布で出来た巾着《きんちゃく》を押し込む。カチッと、中から硬質《こうしつ》な二つの物同士がぶつかり合うような音が聞こえた。

「贖罪に向かうあなたにせめてもの手向《たむ》けです。本当に耐えられなくなった時に開けてみて下さい。きっと救いになりますよ」

「な、なにこれ……」

ヒナコはまるで爆発物《ばくはつ》でも捧《ささ》げ持つように袋《ふくろ》を遠ざける。ネリネは耳元に口を寄せて囁《ささや》いてやった。

「一つはイラカの猛毒《もうどく》。もう一つは、ソフィアリリーに対する特効薬です。お好きな方をどうぞ。……まあ、ラベルの表記を信じるなら、ですけどね」

「！」

逆かもしれない。いや、裏を掻いてその通り？　復讐《ふくしゅう》を考えたらまさか両方とも毒なのでは？　いや、しかしコルネリアの性格を考えたら。でも――。

青くなったり白くなったり、疑心暗鬼《ぎしんあんき》に陥《おちい》る様が手に取るようにわかる。すさまじい冷や汗《あせ》をかき始めたヒナコにネリネは少しだけ溜飲《りゅういん》が下がる思いがした。

刑を執行《しっこう》するため、喚《わめ》き続ける王子とヒナコと近衛兵たちは役人に引きずられていく。大半の村人たちは見学のため追って行ったが、ネリネはその場にとどまった。クラウスが隣《となり》に来たので、ふんっと鼻息を荒《あら》くしながら行列を見送る。

「ちょっとだけスッキリしました」

「こんなものでいいのか」

「これがわたしなりの復讐です、せいぜい死ぬほど悩《なや》めばいいんだわ」

どこか子どもっぽい物言いに悪魔は笑いそうになる。ところが生真面目《きまじめ》なシスターは、急に難しい顔で考え込んでしまった。

「どうした？」

「そんな事を思ってしまう時点で、やっぱりわたしは聖女失格だったのかもしれません」

「そんなことないさ」

クックッと笑いをかみ殺した彼は、先ほど渡《わた》した袋の真相を尋ねてきた。

「で、本当のところはどうなんだい？　まさか、どっちも当たりの薬とか？　いや待てよ、両方ただの水っていうのも面白《おもしろ》いか」

振《ふ》り向いた彼女の髪《かみ》を風がふわりと持ち上げる。ニィと笑った元聖女候補はどこか楽しそうにはぐらかした。

「さぁ？　どっちだと思います？」

6章　コルネリア、顔を上げる

時は少しだけ流れた。夏の厳しい照り付けは徐々《じょじょ》に勢いを潜《ひそ》め、吹《ふ》き抜ける風に涼《すず》しいものが混じり始める。

しかし、ひと夏が過ぎ去ろうともネリネの周囲は騒《さわ》がしかった。面白おかしく騒ぎ立てる紙面では憶測《おくそく》が憶測を呼んでいる。とはいえ、世論は概《おおむ》ねコルネリアの追い風となっていた。まあ、『卑劣《ひれつ》な偽《にせ》聖女の狂言《きょうげん》にめげず、逆境からその嘘《うそ》を暴《あば》いた真の聖女！』そんな新聞の見出しを見た時はため息が漏れたものだが。ホーセン村に毎日のように押しかける記者たちをあしらうのもすっかり上手《うま》くなってしまった。

「お引き取り下さい」

そんなある日の早朝、教会の入り口に立ったネリネはいつもと同じように断りを入れていた。だが、今日対面している相手はゴシップ記事の記者などではなく特別な客だ。朝日の中で困った顔をしていたのは、王の使いで来たと言う身なりのいい初老の紳士《しんし》だった。胸に手をあてた彼はここに来た用件をもう一度繰《く》り返す。ですがそこをなんとか、今一度考えては頂けないでしょうか？」

「コルネリア様、お怒《いか》りになる気持ちは分かります。ですがそこをなんとか、今一度考えては頂けないでしょうか？」

宰相補佐《さいしょうほさ》と名乗るその男が言うには、王室から存在を消されたジーク王子の代わりに、今度は齢《よわい》十一の弟王子が継《つ》ぐことに決まったらしい。ネリネにはその嫁《よめ》になって欲しいと。

「お願いします、この国には聖女という象徴《しょうちょう》が必要なのです」

必死の懇願に心が痛んだが、それでもネリネは折れなかった。自分を掻《か》き抱《いだ》くように腕《うで》を摑《つか》み、視線をどこかへ逸《そ》らす。

「お断りします。もう聖女なんて広告塔《こうこくとう》は廃止《はいし》した方がいいんじゃないですか？　わたしはそう思いますよ」

その後、再三の断りにもかかわらず、使いは頑《かたく》なにまた来ると言い残し帰っていった。小さくなっていく背中を正面玄関《げんかん》から見送っていると背後からすっかり聞きなれた声が響《ひび》く。

「王室もイメージ回復に必死な様だな。ジークを公式の記録から抹消《まっしょう》するらしい」

「今後は彼の名さえもタブー扱《あつか》いになるでしょうね」

もうあの下劣《げれつ》な男に苦しめられる被害者《ひがいしゃ》は出てこないはずだ。それだけでも今回抗《あらが》った意味がある。

今頃《いまごろ》はヒナコ共々牢《ろう》の中で震《ふる》えている頃《ころ》だろうかと考えていると、唐突《とうとつ》にクラウスは妙《みょう》なことを尋《たず》ねてきた。

「ところで、今こそコレを携《たずさ》えて教会に駆《か》け込む絶好の時期じゃないのかい？」

「え？」

からかうような声に振り返ったネリネは、神父が手にしていた物を見て仰天《ぎょうてん》した。見覚えのあるそれは、この教会に左遷《させん》された当初に書いていた密告ノートだった。悪魔《あくま》クラウスの特徴《とくちょう》をまとめた一冊である。ネリネは信じられない思いで口をパクパクさせながら指を差す。

「なっ、なっ、それっ……!?」

「ああ、よく観察してあるね。だけどこの似顔絵はひどくないか？　植物のデッサンは得意なのに人物画は苦手なのか」

「あぁぁぁあぁぁあっ!!」

楽しそうにパラパラとめくっていた悪魔から密告ノートを取り返す。隠《かく》すようにそれを抱《かか》え込んだネリネは背を向け縮こまった。しばらくしてちらりと振り返るのだが、その顔は耳まで赤く染まっていた。

「み、見ました？」

「いやぁ、おどろいたな。自分でも腰骨《こしぼね》の上にホクロが二つ並んでいるなんて知らなかったから。いったいいつ覗《のぞ》いて――」

「調査です!!　調査の一環《いっかん》ですから!!」

恥《は》ずかしさで爆発しそうになりながら叫《さけ》ぶ。庭掃除《そうじ》の焚《た》き火に必ずこれを叩《たた》き込むことを誓《ちか》いながら、ネリネは何とか冷静さを保とうと口を開いた。

「ど、どの道バレてるんです。これはもう必要ありません」

「うん？」

そこであの日、聖堂の奥で見てしまったものを話すと、さすがに彼も驚《おどろ》いたようだ。

「教皇自身が悪魔？　もしくは悪魔飼いの可能性があるのか」

「教会のトップがまさかとは思ったのですが……でも、どうしてそれをわたしに見せたんでしょうか？」

教皇の真意が読めなくて不安になる。

うーんと考え込んでいたクラウスは意見を述べた。

「たぶんだけど……彼は自分の手の内を明かした事で、我々に仲間意識を植え付けたいんじゃないかな」

こちらが大人しくしている以上は向こうも手を出さない。その逆も然《しか》り。いわば秘密同盟を結ぼうとしているのではないかと言う。

「まぁ、着地点としては悪くない。しばらくは静観していいんじゃないかな。何か起きたら駆り出されるかもしれないけど……。まぁ、その時はその時さ。私が居るんだからどうとでもなるよ」

ゆるい笑顔《えがお》でのほほんと言う神父に、呆《あき》れると同時にどこか心が軽くなる。

だが、それを素直《すなお》に表に出すほどネリネは甘え上手ではなかった。ため息をついてついそっけなく返してしまう。

「だと良《い》いんですけど。まったく、わたしはただ平穏《へいおん》に暮らしたいだけなのに、どうしてこんなことになるんでしょう」

「ハハハ、刺激《しげき》的で良いじゃないか。人の一生は短い、楽しまなければ損だよ」

その一言で、この奇妙《きみよう》な関係の根本的な疑問が浮上《ふじよう》する。キュッと眉《まゆ》を上げたネリネは問いただすように言った。

「そうです、あなた本当に何が目的でわたしに構うんですか？」

「え、そこ蒸《む》し返すのかい？」

ぎくっと跳《は》ねた悪魔に向けて、今日こそ聞き出してやると切り込んでいく。

「わたしに、そうされるだけの理由が思い当たらないんです。気まぐれですか？　同情なんですか？」

「普通《ふつう》の人がためらうような事に関してはグイグイ来るね、君……」

「ハッキリしないのが嫌《きら》いなだけです！」

真剣《しんけん》な顔をして迫《せま》ると、クラウスはのけぞりながら視線を泳がした。沈黙《ちんもく》の後、彼はごまかすようにへらっと笑う。

「だから私は君を幸せにするため、その身にかかる火の粉を振《ふ》り払《はら》うためにやってきただけだよ」

ついに爆発《ばくはつ》したネリネは足元をダンッと踏《ふ》みつけた。

「またそうやってはぐらかす！　わたしはその理由を聞いているんですっ」

「おっと、そろそろ庭の手入れの時間だ」

「クラウス！」

庭に向かって逃《に》げていく神父をシスターは追いかける。

ネリネ自身は気づいていなかったが、その表情はとても豊かになっていた。こうやって怒りの感情を表現することでさえ、全《すべ》てを諦《あきら》めた『コルネリア』には到底《とうてい》できなかったことだろう。

固く塗《ぬ》りこめた仮面は少しずつ剝《は》がれ落ち、ようやく彼女本来の素直さが顔を出し始めていた。振り返った悪魔は目を細める。それは、彼が一番見たかったものだった。

秋晴れの空が高くなり始めたホーセン村では、いつものように日曜の午前に礼拝が行われる。入り口で村人を出迎《でむか》えていたネリネは、少し離《はな》れたところでこちらをチラチラと窺《うかが》う人物を見つけた。

「どうしました？　中へどうぞ」

パン屋のおかみは呼びかけられ、扉《とびら》の陰《かげ》からようやく出てきた。いつもの豪快《ごうかい》さはどこへやら、小さな手提《てさ》げカゴを抱き込むように抱えた彼女は縮こまりながらそれを差し出してきた。

「あの、これ、よかったら教会で食べて」

カゴの中には、失敗作ではない明らかに売り物であろうパンがこれでもかと詰《つ》め込まれていた。ふわりと香《かお》るバターの香りにネリネは少しだけ微笑《ほほえ》んで受け取る。

「ありがとうございます、その御心《みこころ》は神も見ておられることでしょう」

用件は済んだはずなのに、おかみは中へ入らずそわそわと立ち尽《つ》くしていた。どうやら話の続きがあるらしい。しばらくして彼女は歯切れ悪く言葉を続けた。

「その、罪滅《つみほろ》ぼしってわけでもないんだけど、これまで悪かったというか……あのね、アタシらもね……うぅんと」

そこまで言われたら鈍《にぶ》いネリネでもようやくピンと来た。彼女はこれまでの態度を謝ろうとしているのではないだろうか？

しかし、そこで気の利《き》いた一言を言えるほどネリネも対人技術が高いわけではなかった。お互《たが》いに沈黙したまま奇妙な時間が流れる。

「……」

「……」

やがて、勇気を振り絞《しぼ》り一歩を踏み出したのはおかみが先だった。指先をいじりながらチラッとこちらを上目づかいで見つめ、おそるおそる切り出す。

「今まで本当に、ごめ、ごめんなさい。アタシね、裏でコソコソ陰口叩《かげぐちたた》くような真似《まね》してたの。許して貰《もら》えるとは思ってないけど……このままうやむやにして接するのはダメだって……思って……本当に……ごめんなさい」

しょげて小さくなっていく彼女に言葉を返す前に、おかみはぐわっと顔を上げた。

「あのっ、今度村の女たちを集めてパン焼き会っていうか、お茶会をやるんだよ。みんなも謝りたいって言ってたし、よかったらその……シスターも来ない？」

予想外のお誘《さそ》いにネリネは目を見開く。本音を言えば複雑な気持ちがないわけでも無かった。今さら都合よく謝られても、赦《ゆる》せない気持ちもどこかにはある。

あぁでも、折り合いをつけるのが円満に事を収めるためになるのかもしれない。だけど、

「…………。それは……懺悔《ざんげ》室でもいいんじゃないですか？」

謝罪することで自分たちの罪の意識を清算したいだけなら、それはもう懺悔室に来て欲しい。

思わずぽつりと零《こぼ》れた言葉に、おかみは口をポカンと開ける。しばらくして、彼女はすっとぼけた反応を返してきた。

「都会の人たちは、懺悔室でお茶会するの？」

「……」

しばらく彼女の顔を見ていたネリネは、唐突《とうとつ》にぷっと吹《ふ》き出した。そのままケラケラと笑い出してしまう。

「え、なに？　アタシへんなこと言った？」

「あはっ、あははっ！　す、すみませ、そうじゃないんですけど……あはははっ」

一度、笑い出した発作《ほっさ》はなかなか収まらなかった。こんなに笑っては悪いと思うのだが止まらない。にじむ涙《なみだ》を拭《ぬぐ》いながら、ネリネは目元を和《やわ》らげる。それはとても人らしい、柔《やわ》らかい笑みだった。

「ふ、ふふっ、ごめんなさい。それじゃ一度、お邪魔《じゃま》させて貰ってもいいですか？」

その一言だけで、おかみの表情があっという間に笑顔に変化していく。ほっと息をつくと嬉《うれ》しそうにこんな事を言った。

「なんだい、あんたやっぱり笑えば美人さんなんだねぇ」

「！」

褒《ほ》められ慣れていないネリネはびっくりして黙《だま》り込む。急に元気になったおかみは扉の陰から次々とカゴを持ち出してきた。

「あぁ良かった、ついでにこれとこれと、これも食べておくれよ。ちょっと神父サマ！　クラウスさーん!!　運ぶの手伝っておくれー！」

「はいはい、なんですかーっと。うわっ、気持ちは嬉しいけどこんなには食べきれないよ」

「アッハッハ、食べな食べな、もっと貫禄《かんろく》つけないと！」

上機嫌《じょうきげん》のおかみは笑いながらようやく中へ入っていった。残された二人は大量のパンのカゴを抱《かか》えて顔を見合わせる。

まさかこれを抱えたまま礼拝を始めるわけにもいかず、ひとまず裏の食堂に運ぶことにした。外から回り込んでいく最中、ネリネは先ほどのおかみとのやりとりを話す。そして、どこか憑《つ》き物が落ちたような声でしんみりと語った。

「彼女たちの言い分を聞いても良いかもしれないって思えたんです。赦せるかどうか判断するのはその後でもいいかって」

柔らかな風が髪《かみ》を揺《ゆ》らす。目をそっと閉じながらネリネは続けた。

「人って、知らないから恐《おそ》れるんですよね。知らなくて怖《こわ》いから攻撃《こうげき》して疎外《そがい》する……わたしにとっての悪魔《あなた》がそうだったように、村人たちにとってはわたしが悪魔だった」

裏の木戸を開けて台所に入る。食材の匂《にお》いに混じり薬草の香りがするのはもう慣れたものだ。

「でも、そんな態度を取られてもあなたはめげなかった。わたしが何度拒絶《きょぜつ》しても優《やさ》しく寄り添《そ》ってくれた。だから、わたしも同じようにあの人たちに歩み寄ってみようかと思えたんです。ここでつながりを断《た》ち切ってしまっては、未来がなくなってしまうから」

食堂に抜《ぬ》けてテーブルの上にパンを置く。その上からふきんをかけたネリネは改めて隣《となり》の悪魔を見上げた。

「ありがとうクラウス、あなたはわたしにもう一度、誰《だれ》かを信じる心をくれた」

自然に笑うその顔は、目の前の悪魔が微笑む様とよく似ていた。それを分かっているのか居ないのか、彼女は心からの一言を伝える。

「あなたが居てくれてよかった」

しばらく目を見開いていたクラウスだったが、ふっと微笑み返すとネリネの頭に手を置いた。愛《いと》おしそうに撫《な》でながらおかしなことを言う。

「逆だよ、その心は元々君が持っていたものだ」

「え……」

「君が、私に心をくれたんだ」

どういう事かと思案している内に手はそっと離れた。食堂の扉を開けた神父は礼拝堂へと続く廊下《ろうか》に消えていく。

「いつか話そう、その時まで私は君の傍《そば》にいるよ」

残されたネリネは腑《ふ》に落ちない顔をしながらも、触《ふ》れられていた頭に手をやる。頬《ほお》を赤らめたあと、相手に聞こえない大きさでそっと呟《つぶや》いた。

「……心を持って行かれたっていうのは、間違《まちが》いじゃないですけど……」

しばらく逡巡《しゅんじゅん》していたが、そろそろ時間だと我に返る。食堂から出ようとしたところで、台所の様子を振《ふ》り返った。あれからだいぶ掃除《そうじ》したとはいえ、まだ薬草の染《し》みがあちこちに飛び散っている。


——人の欲望《よくぼう》が引き起こした災厄《さいやく》も、それを治す救世主が現れるのも、全《すべ》ては神のご意思。少し俗《ぞく》物的な言い方をすれば「運命」というやつです。


ふいに教皇の言葉がよみがえる。彼の世間を操《あやつ》るようなやりかたも理解できなくはないが好かない。今回の事件を通してネリネの意識は少し変わった。今まで盲目的《もうもくてき》に信じていたのは教会側の思想だった。神は一人ひとりの中にある正しい心なのだと。

(わたしが持っている薬草の知識を、一冊の本にまとめてみたらどうだろう)

ふと思い立ち、いいアイディアかもしれないと考えこむ。もし、自分が持っている知識を広く共有できたら、今後どこかで同じような事が起きたとしても、それを読んだ誰かが対応できるのではないだろうか。

運命に流されるだけではなく、聖女などという象徴《しょうちょう》などにすがらなくても、一般《いっぱん》市民が自分たちで抗《あらが》う術《すべ》を少しでも持てたら……。

(教皇からは疎《うと》まれるかもしれない。でもこれが、わたしが考える聖女としてのやりかただ)

聖女という役割からは降りたが、一人でも多くの人を救いたいという気持ちは今も変わって居ない。きっと医者も教会もない地域に住む人々の助けになるはずだ。

新たな目標を見つけたシスターは晴れやかな笑《え》みを浮《う》かべ、今度こそクラウスの後を追う。ここを開ければ村人たちが待っているという扉《とびら》の前で彼は待っていた。

「おいで、ネリネ」

漏《も》れ出す光を背負う彼は本当に神の使いだったのかもしれない。この声が始まりだった。深く響《ひび》く声で行われる説法は、出会った日の予想通り心地《ここち》いいのだ。

彼が傍に居てくれるのならば何も怖くない。それが何故《なぜ》なのかを考える前に、仮面を捨てたシスターは生まれたての笑顔で駆《か》け出していた。

「はいっ」

二人で扉を押し開ける。まばゆいほどの光が射《さ》しこんできた……。

エピローグ　歯抜けの女神様

明け方の暗い森の中で、その生物はまるで打ち捨てられたゴミのように転がっていた。

手まりほどの大きさのそいつは全身が黒い毛で覆《おお》われていて、落ちているところを中心としてじわりじわりと血だまりが広がっていく。

――しくじった。

毛玉は心の中で盛大な舌打ちをする。まさか自分ともあろう者が、不意打ちとは言えあんな雑魚《ざこ》の一撃《いちげき》にしてやられるとは。ギリギリのところで逃《に》げおおせたが、傷は深い。敵はとどめを刺《さ》しにくるだろうか？　いや、その可能性は低い、わざわざ『こちら』まで追いかけて来るほど気概《きがい》のある奴《やつ》はいないはずだし、これだけの傷を負っていれば、どの道助からないと判断されたのだろう。

そう、毛玉は死に掛《か》けていた。耳を澄《す》ませば、空気が漏れるような息遣《いきづか》いが聞こえてくる。それはもちろん毛玉自身のか細い呼吸音で、冬の隙間《すきま》風《かぜ》にも似たその音は今にも消えてしまいそうに小さなものだった。

なにが魔界の皇位継承者《けいしょうしゃ》だ。そんなもの毛ほども興味がない自分など放《ほう》っておけばいいものを。

だが敵は、少しでも可能性の有る者は徹底的《てってい》に根絶やしにしなければ気が済まなかったらしい。本当につまらない争いに巻き込まれてしまった。自分はただ、のんびりと暮らせればそれで良かったのに。

そろそろ視界が暗くなってきた。自分はこんなところでみじめに息絶えるのかと彼が諦《あきら》めかけたその瞬間《しゅんかん》、カサリと枯《か》れ葉を踏《ふ》みしめる音が響く。瀕死《ひんし》の毛玉は自分の何処《どこ》にこんな力が残っているのかと思うほど素早《すばや》い動きで飛び起き、身構えた。

「あ……」

音の主は小さな女の子だった。灰色の波打つ髪を腰《こし》まで伸《の》ばし、こぼれ落ちそうなほど見開いたコバルトグリーンの瞳《ひとみ》が昇《のぼ》り始めた朝日を反射して輝《かがや》いている。子どもはおそるおそるこちらに手を伸ばしながら近付いてくる。

「だいじょう――」

毛玉は差し出された指を反射的に噛《か》んでいた。ぶつりと牙《きば》が入り、ぴっと小さな悲鳴が降ってくる。ガジガジと喰《く》い千切る勢いで噛みつくのだが、牙はそれ以上入って行かなかった。

それでも諦めず顎《あご》に力を込めようとした瞬間、いきなり身体《からだ》の側面に小さな手を添《そ》わされる。そしてそのまま抵抗《ていこう》する間もなく持ち上げられ、ペタンと座り込んだ幼女の膝《ひざ》に乗せられてしまった。驚《おどろ》いて噛んだまま見上げると、女の子は青ざめながら引きつった笑みを浮かべていた。

「だ、だいじょうぶ、だよ、だいじょうぶ、痛くない、いたくないから」

痛みを必死にこらえているのだろう、涙《なみだ》をポロポロとこぼしながら添わせた手をぎこちなく動かしている。しかし『撫でられる』という行為《こうい》を知らない毛玉はその動きすら攻撃の一種だと捉《とら》え縮みあがった。

だが悲しいかな、それ以上抵抗する体力はもうどこにも残されていなかった。急激に力が抜けていき毛玉の視界は暗転していく。そして、そのまま果てない絶望感を味わいながら、小さな手に抱《かか》えられ運ばれていくのを意識の外側で感じていた。

次に目が覚めた毛玉は、起きて数秒で口の中に突《つ》っ込まれた液体を盛大に噴《ふ》き出していた。ゲロゲロと吐《は》いていると頭上から声が降ってくる。

「おや、目が覚めたのかい？　嚥下《えんげ》しな嚥下。魔女《まじょ》さんのありがたいクスリを吐き出すんじゃないよ」

ビクつきながら顔を上げると、灰色の髪を一つに束ねた女性がこちらを見下ろしていた。理知的な緑のまなざしも相まって嫌《いや》に見覚えのある色合いだ。

「なんだいその目は。助けて貰《もら》ったってのにずいぶんと反抗的《はんこう》じゃないか」

言葉は、分かる。人間の言語などどれだけ朦朧《もうろう》とした頭でも理解できる。だが、分からないのはその内容だった。助けた？　自分を？

そこで毛玉はようやく己《おのれ》の状態を確認《かくにん》した。切り傷だらけだった短い手足には包帯が巻かれ、焼け焦《こ》げた皮膚《ひふ》にはベタベタする薬らしきものが塗《ぬ》りこまれている。

辺りを見回せば、そこはどうやら小さな小屋の中らしかった。自分はパチパチと爆《は》ぜる暖炉《だんろ》の脇《わき》に置かれたカゴに入れられているようだ。体の下に敷《し》かれた可愛《かわい》らしい黄色の布を見てようやく毛玉は気づく。もしかしたら自分は、無害な小動物——黒い子猫《こねこ》あたりにでも誤認されているのでは？

「ネリネに見つけて貰わなかったら鳥の餌《えさ》にでもなっていただろうね、あの子に感謝しな」

「おかあさん、ヨモギ、ヨモギあった」

タイミングよく扉が開き、カゴを抱えた幼女が嬉《うれ》しそうな顔で駆けこんでくる。立ち上がって出迎《でむか》えた母親はカゴの中身を点検しながらうんうんと頷《うなず》いた。

「よしよし合ってるね、この素材の使用法は？」

「えっと、よく揉《も》んで、やけどした患部《かんぶ》に貼《は》りつけます。体を温める効能があり、リラックス効果もきたいできます」

「せいかーい！　さっすがわたしの娘《むすめ》！」

「きゃー」

満面の笑みで抱《だ》き合う親子を見て毛玉は何とも言えない気持ちになった。何を見せられているのだろう。

「ほら、あんたの患者《かんじゃ》が目を覚ましたよ」

「あぁっ」

輝く視線を向けられて毛玉はビクリと反応する。駆け寄ってきた幼女はキラキラとした瞳で語り掛けてきた。

「大丈夫《だいじょうぶ》？　気分は悪くない？　痛いところは？」

答えることもできたが、返事を期待して問いかけたわけではないだろう。毛玉は黙《だま》り込んだまま状況《じょうきょう》に身を任せることにした。母親が腕《うで》を組みながら娘に言う。

「拾ってきたからには、あんたが責任もって看《み》るんだよ」

「うんっ」

どうやら敵意はないらしい。それを判断した毛玉はなんだか拍子抜《ひょうしぬ》けして、肩《かた》の力を久方ぶりに——それこそ十数年単位で抜《ぬ》いた。もぞりと丸くなると再び睡魔《すいま》に襲《おそ》われる。

その日から、ネリネと言うらしいその娘は実に甲斐甲斐《かいがい》しく世話を焼いてくれた。己の十分の一も生きていないであろう子どもに下《しも》の面倒《めんどう》まで見て貰うというのは、なんともむずがゆい気分ではあったが、どうせこの世界に知り合いは居ないのだと思うと吹《ふ》っ切る事ができた。

食事を手ずから食べさせ、日に一度彼女の母親が作った薬を丁寧《ていねい》に塗りこんで包帯を巻いてくれる。正直、魔界《まかい》の生き物である自分に人間の薬が効くとは思えなかったが、襲われる心配もなくゆっくり休めるのはありがたかった。なにせ今の弱った身体では野生動物にすら太刀《たち》打ちできなかっただろうから。

毛玉は持ち前の生命力もあり、半月も経《た》つ頃《ころ》にはゆっくりとではあるが歩けるまでに回復していた。そんなある日の午後、森の中を共に散歩しているとネリネがひょいとこちらを持ち上げる。

「知ってる？　手当てってね、こうして治したいところに手を当てるだけでも効果があるんだって、おかあさん言ってたよ」

小さな手が頭を撫《な》でるのを堪能《たんのう》しながら目を細める。今ではそれが愛情からくる行為だということを毛玉もきちんと理解していた。こちらからも彼女を撫でられないのを彼は少しだけ残念に思う。本来の姿で撫でようものなら、間違《まちが》いなく彼女をぺしゃんこにしてしまうだろうから。

だからせめて子猫のふりをして小さな手にスリと額を押し付ける。するとネリネは木洩《こも》れ日を背に、歯の抜けた顔で嬉しそうに微笑《ほほえ》んだ。

「元気になって、よかったねぇ」

微笑ましい間抜《まぬ》け面《づら》だというのに、毛玉にはそれがとても眩《まぶ》しく女神《めがみ》のように見えた。

歯抜《はぬ》けの小さな女神様がそこには居た。


「あんた、ただの猫《ねこ》じゃないんだろう?」

この温かくて小さい庵《いおり》に逗留《とうりゅう》してひと月が経とうかという頃、彼女の母親は何の前触《まえぶ》れもなくそう切り出した。

その日は虫の音が響《ひび》く涼《すず》しい夜で、夕食を食べてお腹《なか》が満たされたネリネは母親の膝にもたれかかり先ほどから小さな寝息《ねいき》を立てていた。毛玉はすっかり定位置となったカゴの中から顔を持ち上げそちらを見やる。ケホケホと空咳《からぜき》をした母親は、哀《かな》し気な目でこちらを見ながら言った。

「悪魔《あくま》さん、わたしと取引してくれないかね」

正体を看破されていたことに驚きはなかった。思い起こせばこの母親は常にこちらとは一定の距離《きょり》を置いているように見えた。子どもにも『別れが辛《つら》くなるから名前を付けるな』と警告していたのは、無意識とはいえ悪魔を名前で縛《しば》りつけることを……そしてその弊害《へいがい》を恐《おそ》れていたからだろう。

そんな聡明《そうめい》な彼女がなぜ。返事はせずじっと見つめていると、母は膝の上ですぅすぅと眠《ねむ》る愛娘《まなむすめ》を撫でながら言った。

「五年……とか、十年後、もしかしたら、この子は望まない運命に巻き込まれるかもしれない。その時、わたしに代わってこの子を守ってやって欲しいんだ」

その運命がどういったものなのかは分からない。だが彼女の口ぶりからするに、それは避《さ》けられない運命のようだった。

「せめて、あと一日早く産んでやれれば良かったんだけどね……。お願いだよ、この子が一番つらい時、わたしはたぶん傍《そば》にいてやれない。ネリネを一人ぼっちにしたくないんだ」

優秀《ゆうしゅう》な薬師《くすし》である彼女は、自分に残された時間が長くないことを自覚していたようだ。

しかし、よりによって悪魔《じぶん》に頼《たよ》ろうとは……。

――元気になって、よかったねぇ。

ふと、自分を抱きしめ、心底嬉しそうに笑うネリネの顔がよみがえる。そして母親にもたれる寝顔《ねがお》を見た瞬間《しゅんかん》、悪魔は心に決めた。最も縁遠《えんどお》いはずの神に誓《ちか》った。己の神に誓って彼女を一生涯《いっしょうがい》守り抜こうと。

立ち上がった悪魔はカゴから出てソファへと飛び移った。ネリネの母の指に軽く嚙《か》みつくと契約《けいやく》の血を舐《な》めとる。舌先に触《ふ》れた魂《たましい》は驚《おどろ》くほど気高く純粋《じゅんすい》で、とても甘美な味がした。

「……ありがとう、頼《たの》んだよ」

健《すこ》やかに眠るネリネの上で、密約は交《か》わされた。ぱちりと、暖炉の火が爆ぜる。そちらを見つめる母親の横顔は、とても憂《うれ》えたものだった。

「できれば、そんな日が来ないことが一番なんだけどね……」

やがて完治した悪魔は野生に還《かえ》された。見送りの場面はよく覚えている。泣きじゃくるネリネの肩を母親が優《やさ》しく叩《たた》いていた。

「ほら、笑顔《えがお》で見送っておやり。あの子はこうするのが一番なんだ」

「うっ、うぇぇん、わがっだぁぁ」

涙《なみだ》でぐちゃぐちゃのネリネは無理に笑う。最後に一度大きく手を振《ふ》った姿が目に焼き付いている。

「ばいばい、元気でね！」

それからの歳月は、悪魔基準でもあっという間だった。後腐《あとくさ》れを失くし、けじめを付けるため魔界に戻《もど》った彼は、その圧倒《あっとう》的な知略と力と――そして何より、溢《あふ》れんばかりのやる気で全《すべ》てをなぎ倒《たお》していった。本気を出した彼が魔界を統一し悪魔《あくま》元帥《げんすい》となるのにそう時間は掛《か》からなかった。むしろ、その後の魔界の統治整備をする方が、よっぽど手間が掛かったほどだ。だがしかし、それもこれも全ては交わした契約を果たすため、なにより最愛の女神のため。陽《ひ》の光が射《さ》さない魔界において、彼女と過ごした日々の思い出は本当に眩《まばゆ》くキラキラと輝《かがや》いて激務で疲《つか》れ果てた心を癒《いや》してくれた。

そうして、魔界が安定した頃を見計らい、全ての権限を部下に丸投げして人間界に舞《ま》い戻った時にはすでに十年の月日が経過していた。

あの森の中の家にも行ってみたが既《すで》に朽《く》ち果てており、契約を交わした母親も小さな墓で眠りについた後のようだった。

そしてネリネ。調べたところ、どうやら彼女は聖女の後釜《あとがま》として貴族家に引き取られたらしい。なんともはや、悪魔とはだいぶ縁遠い存在になりつつあるようだ。

（ならば自分もそこに近付けばいい）

大胆《だいたん》にも悪魔は聖職者の道を志すことにした。どこかの道端《みちばた》で行き倒《だお》れていた男性の姿と名前を借り、彼の遺体は証拠《しょうこ》が残らないよう煉獄《れんごく》の炎《ほのお》で灰にする。魂には手を付けなかったので勝手に天国にでも行くだろう。そして何食わぬ顔で教会本部の門を叩き――。

「やぁ、おはよう」

ついに再会を果たした時、ネリネはあの時の天真爛漫《てんしんらんまん》さが嘘《うそ》のように打ちひしがれた表情をしていた。他人の視線を避けて縮こまり、自分の腕《うで》を不安げにさすっている。無理もない、ありもしない罪を着せられ追い出された直後だと聞く。

「どうして、わたしを引き受けて下さったんですか？」

彼女に尋《たず》ねられても、まだ契約の事を明かす気はなかった。母親の寿命《じゅみょう》を削《けず》ったことで嫌《きら》われたくは無かったし、傷ついた今の状態で打ち明ける話でもないと判断したからだ。それに、あの弱々しい生き物が自分だったと打ち明けるのも多少躊躇《ためら》いがある。

（さて、どう答えたものか……）

逡巡《しゅんじゅん》する悪魔はふと思い立ち『神父クラウス』として正直な振る舞いをすることにした。

（信頼《しんらい》を勝ち得るには自分の正体も包《つつ》み隠《かく》さず明かした方がいいだろう。嘘はよくないか

ら な、うん)

どうしたら彼女を元気づけられるだろう？　悪魔《あくま》の心にはそれしかなかった。きっと憎《にく》い相手がたくさんいるはずだ。自分は破滅《はめつ》の悪魔、報復をする為《ため》なら喜んで手を貸すつもりだった。ならば契約を交わすために正体を明かした方が手っ取り早い。

それが結果的に、彼女にとんでもない心労を与《あた》えるとも知らず、悪魔は心の中でほくそ笑んだ。擬態《ぎたい》をほんの少しだけ解き、ツノや翼《つばさ》を表面化させると赤い灰が教会の中に舞い上がり始めた。

かつて泥《どろ》だらけの毛玉をその手で掬《すく》い上げてくれたように、今度は自分が彼女の力になるのだ。胸の奥が温かくて心地《ここち》よい。その気持ちを何と呼ぶかも分からないまま、悪魔は本心を返していた。

「ネリネ、私は君を幸せにするために来たんだよ」

人の身ならば、ずっと触れたいと思っていたその柔《やわ》らかな灰色の髪《かみ》を撫《な》でることも許されるだろうか。悪魔は大きく見開かれた目を見つめ返し、そんなことを考えていた。

後日談――ブーケトスから始まる話

心まで凍《こお》り付いてしまいそうな寒さのホーセン村にも、少し遅《おそ》めの春がやってきた。花は今を盛《さか》りと咲《さ》き誇《ほこ》り、甘酸《あまず》っぱい香《かお》りを振りまいては人々を楽しませる。

そんな花たちが咲き乱れる教会で、ある晴れた日曜の午後、一組のカップルが永遠の愛を誓い合い夫婦《ふうふ》となった。

鐘塔《しょうとう》に吊《つ》り下げられた鐘《かね》の音が村中に鳴り響《ひび》き、たくさんの人々に祝福されながら二人が礼拝堂から出てくる。

純白のドレスに身を包んだ新婦は輝くような笑顔でブーケを投げた。薄《うす》水色の空に美しい軌《き》道《どう》を描《えが》いたそれは、次の花嫁《はなよめ》となるべく待ち構えていた乙女《おとめ》たちの列――を通り越《こ》し、礼拝堂の扉《とびら》を閉めようとしていたネリネの手の中にスポッと落ちてきた。

「わっ」

突然《とつぜん》降ってきた花束にシスターは驚いて振り返る。同じように驚いた顔の花嫁と目が合ったが、ニコッと微笑《ほほえ》んだ彼女は軽く手を振ってパートナーと共に歩き出してしまった。

代わりに駆《か》け寄ってきた乙女たちがネリネを取り囲む。

「わぁ、いいなぁいいなぁ、シスターおめでとう」

「ずるーい、あたしが狙《ねら》ってたのよぉ～！」

「あの……よかったらお譲《ゆず》りしましょうか？」

困惑《こんわく》した様子のシスターは控《ひか》え目に申し出るが、一瞬《いっしゅん》ポカンとした乙女たちは弾《はじ》けるように笑い出した。

「やだもう、そういう事じゃないってば」

「ネリネちゃんって天然？」

クスクスと笑われてネリネはますます困惑する。その時、パン屋のおかみがトレーを抱《かか》えて割り込んできた。

「あらぁ、あんたが取ったの。いいじゃない、次はネリネが花嫁になる番ね」

祝いの席で振る舞うキッシュを配りながら彼女は笑う。面白《おもしろ》そうな話題につられたのか、他《ほか》の世話焼きの女たちも集まってきて、やいのやいのとネリネを取り囲んだ。

「そうねぇ、シスターもちょうどいい年頃《としごろ》だし考えてみてもいいんじゃない？　結婚《けっこん》」

「えっ」

王子に婚約破棄《こんやくはき》されて以降、考えてもみなかった話に目が点になる。言われてみればネリネも十九歳、普通《ふつう》の女性ならそろそろ結婚して家庭に入ってもおかしくない年頃である。

「そうそう、あんたに似合いそうな好青年が隣町《となりまち》に居るらしいよぉ。ちょっと話つけてきてあげよっか？」

だが、あまりにも性急な話の展開に混乱する。きっと彼女たちは気を遣《つか》ってくれているのだろう。不運な目にあったネリネに新しい幸せをと。

（わたしが、花嫁？）

いまいち実感が湧《わ》かず、ぼんやりと視線を上げる。何となく見つめた先で黒い聖職服がひるがえる。新婚《しんこん》の二人と和《なご》やかに話している茶髪《ちゃぱつ》の男性が目に入った途端《とたん》、ネリネは頬《ほお》がカァッと熱くなるのを感じた。

「あのっ、すみません！　キャンドルの後始末をしてきますのでっ」

この話題から逃《に》げるように、ネリネはブーケを抱えたまま礼拝堂に逃げ込んでしまった。残された女たちは、その耳まで赤く染まった後ろ姿を見て、「ウブでかわいい」だとか「あたしらがしっかりいい相手みつけてあげようね！」などと話し合う。当のネリネは、彼女たちを一致《いっち》団結させてしまったとは露《つゆ》も知らぬのであった。

「へぇー、そんなことがありましたの」

カチャと、紅茶を出してくれたジルは興味深そうに覗《のぞ》き込んでくる。お茶会に呼ばれたネリネはその時のことを思い出しながら憤慨《ふんがい》した。

「まったく困ります、わたしは神に仕える身であるというのに」

「んー、ですがうちの教会、別に結婚を禁止されてるとかじゃありませんからねぇ」

自分のカップとポットを持ってきたジルは向かいに腰掛《こしか》ける。器《うつわ》を上品に傾《かたむ》けながら彼女はこう続けた。

「コルネリアが気に入った相手ならそれもアリではなくて？　恋愛《れんあい》って勢いも大切よ？」

「あなたまでそんな」

「ハニー！　クッキーが焼けたよ！」

唐突《とうとつ》に扉をバーンと開けて一人の男性が突入《とつにゅう》してくる。ビクッとしたネリネには構わず、彼は踊《おど》るように回転しながら皿をテーブルに置いた。ガタイのいい体、ツンツンの髪にバンダナを巻いた彼に向かって、ジルは輝《かがや》くような笑《え》みを浮《う》かべた。

「ありがとダーリン！　愛してる！」

「またゴシップ記事の記者が来たら追い払《はら》っとくぜ！　あ、コルネリアちゃん、ゆっくりしてってね」

太陽のような笑顔に圧倒《あっとう》され、ネリネはコクコクと頷《うなず》きながら言葉を失う。それを気にした様子もなく、彼は嵐《あらし》のように去っていった。

スマートな貴族とは程遠《ほどとお》い彼こそが、ジルの『運命の人』だった。彼女が再会した頃に聞かせてくれた身の上話を思い出す。

王子からの扱《あつか》いに耐《た》えかね、思いつめたジルがついに身投げをしたあの日、落下した彼女はどこかの店の軒先《オーニング》に引っ掛《か》かりバウンドして死ぬことができなかった。

それでも足の骨を折り、夜明け前の路上で呻《うめ》いているところを助けてくれたのが偶然《ぐうぜん》通りかかった隣町のダーリンだったという。このまま川にでも投げ込んでくれと頼《たの》んだのだが、事情を聞いた彼は、何の非も無いジルが命を絶つのはおかしいと迷いなく言い切った。

そしてほぼ強制的にこの家へと連行されたらしい。

彼は繰《く》り返しジルに生きてほしいと説得した。生きていてもいいのかと迷ったジルは、生家であるミュラー家に連絡《れんらく》を取ることにする。

遺書と塔の上の靴《くつ》だけ残して消えた娘《むすめ》が生きていたと知り、彼女の家族は泣いて喜んだそうだ。そこで初めて、娘が王子からどんな扱いをされてきたかを聞かされ、ミュラー家は口裏を合わせジルを守ることにした。こちらは気にしなくていい、このまま死んだことにして姿をくらませと言ってくれたのだ。

残してきたもう一人の聖女候補、コルネリアの事は気になったものの、傷ついたジルには心と体を癒《いや》す時間が必要だった。

「それにしても、あの新聞記事を読んだ時は本当に驚《おどろ》きましたわ」

そんなある日、彼女はコルネリアが聖女候補を辞退したとの発表を新聞で知った。おまけに自分の生まれ変わりと名乗る女が聖女として台頭するという。

わけの分からなくなったジルは実家の伝手《つて》を使いコルネリアの居場所を突き止《つ》め、手紙を書き——そこから先はネリネもよく知っている話だ。

王子とヒナコが捕《と》らえられ、全《すべ》て終わった後も後遺症《こういしょう》は長引いた。精神的に追い込まれ、命を脅《おびや》かされた記憶《きおく》が夜中によみがえり、食事が喉《のど》を通らない日もあった。だがダーリンの優《やさ》しさに触《ふ》れ、彼女は少しずつ笑顔を取り戻《もど》していった。

「本当ぉぉに優しいのよ～、初日に『俺も男だから怖《こわ》いだろう』って、ベッドを譲って自分は物置部屋で寝《ね》てくれたの。しかもわたくしに外からかんぬきをかけさせて！　誠実！ほんと好きっ、大好きー！」

「あはは……」

頰を染め、のろけっぱなしのジルだったが、ネリネはそれを聞くのが嫌《きら》いではなかった。骨と皮だけだった一時期に比べ、今の彼女はだいぶふくよかになった。幸せである何よりの証拠《しょうこ》だろう。そんな彼女は、恋人《こいびと》が焼いてくれたクッキーをパクパクと頰張《ほおば》りながら話の主役をこちらに移してきた。

「ところでコルネリアには誰《だれ》かいい人いないんですの？　お見合いには乗り気じゃないみたいですけど……あ、すでに意中の男性が居るとか？」

ドキッとしたネリネは紅茶を取り落としそうになった。それには気づかず、幸せ絶頂のジルはうっとりとした顔で指を組む。

「恋《こい》っていいですわ～、あのクソ王子の嫁《よめ》候補だったわたくし達だからこそ、真実の愛が身に染《し》みるというか。あ、あの神父さんとかどうなんです？」

ますますドキッ、というかギクッとしてネリネは硬直《こうちょく》する。赤くなり始めた親友を見たジルはニヤけ顔を隠《かく》そうともしなかった。

「いいじゃないいいじゃない、ちょっと年上だけど包容力って言うんですの？　ぱっと見は目立たないけど、よく見ると整った顔立ちしてましたわねぇ～、誠実そうですし」

傍《はた》から見た自分はそんなにも分かりやすいのだろうか。初恋《はつこい》すらしたことのないネリネは、この気持ちが恋というものなのかさえ測りかねているというのに。

「どういうところに惹《ひ》かれたんですの？　そういえば向こうから追放先の引き受けに名乗り出てくれたんでしたっけ？　なれそめは!?」

「うぅ……もう勘弁《かんべん》して下さい……」

力なく落ちていく頭部がテーブルに当たりゴンッと音を立てる。矢継《やつ》ぎ早に質問攻《ぜ》めをしていたジルは明るく笑い、続けざまにとんでもないことを聞いてくる。

「と、言いますか同じ屋根の下で暮らしているわけですし、もう行くところまで行ってたり？」

「ジル！」

耐えかねてクワッと顔を上げる。すると彼女はますます破顔してお腹《なか》を抱《かか》えた。

「あははっ、冗談《じょうだん》ですわ。あなたがそういう色仕掛《いろじか》けに頼《たよ》るような子じゃないのは知っていますもの」

「……」

散々からかわれてむくれたネリネはそっぽを向く。そういう問題以前に、彼は人ではないのだ。さすがにそこまでは打ち明けられず口をつぐんだが。

「でも、好きなんでしょう？」

白魚のような指を組んでそこに顎《あご》を乗せたジルは、まるで姉のような優しいまなざしでこちらを見つめてくる。その声はどこか確信を持った響《ひび》きだったが、対するネリネは曖昧《あいまい》な表情で眉尻《まゆじり》を下げた。

「……嫌いではないです。でも、これが恋かどうかは」

これまでの激動の人生、初恋の機会すら無かった彼女にとっては、あまりにも判断材料が少なすぎた。自信なさそうにカップをいじる。

「向こうがわたしの事をどう思っているか分からないですし……それに」

「それに？」

　ここで一呼吸置いたネリネは、ためらいがちにこう続けた。

「……気持ちの押し付けは相手にも迷惑《めいわく》なのでは……わたしに女性的な魅力《みりょく》があるとは思えないですし」

　思った以上に奥手だった親友にジルは笑うのをやめる。

　控《ひか》えめでもの静か、自分よりも相手の事を思いやれる優しさを持ったネリネは女の自分から見ても十分に魅力的だ。確かに派手さは無いかもしれない。だが、目鼻立ちは十分に整っているし、伏《ふ》し目がちの長いまつげと憂《うれ》いを帯びた横顔にハッとさせられる男性は多いはずだ。肉感的というよりは妖精《ようせい》めいた美しさを持つ女性なのである。

　素直《すなお》に甘えられないであろう不器用さもひっくるめて、短くはない期間共にいる神父がその魅力に気づいていないはずがない。そう判断したジルは思いっきり背中を押してやることにした。

「甘い甘いあまーいっ、そんなんじゃあっという間に他《ほか》の女に取られてしまいますわよ！」

「ひぇ」

「あと卑屈《ひくつ》になるのはおやめなさい、そんな態度で居たら、本当にその通りの人物になってしまうわよ」

　テーブルにバンッと手を突いて乗り出してきたジルにネリネはのけぞる。その眼前に指を突き付けた恋愛先駆者《れんあいせんくしゃ》はハッキリと言ってきた。

「っていうか、そうやって悩《なや》んでる時点で恋ですわ！　どうでもいい男に思考時間を割《さ》くほど乙女《おとめ》の時間は長くないですもの！」

目を瞬《またた》くしかできないネリネの眼前にグイッと顔を寄せ、ジルは息巻いて問いかけた。

「そうだ！　ねぇっ、風の噂に聞いたのですが、薬草の研究をしているらしいですわね？」

「え、えぇ、まぁ、一応……？」

いきなり何の話だと怯《おび》える子羊に対し、瞳《ひとみ》を輝《かがや》かせたジルは拳《こぶし》を握《にぎ》りしめ言った。

「だったら惚《ほ》れ薬とか作れませんの⁉」

「……」

和《なご》やかだったはずのお茶会に沈黙《ちんもく》が降りる。しばらくしてため息をついたネリネは諭《さと》すように彼女を押し戻した。

「ジル、おとぎ話じゃないんですから現実には惚れ薬なんて……」

「なんでもいいのよ！　吊《つ》り橋効果って知ってる？　要はドキドキさせてきっかけを作っちゃえばいいの、動悸《どうき》を速める薬を飲ませなさい！」

「えっ」

それならできる、できるが。

（いやいやいや！）

倫理観《りんり》がハッと我に返らせる。だが疼《うず》きだした好奇心《こうきしん》は勝手に脳内で仮想調合を始めてしまう。健康に害のない範囲《はんい》で、胃に優しく、無味無臭《むみむしゅう》にするには――。

「……できちゃった」

後日、台所に立つネリネの手にはうっかり調合してしまった惚れ薬が握られていた。迷いのある手つきで机にコトと置き、いつものように調合ノートに効能を記入する。だが『意中の相手に飲ませると催淫《さいいん》効果が期待できる』と書いたところで罪悪感がこみ上げ頭を抱えた。

「こんな薬で人の気持ちを操作しようなど、なんとおこがましい……おぉ、神よ！」

思わず指を組んで祈《いの》りを捧《ささ》げるが、作ってしまった事実は消えずにそこに鎮座《ちんざ》している。緩慢《かんまん》な動きで顔を上げた薬師《くすし》はその小瓶《こびん》をボーッと見つめた。

（いや、そもそもアレは人じゃないから……効くの？）

冷静になって考えてみれば、ヒト用に作った惚れ薬が悪魔《あくま》に効くとは思えなかった。そうだ、魔界《まかい》ではもっと強い毒性の酒などを摂取《せっしゅ》していたようだし、こんな薬が効くわけがない。

そう結論を出したネリネは、完成したばかりの薬をお蔵入《くらい》りにすることに決めた。レシピと共に鍵《かぎ》つきのキャビネットにしまったところで背後からカタと音がする。

「ネリネ、ちょっといいかい――」

ガッ！　と、光の速さで鍵を締《し》める。速まる鼓動《こどう》を抑《おさ》えながら振《ふ》り返ると、大きめの封《ふう》筒《とう》を手に持ったクラウスが目を見開いていた。彼は二度ほどまばたきをすると怪訝《けげん》そうに尋《たず》ねてくる。

「ど、どうしたんだ。何か」

「何でもありません」

「いや、だって」

「ありません、ないです、何も」

不自然な倒置《とうち》法で圧をかける。空気を読んでくれたのか、神父は首をひねりながらも本来の用件に移ってくれた。

「えぇと……それじゃあ。本部に提出する書類を知らないか？　そろそろ締め切りだから書こうと思ったんだけど」

「あ、それでしたら」

ネリネは後ろ手でキャビネットがしっかり閉まっているかをこっそり確認《かくにん》する。その場から離《はな》れて食堂へ移動し、机の端《はし》にまとめておいた書類を手に取った。追ってきたクラウスに渡《わた》すと真面目《まじめ》な声で報告する。

「わかる内容でしたので埋《う》めておきました。確認とサインだけお願いします」

「あぁ、やってくれたのか。ありがとう」

「いえ、薬品の在庫管理はわたしの仕事ですか――」

ら、と続けようとしたところで頭に手を乗せられる。へにゃりと笑ったクラウスは花でも飛ばしそうな空気でこちらの頭を撫《な》でていた。大きな手が動くのを感じながらネリネは声を漏《も》らす。

「……神父」

「ん？」

「成人している女性にこの扱《あつか》いはいかがなものかと」

その顔には羞恥《しゅうち》よりも困惑《こんわく》した色がありありと浮《う》き出ていた。気になる男性に触《ふ》れられて嬉《うれ》しくないわけではない……が、この撫で方はどう考えても子どもに対するそれだろう。村の子どもたちを同じように撫でているのを見たことがある。

「あれ？　ニンゲンは褒《ほ》める時に頭を撫でると聞いたんだけど」

「小さな子ども限定です。いつまで撫でているんですか、ちょっと」

「おかしいなー」

説明してもクラウスは大真面目な顔つきでネリネの頭を撫で続けていた。恥《は》ずかしいがよじって逃《に》げるのも少しだけ惜《お》しい気が――ではなく逃げるタイミングを失ってしまう。

「う、うぅ」

意識すると、だんだん恥ずかしさの方が勝《まさ》ってきた。少し撫で方が変わり、慈《いつく》しむように何度も何度も梳《す》いては往復する指先が、髪《かみ》を通してやわい刺激《しげき》を肌《はだ》に伝えてくる。時折、耳をかすめる指にぴくっと反応してしまう。

ふと視線を上げると、クラウスはいつもの穏《おだ》やかな笑《え》みでこちらを見下ろしていた。目が合った彼はおかしな事を尋ねてくる。

「なら教えてくれないか、大人だったら親愛の情を示す時、どういうことをするのかな？」

言葉の意味を考えていたネリネは一拍《いっぱく》置いてボッと顔を赤くする。不明瞭《ふめいりょう》なつぶやきをしながら視線を宙に泳がせた。

「あの……、それは……その」

どうしよう、からかわれているのだろうか？　昼下がりの陽光が床《ゆか》に落ちているのを必死に見つめる。

「そんなの、わたしが教えてほしいくらいで――」

髪の一房《ひとふさ》をするりと梳いていた手がピクリと止まった。不思議に思って見上げると目が合う。こげ茶色の瞳の奥で、赤い炎《ほのお》が揺《ゆ》らめいたような気がして、恥ずかしさを忘れ思わず見とれてしまった。

目を逸《そ》らせずに居ると、それまで余裕《よゆう》を保った笑みをしていたはずの彼は急に真剣《しんけん》な表情を浮かべる。この距離《きより》はじゃれ合いで済ませるには近すぎる。至近距離にある瞳はいつの間にか本来の赤色に戻《もど》っていた。美しい煉獄《れんごく》の炎が一心にこちらを見つめている。どくん、どくんと、耳に届く心臓の音がすさまじい。

こちらの頰《ほお》に手を当て少し屈《かが》んでくる気配を感じる。誰《だれ》に教えられたわけでは無いけれど、ネリネは自然に目を閉じていた。……だがいつまで待っても何の動きもない。

「？」

不安になって目を開けようとしたその時、急に頭にポンと手を置かれ、まるで犬のようにワシャワシャと搔き乱された。

「わっ⁉」

「あはは、ごめんごめん。冗談《じょうだん》だよ、変なこと聞いて悪かったね」

それまでのおかしな雰囲気《ふんいき》からは一転、すっかりいつものおとぼけ神父に戻ったクラウスは書類を手に取り、足早にその場を後にする。

「書類、ありがとう。あんまり軽々しく男に距離を許すものじゃないぞ」

「あの、クラウ」

言い終わる前に、彼はまるで逃げるように出て行ってしまった。一人取り残されたネリネは、ポカンとしながら自分の行動を振り返る。どう見てもキス待ちであろう顔を晒《さら》してしまったことを思い出した瞬間《しゅんかん》、すさまじい羞恥心《しゅうちしん》が胸の奥底からこみ上げてきた。

である。

その日の午後、シスターは生まれて初めてふて寝《ね》という名のストライキを決め込んだのである。


「〜〜〜っっ!!」


そんな騒動《そうどう》があった日から数えて一週間ほど、ネリネは村の一角にある食事処《どころ》にいた。

通りに面したテラス席に腰《こし》かけた彼女の向かいには、薄茶色《うすちゃいろ》の髪をした見知らぬ男性が座っている。身なりが良く、爽《さわ》やかな好青年という言葉がぴったりの彼の肩《かた》を叩《たた》き、隣《となり》に座る鋳掛《いかけ》屋のおかみは満面の笑みで話を進めた。

「ま、ま、とりあえずお茶でもしながらね!」

どうしてこうなった。ネリネは覚えたての曖昧な笑みを返しながら焦《あせ》っていた。

「こちらの方は隣町《となりまち》にお住まいのフーバーさん。ご実家を出て新しい事業を始める土地を探していらっしゃるそうよ。ホーセン村も候補の一つなんだとか」

「初めましてコルネリアさん、テオ・フーバーです」

「はじめ、まして」

まさか本当にお見合い話が持ち込まれてくるとは……。本気だったらしい村の女たちが通りの向こうからこちらをチラチラと覗《のぞ》いているのが見える。

こんな状況《じょうきょう》ではこの前のように逃げ出すわけにもいかない。彼女たちの面子《メンツ》を潰《つぶ》さないようにするには無難に話を合わせて——よし、その作戦でいこう。しばらく話していれば面白《おもしろ》くない女だということが伝わるはずだ。そう決意したところでテオが控《ひか》えめに申し出てくる。

「この村は自然豊かでいいところですね、よかったら案内してくれませんか？」

後は若い二人だけで。と、言い残した仲人《なこうど》はそそくさとどこかへ（おそらくはそこらの物陰《ものかげ》へと）消えていった。初対面の男性と二人きりにさせられたネリネだったが、この場限りだと割り切る事にして歩き出す。

ところが村の中を順番に案内してわかったのだが、このテオという男性、とても話し上手な上に聞き上手でもあり、意外にも会話が途切《とぎ》れることは無かった。覚悟《かくご》していた気まずさを味わうこともなく、二人は南に広がる畑までやってきていた。

「案内してくれてありがとうコルネリアさん。……いや、ネリネさんと呼んでもいいですか？　みんなそう呼んでいましたよね。可愛《かわい》い愛称《あいしょう》だ」

「ありがとうございます。亡《な》くなった母がそう呼んでいたんです」

少し緊張《きんちょう》の緩《ゆる》んだネリネは、会話のやり取りをぎこちなくも返した。夕暮れの風が吹《ふ》く中、お互《たが》いに少し微笑《ほほえ》む。

だが、ハッとした彼女は急に自分の立場を思い出し、気まずそうに視線を逸《そ》らした。周囲にやじ馬の耳がないことを確認《かくにん》した後、手を胸の前で揉《も》み搾《しぼ》るようにしながら申し訳なさそうに切り出す。

「あの……村のおかみさん達から何か言われたかもしれませんが」

「何かとは？」

「……わたしが結婚《けっこん》相手を探してるとか、お見合い話だとか、そういった類《たぐい》の話です」

カァと頬が熱くなるのを感じる。言葉がつかえてしまう前にさっさと言い切ってしまう事にした。

「テオさん、わたしに気を遣《つか》わなくとも大丈夫《だいじょうぶ》ですからね。そちらから断って下さって構わないです、本当にお気になさらず」

迷惑《めいわく》をおかけしてすみませんでした。と、小さく続けると、しばらくして困ったような独り言が聞こえてきた。

「参ったなぁ、そんなこと言うなんて、そんなに僕って女性から見て『ない』のかなぁ」

予想外の言葉にえっ、と顔を上げる。ネリネは慌《あわ》ててその勘違《かんちが》いを否定した。

「あ……そうじゃなくて、テオさんは優《やさ》しいですしお話もお上手で、十分に素敵《すてき》な男性だと——え、無理やりわたしと会ってくれって村の人たちから頼《たの》まれたんじゃ……？」

「確かに、いい子が居るから会ってくれとは頼まれました。だけど、僕としても生涯《しょうがい》の伴侶《はんりょ》としていい人がいればお近づきになりたいと考えていますよ」

　勘違いしていたことを知り急に恥ずかしくなる。焦ったネリネは、自分がいかに結婚相手に向いていないかを力説しようとした。

「なら余計にわたしはやめておいた方がいいと思います。愛想《あいそ》がないですし家事は下手くそですし……それに、ご存じないかもしれませんが、わたしは聖女候補を降ろされた身でして」

「知っていますよ。それでも構いません。あなたの過去がどうであれ、今このホーセン村にいるのはネリネというただ一人の女性でしょう？」

　ドクンと鼓動《こどう》が跳《は》ねる。テオは嘘偽《うそいつわ》りのないまっすぐなまなざしでこちらを見つめていた。ゆっくりと確信に満ちた響《ひび》きでこう続ける。

「あなたは自分に自信がないようですがとんでもない。少なくとも、僕はこの短い時間であなたをとても魅力《みりょく》的な女性だと思いました。奥ゆかしくて上品で……控えめに笑う姿に見惚《みと》れない男が居たらきっとそいつの目は節穴なんでしょうね」

　ざぁと吹きすさぶ風が髪《かみ》をさらう。ここまでストレートな口説き文句を真っ向からぶつけられたのは初めての経験だった。カァと熱くなる頬を腕《うで》で隠《かく》しながら一歩引く。

「ほら、そういう仕草も可愛らしい。僕はあなたのことが知りたい。ここから始まる事もあるでしょう、せっかく出会えた関係をこの場で断《た》ち切ってしまうのは何だかもったいない気がしませんか？」

困惑《こんわく》してますます返す言葉がわからなくなってしまう。うろたえるネリネが手に取るように分かったのだろう。テオはそれまでの攻勢《こうせい》から一転、素早《すばや》く身を引いた。

「すみません、怖《こわ》がらせるつもりは無かったんです。今日この場でいきなり結婚してくれとかそういう話ではないので安心してください」

「……」

この男は引き際《ぎわ》を存分に見極《みきわ》めていた。ガチガチのネリネに向けて、彼は安心させるように微笑む。

「また、来てもいいですか？　今度は一週間後、まずは親しい友人としてもう一度会って頂けると嬉《うれ》しいです。では」

踵《きびす》を返したテオは村へと戻っていく。一人残されたネリネに飛びつくように、物陰に隠れていた女たちが飛び出して来た。


その日の夕飯は何となく気まずくて沈黙《ちんもく》が降りる。とはいえ、先日のキス騒動からヘソを曲げたネリネは必要以上にクラウスに話しかけていなかったのだけど。

「お見合い相手とはうまくいったのかい？」

だからこそ、唐突《とうとつ》に尋《たず》ねられて飛び上がるほど驚《おどろ》いた。口に突《つ》っ込んだスープをゴフッと詰《つ》まらせる。激しく噎《む》せた彼女は息も絶え絶えに水に手を伸《の》ばした。

「な、なっ、」

「おや、首尾《しゅび》よく行かなかったのか？　それはおかしい、向こうも見る目がないな」

「どうしてあなたがそれを知っているんですか!!」

やや力をこめてコップをテーブルに叩きつけると、中から水が飛び散る。きょとんとした顔のクラウスは首を傾《かし》げた。

「隣街の青年実業家と顔合わせをしてきたんだろう？　村中その話で持ち切りだよ。結婚秒読みだと」

ショックで額に手をやりながら天を仰《あお》ぐ。「無難に案内をして別れました」の、どこをどう解釈《かいしゃく》したらそう飛躍《ひやく》するのか、噂《うわさ》はさらに尾《お》ひれを増して広まっていくことだろう。

「何もありませんでした！　本当に村を案内しただけですっ」

何よりも、この向かいの席に座る神父にだけは勘違いされたくないと強く言い切る。ところがクラウスはハーブティーをすりながら平然と言ってのけた。

「どうしてそんなに意地っ張りなんだ。君にとっても悪い話じゃないだろうに」

ぴくっと反応したネリネは握《にぎ》っていたスプーンに力を込める。怒《いか》りを抑《おさ》えようとすればするほど、喉《のど》から絞《しぼ》り出す声は震《ふる》えていった。

「それは……どういう意味ですか」

「どういう意味もなにも、よい縁談《えんだん》になりそうじゃないか、良かったな」

ゆるやかな笑《え》みに心臓をガリリと削《けず》り取られたようだった。顔を上げることができず膝《ひざ》の上で握りしめた拳《こぶし》を見つめる。

「わ、たしは、彼と結婚する気なんてありません」

「……。長い目で見るならば、教会から離《はな》れて一般《いっぱん》家庭に入るのをおすすめするよ。いつまでもこんな、おじさんのところに居ても仕方がないだろう」

淡々《たんたん》と言い放つ言葉に胸が引き裂《さ》かれるように感じた。そんなことを言うなんて、彼は自分のことなんて何とも思っていないのだろうか。

その考えが浮《う》かんだところでハッとする。どうして心が痛むのか。なぜ彼だけにはその言葉を言われたくなかったのか。それは、つまり、

「……わたしを幸せにするために来たって、言いましたよね？」

もはや恥《は》じらいなど、千切れるような胸の痛みを前にして吹き飛んでいた。こんなもの、ほぼ答えだ。だがそんな必死の思いにもクラウスは平然と返す。

「ああ、そしてあの青年と一緒《いっしょ》になればきっと君は幸せになれる」

「わたしはあなたが――！」

限界だった。だが、手を突き乗り出したところで、人差し指をそっと唇《くちびる》に当てられ言葉を止められる。テーブルの向かいで同じように立ち上がっていた神父は、悲し気に微笑んでいた。目を見開くネリネを見つめ、諭《さと》すように言う。

「君がいま何を言いかけたのかは知らない。だけどこれだけは言っておこう」

「……」

「ネリネ、私は悪魔《あくま》だよ。人のふりをしているけど人じゃない」

告げる事を赦《ゆる》されなかった想《おも》いが目の縁《ふち》にたまり始める。それが一筋流れ落ちた頃《ころ》、彼はようやく指を外した。ネリネは気持ちを言葉にする能力を失ってしまったかのように意味のない呻《うめ》きを繰《く》り返す事しかできない。

「でも……でも……」

「ごめん、でもこの前の一件で自覚してしまったんだ。確かに私は君を愛《いと》しく思っている。だけど悪魔の花嫁《はなよめ》だなんて、悪い冗談《じょうだん》でしかない。きっと不幸せな未来しか待ち受けていないだろう」

そんなことないと否定したいのに言葉が何も出てこない。好きな人から「愛しい」と言われたはずなのに、ここまで悲しい気持ちになるなんて、いったいどうなっているのだろう。

はらはらと涙《なみだ》を流していたネリネを見たクラウスは、ふいと視線を逸《そ》らした。

「異種族というのはそう簡単に越《こ》えられる壁《かべ》じゃないんだ。子を生《な》せない、共に年齢《ねんれい》を重ねていくこともできない」

残酷《ざんこく》な現実を突きつけられ、思わず耳をふさぎたくなる衝動《しょうどう》に駆《か》られる。それでも身体《からだ》は固められてしまったかのように動けず、最後通告は無情にも告げられた。

「君の言う通り、私は今でも君に幸せになって貰《もら》いたいと思っている。だけど、その隣《となり》に立つのは私ではないはずだよ。これは君のためなんだ」

どこか諦《あきら》めたような笑みを浮かべるクラウスを見ていられなくて、ネリネは俯《うつむ》きながら目元を拭《ぬぐ》う。涙は後から後からとめどなく溢《あふ》れては床《ゆか》に落ちていった。今ようやくハッキリと分かった、自分は本当にこの人のことが好きだったのだ。

「いや……嫌《いや》です……そんなの」

聞き分けのない子どものようにかぶりを振《ふ》っていると、あの大きくて大好きな手が頭に置かれる。いつものようにゆっくりと動く手が、今はただただ辛《つら》かった。

「ごめん……。私はまた、人の心を推《お》し量るのに失敗してしまったみたいだね……」

こちらも辛そうな声は、不用意に近づき過ぎたとでも言いたいのだろうか。それでもネリネは、出会えて共に過ごしたことを後悔《こうかい》などして欲しくなかった。しかし、そんな思いは胸につかえて言葉にならず、喉を通過した時点で嗚咽《おえつ》にしかならない。

（胸が張り裂けそう）

たとえどんなに優《すぐ》れた薬師《くすし》でも治せない病にネリネは罹《かか》ってしまった。これ以上の空気に耐《た》えられなくなったのだろう、クラウスは急に場違《ばちが》いな明るい声でこう続けた。

「いい人そうじゃないか。君が彼と結婚《けっこん》するならば、私は神父として喜んで祝福の言葉をあげるよ」

もう限界だった。とどめを刺《さ》されたネリネはたまらずその場から駆け出す。自室に逃《に》げ込んだところでバタンと扉《とびら》を閉め、いつかと同じようにズルズルと扉伝いにずり落ちていった。明かりもつけない部屋で膝を抱《かか》えた彼女はうめくようにぽつりと零《こぼ》す。

「本当に……わたしの気持ちが分からないんですね」

そのままじっと動かなくなる。彫像《ちょうぞう》のようなその影《かげ》がようやく動いたのは深夜を回ってからだった。のろのろと立ち上がったネリネは机の上にふと目を留めた。

「……」

壁に向かって立てかけた薬草ノートの中から、ある一冊に指を引っかけて引き出す。パラリと一ページ目を開くと、そこには本部に報告するため、見知らぬ地の教会で遭遇《そうぐう》してしまった一匹《ぴき》の悪魔とのやり取りが、事細かに記されていた。

――ホーセン村教会にて悪魔と遭遇。見たところかなりの上位格の悪魔と思われる。

――契約《けいやく》の提案を断固拒否《きょひ》。やはり狙《ねら》いは人間界の混乱か？

そんなわけないのにと、過去の自分に呟《つぶや》く。出会った当初からやけに馴《な》れ馴《な》れしくて、契約を迫《せま》ってくるくせに無理強《むりじ》いはしない。こちらの心の弱いところに優《やさ》しく触《ふ》れてきたかと思えば、悪魔の価値観でこちらを振り回す困った生き物。

――お茶会に誘《さそ》われた。冷静に話をしてみると、平穏《へいおん》な日々を望んでいるようにも取れる。決して油断してはならないが悪魔の中でもかなりの特異な考えを持つ個体ではないかと……。

悪魔の密告ノートはそこで途切《とぎ》れていた。けれども、そこから先の出来事だって全《すべ》て鮮明《せんめい》に思い出せる。触れてくる手はいつだって優しくて、温かで、何度助けられたか分からない。

「う、うぅ……」

下手くそな似顔絵の上にポタリと水滴《すいてき》が落ちて、ネリネはグシッと目元を拭った。唇をきゅっと噛《か》み締《し》め、部屋を飛び出す。

(まだ何も行動してない、このまま虚《むな》しいままで終わらせたくない)

通り抜《ぬ》けた食堂はクラウスが片付けてくれたのか、皿洗いも済んで、明かりも落とされひっそりとしていた。そこを通り抜けて台所に入ると、キャビネットの鍵《かぎ》を開け引き出しを開ける。

(知りたい、あの人の本当の気持ちが知りたい……!)

ズラリと並んだ試薬の中から、先日作った惚《ほ》れ薬とレシピを取り出す。調合デスクに掛《か》けたネリネはランプに灯《ひ》を入れ、思考を巡《めぐ》らせ始めた。ここからアレンジを加えて、なんとか本音を話してくれるような薬を……）

（やっぱり、わたしにできるのはこれだけだから。ここからアレンジを加えて、なんとか本音を話してくれるような薬を……）

大好きな調合をしていれば意識もそちらに向かうかと期待したのだが、材料を入れた片手鍋《なべ》を掻《か》きまわしていた時、無意識の内に滲《にじ》んでいた涙が混入してしまう。これはダメだ、やりなおさなければ。

ズズッと洟《はな》をすったネリネは、椅子《いす》に腰《こし》かけると誰《だれ》もいない実験場で一人泣いた。必死すぎる自分は重い女だろうか？

「それでも、あなたの心に近づきたいんです……」

ネリネの事を思って言ったのなら、どうしてあんなに辛そうな顔をしていたのだろう。彼の本当の言葉が聞きたかった。ただそれだけだった。

テオが再びやってくるという日の前日、教会の夕食は静かなものになった。質素な食事に祈《いの》りを捧《ささ》げ、二人は食べ始める。食器が触れ合う音のする中、ネリネは一度たりとも顔を上げなかった。あの時から一度も視線を合わせずここまで来たシスターは、黙々《もくもく》と食事を口に押し込む。

「……」

「……」

重たい沈黙《ちんもく》の中で、ネリネは伏《ふ》し目がちに彼の手元を見ていた。食べるスピードを合わせてくれているのか、二人の皿はほぼ同時に空になる。フォークを傍《かたわ》らに置いた後、クラウスは意を決したようにようやく話しかけてきた。またも不自然に明るい声がどこか虚しく食堂に響《ひび》く。

「ええと、明日《あした》もう一度あの青年に会うんだろう？　返事は――」

思わず反射的に立ち上がっていた。驚《おどろ》いた顔をする彼から続きの言葉を言われてしまう前に、ネリネは席から離《はな》れる。

「お茶、いれてきます」

返事を待たず、台所に逃げ込む。バタンと閉めた扉に寄り掛かった彼女は、ポケットから一つのガラス管を取り出した。無色透明《とうめい》の自白剤《ざい》を。

これさえあれば、建て前など捨て去った彼の本音が聞けるだろうか。ためらうなと自分を奮い立たせる。やるしかないのだ。

茶葉を入れたティーポットにお湯を注ぎ戸棚《とだな》を開けてカップを用意する。ジルのお茶会で使われていたような華《はな》やかなものではないが、シンプルで毎日使える頑丈《がんじょう》な物だ。村の小間物屋で買った時、彼はおそろいだと嬉《うれ》しそうに笑ったことを思い出す。

数回に分けて紅茶を注ぎ入れると、赤い水面《みなも》は明かりを反射して揺《ゆ》れた。後は薬を入れて飲ませるだけ。そうすれば全ての答えが——そこまで考えたところで、ネリネは動きを止める。

（いいのかな……）

この薬は相手の思考を軽い酩酊《めいてい》状態にさせ、気分をよくさせる興奮剤のようなものだ。効いた者は秘《ひ》めたる思いを己《おのれ》の意思に関係なく赤裸々《せきらら》に晒《さら》してしまう事だろう。

いやいい。それが当初の目的だったはずだ。自分の中の冷静な自分が、何のためにこれを調合したのだと叱責《しっせき》する。だが、もう一人の自分は……純粋《じゅんすい》な子どもの時の姿をした自分は、強硬《きょうこう》手段を用いようとする自分をしかめっつらで諌《いさ》めてくる。

——人の心をのぞき見しようだなんて、いけないいんだ！　おかーさんに怒《おこ》られちゃうよ！

母の顔が思い浮《う》かび、良心がズキリと痛む。彼女が今の自分を見たらどう思うだろう。

だけど……だけど、それでも……。

「……わたしは、あの人の心が知りたい」

切ない想《おも》いを口にしたその時、薬を握《にぎ》る手にそっと手が重ねられた。骨ばった大きな手が。

心臓に冷水を浴びせられたようだった。バッと振り仰《あお》いだネリネの顔が見る間に青ざめていく。視線の先に居たクラウスは、ひどく驚いたような顔で彼女を見下ろしていた。

「ネリネ、その薬……？」

「あ……あぁぁ……」

細かく震《ふる》えるしかできないネリネは、この世の終わりのような気持ちになった。

気配に気づくことが出来なかった。紅茶に薬を混入させようだなんて、どう見ても言い逃《のが》れのしようがない状況《じょうきょう》だ。

「ネリネ！」

気づけば力いっぱい手を振《ふ》り払《はら》って逃げ出していた。食堂を抜け廊下《ろうか》を疾走《しっそう》すると、恥《は》ずかしさと後悔《こうかい》で頭がガンガンと痛んだ。

（聞かれた！　バレた！）

薬師としての力を正しい方向に使うことこそ自分が誇《ほこ》りを持っていたことだ。それを自ら破ってしまった。軽蔑《けいべつ》しただろうか、もしかしたら幻滅《げんめつ》されてしまったかもしれない。

そう考えるたびに心臓が力いっぱいねじ切られるようで、大声で叫《さけ》びだしたくなった。もう何も考えられないまま、礼拝堂の祭壇脇《さいだんわき》の扉から飛び出し正面玄関《げんかん》へと――、

「待った！」

「!!」

薬を持っていない右手をパシッと捉《とら》えられ、ネリネの逃走劇《とうそう》はあっさりと終わりを迎《むか》え

た。振り向かずに祭壇《さいだん》前で荒《あら》い息をつく。

誰かだなんて、振り向かなくてもわかる。むしろ他《ほか》の人であってくれたらと願わずにはいられなかった。

「は、離してください」

「離したら逃《に》げるだろう。こんな夜更《よふ》けにどこへ行くつもりだ」

「あなたの視線から、逃れられるところだったら、どこでも……っ」

「じゃあ、なおさら逃がすわけにはいかないな」

落ち着いた声とは裏腹に掴《つか》まれた手はがっちりと力強く、今度は振りほどけそうにない。情けなくてしょうがなく、ネリネはますます頑《かたく》なに無言を貫《つらぬ》いた。

「なぁ、さっきの薬は」

気まずそうなクラウスの声で、ますます居たたまれなくなっていく。

「心が知りたいって……私の、なのか？」

他に誰がいるというのだ。二人きりの教会で別の候補者がいるならすぐにでもこの場に連れてきて欲しかった。あぁもう、何もかもがバレてしまっている。沈黙を肯定《こうてい》と取ったのか、彼は戸惑《とまど》ったような色を声ににじませた。

「……まさか、そこまで本気だったのか……」

「っ！」

迷惑《めいわく》だ、と言外に聞こえたような気がして、ネリネはカッと顔に熱が上がる。逃げようとするささやかな抵抗《ていこう》をやめると、クラウスはあっさりと手首を離してくれた。ひっくと一度息を吸い込んだネリネは、次の瞬間《しゅんかん》——、

「わぁぁぁあああ!!　わぁぁ!!」

盛大に泣き始めた。顔を覆《おお》った手のひらの隙間《すきま》から、熱い雫《しずく》がぼたぼたと零《こぼ》れ落ちては礼拝堂の赤いカーペットに染《し》みを作る。

「うわぁぁん、わぁぁぁ」

「ね、ネリネ。泣くな」

うろたえたような声と共に、肩《かた》に手を置かれる気配を感じて、ネリネはパシッとそれを払った。そちらを向けないまま、子どものようにしゃくり上げながら叫んだ。

「そ、そういう、ところっ、です!」

「え」

「なんでっ、優《やさ》しくするんですか!」

胸の奥底にたまるモヤモヤを吐《は》き出すのに、今のネリネには自白剤の助けなど必要なさそうだった。自分のどこからこんな声が出るのかと驚くほど大きな声が出る。

「あれだけ優しくされたら、誰だって好きになるに決まってるじゃないですか。なのに、別の男性が現れたら、安心してそっちに行けって」

「そ、それは……」

わなわなと震えるネリネは、静かに、だがはっきりと自分の気持ちを言葉にしていく。

「わたしの気持ちも、ぜんぜん聞こうともしてくれないし……っ!!」

ポロポロと大粒《おおつぶ》の涙《なみだ》がまなじりから零れ落ちる。怒《いか》りからなのか悲しみからなのか、それすらも、もうよく分からなかった。

「っ！」

ここで勢いよく振り向いたネリネは、クラウスを正面から見据《みす》える。彼の戸惑いを浮かべた瞳《ひとみ》は本来の赤い色に戻《もど》っていた。何よりも美しいと思う煉獄《れんごく》の炎《ほのお》の色を見た瞬間、心がしめつけられるように痛む。これまでの思い出が、胸の奥底から湧《わ》き上がってきた。

(それでも、やっぱりわたし、この人のことが)

たとえどれだけ好意に鈍《にぶ》くとも、他人との距離感《きょりかん》を推《お》し量れなくても、種族としての価値観が違《ちが》っていたとしても、傍《そば》に居て欲しいと願うのはこの人しかいないのだ。

バクバクと速まる心臓を抑《おさ》え、左手に持ったままだった薬をお守りのようにギュッと握りしめる。どう転んでもこれが最後だ。自分の本当の気持ちを言いたかった。

すぅと息を吸い込んだネリネは、誰《だれ》も見届ける者のいない礼拝堂で、全身全霊《ぜんれい》の想いを吐息《といき》に乗せた。

「あなたが、好きです」

ちぎれそうな心をふり絞《しぼ》って出てきたのは、呆《あき》れてしまうくらいに情けない涙声《なみだごえ》だった。それでも気持ちの一つも取りこぼすまいと、声を振り絞《しぼ》る。

「隣《となり》に立つのは、傍《そば》に居て欲しいって思うのはっ、あなたしか居ないんです……っ。お願いだから、目を逸《そ》らさないで……」

ああ、なんて無様で格好悪い告白なのだろう。どれだけ自分が彼のことを好きか、これでは全然伝わらない。だけど、この気持ちを言い表せるだけの語句を果たして自分は持ち合わせているのだろうか。たとえ世界中の辞書をかき集めたとしても、半分も伝わらないような気がした。持て余すほどの、この恋心《こいごころ》は。

「うぅ、うぅぅ～……」

こんなんじゃ全然ダメだと目元をこすっていた手が、ふいに取られた。ハッと目を開いて見上げると、彼は身を切られるより辛《つら》そうな顔をしていた。しばらく無言でいた悪魔《あくま》は、やがて一言一言確かめるように、慎重《しんちょう》に言葉を紡《つむ》ぎ出す。

「これは、本音で向き合って来なかった私の責任……なんだろうな。すまない、こんな風に泣かせるつもりじゃなかったんだ。本当に……」

あのやんわりとした口調で諭《さと》されるのかと絶望する。ところが次の瞬間、クラウスは予想外の行動に出た。ネリネが握《にぎ》りしめていた自白剤《ざい》をパッと取り、止める間もなく一気に呷《あお》ってしまったのである。ぽたっと落ちた最後の一滴《ひとしずく》がその口の中に消えていく。

「な、なんで……」

「これで、今から私が話す事は嘘偽《うそいつわ》りない真実だ。心して聞いてくれ」

袖口《そでぐち》でグイッと拭《ぬぐ》った神父は、空になったガラス管を投げ捨てる。何を言われるだろうとビクビクしていたネリネだったが、次に来たのは予想していた言葉とは少し違うものだった。

「話す、こと？」

「……その気持ちに答える前に、君に話さなければいけないことがある」

何だろうと次を待っていると、クラウスはどこかバツが悪そうな顔をした。やがて覚悟《かくご》を決めたのか、フーッと長いため息をついた後、口を開く。

「……笑わないでくれよ。子どもの頃《ころ》に、黒い子猫《こねこ》を助けた事があっただろう？」

「……？　あ、はい。毛足が長くて赤い目をした……？」

いきなり何を言い出すのかと思ったが、幼少期のおぼろげな記憶《きおく》をたどると確かにその子猫は居た。今の今まで忘れていたというのに、撫《な》でた時のふわふわとした毛の質感が鮮《せん》明《めい》によみがえる。頭を撫でると嬉《うれ》しそうに眼《め》を細める癖《くせ》も。

「あれは、私だ」

唐突《とうとつ》に打ち明けられ、ネリネは一瞬《いっしゅん》反応が遅《おく》れた。ややあって大げさな声が出てしまう。

「え、えぇ⁉　あの子がクラウス？」

「あぁ、魔界《まかい》でヘマをして人間界に逃げてきたところを君に助けられた。その時、君の母親と契約《けいやく》したんだ。自分の代わりに君を守ってやってくれと」

「あ……、だからわたしを幸せにするために来たって——？　わっ⁉」

急にグイと手を引かれ相手の胸の中に飛び込む。受け止められたまま背中に腕《うで》を回され、心臓が飛び出してしまいそうなほど跳《は》ねた。

「本当に効くな、この自白剤は……」

「ク、クラウス？」

優しい匂《にお》いに包まれ、すり、と愛《いと》しい物に触《ふ》れるかのように頬《ほお》ずりをされる感覚が落ちて来る。普段《ふだん》の落ち着き払《はら》った声とはまるで違う、どこか切羽詰《せっぱつ》まった声がすぐ間近で響《ひび》いた。

「君は、俺の女神《めがみ》だ」

「えっ……」

「崇拝《すうはい》する女神に手を出すなんて、冒瀆《ぼうとく》的にもほどがある……」

不相応すぎる自分への呼称《こしょう》に混乱する。それでも懺悔《ざんげ》めいたクラウスの告白は続いた。

「君の母親が言った『守る』という意味の中に、こういった未来は含《ふく》まれていないだろう。それに、その時の契約で彼女は寿命《じゅみょう》を削《けず》った。もし俺がいなければもう少し長く生きられたかもしれない」

「……」

初めて聞かされる話に、ネリネは彼の胸元《むなもと》をギュッと握りしめる。知らなかった……自分が知らない所でそんなことが起こっていたなんて。

「なぁネリネ、赦《ゆる》せるか？　それらを全《すべ》て理解した上で、君を手に入れようとしている悪魔の事を……」

その事実を知らないままでいるのは公平《フェア》ではないと考え、クラウスは打ち明けたのだろう。いま彼の中では二つの気持ちがせめぎ合っている。愛を受け入れてしまいたい気持ちと、自分が本当にそれを受け取るに値《あたい》するのかという疑問が。

（あ……）

ふと、拘束《こうそく》する手が少し緩《ゆる》んだ。逃げる選択肢《せんたくし》を示してくれたクラウスに、ネリネは心がしめつけられるように感じた。

彼はどちらに転んでも後悔《こうかい》すると覚悟している。このどこまでも優しい悪魔を救うには――。

（ああ、なんだ。こんなに簡単な話だったんだ）

すっと身を引いたネリネは、彼と視線が合うように姿勢よく見上げた。泣きそうな悪魔の手を取り、しっかりと握りしめる。

「聞いて下さい。母とあなたの契約がどうであれ、わたしはわたしです」

思ったよりもしっかりとした声が出た。相手の心までまっすぐに届くよう言葉を選ぶ。

「母はわたしの事を想《おも》い、覚悟してあなたとの契約を結んだのでしょう。そこにわたしがとやかく言う権利も、あなたを責める意味もありません」

むしろ……と、軽く微笑《ほほえ》んだネリネは、驚《おどろ》いたように見開かれた赤い目を見ながらこう続けた。

「あなたがこうしてここに居てくれることが、母からの何よりの愛に感じるんです」

自分は愛されていた。母もこの悪魔に託《たく》した事で少しは安らかに逝《ゆ》けたのだろう。それを知る事が出来ただけでもう、ネリネは満たされていた。

「クラウス、わたしは女神なんかじゃない。一人では悪意に簡単に押し流されてしまうような、ちっぽけな女です」

彼の左手ごと持ち上げたシスターは、目を閉じまるで祈《いの》りのようにそれを胸元へと掲《かか》げた。

「暗闇《くらやみ》の中で溺《おぼ》れそうなわたしを掴《つか》んで引き上げてくれたのはこの手でした」

目を開けると、黒い翼《つばさ》の守護天使は泣きそうな顔をしていた。ネリネは微笑みながら首を傾《かし》げる。

「不幸かどうかなんて自分で決めます。それでもわたしはあなたの隣で生きたい」

つられたように笑うクラウスの目から涙が零《こぼ》れ落ちる。そのまなざしは、どんな言葉よりも雄弁《ゆうべん》に「愛おしい」と伝えてきた。それだけでもう、種族の壁《かべ》なんて軽く飛び越《こ》えられる気がした。ふと思いついたネリネは、どこか楽しそうに尋《たず》ねた。

「悪魔を好きになったこと、赦してくださいますか？　神父様」

懺悔は全て赦すというのが決まり。その事に気が付いたクラウスは、一度目を見開いた後、空いている方の手で顔を覆《おお》い隠《かく》した。

「ハハハ、その文言で言われたら、神父としては赦すしかなくなるじゃないか」

やがてその手を外すと、この世で一番愛しい者を見つめる温かいまなざしが現れた。引き寄せられ今度こそ思いっきり抱《だ》きしめられる。深くて優《やさ》しい、世界で一番大好きな声が耳元で響いた。

「好きだ、大好きだ、俺を救い上げてくれたあの日から、これからもずっと……愛してる」

ほろほろと両目から流れ落ちる涙《なみだ》が温かい。嬉しくて仕方なくて、今なら心臓が張り裂《さ》けてしまっても幸せなまま死ぬ事ができそうだった。

ふいに頬に手をあてて顔を上げさせられる。くすっと笑ったネリネはからかうように言ってみた。

「今度は、逃げずにちゃんとお願いしますね？」

「まったく君は……」

苦笑《くしょう》で返す神父がふいに真面目《まじめ》な顔になる。ゆっくりと下りて来るのに合わせ、ネリネはそっと目を閉じる。

悪魔《あくま》と人間を祝福するものは誰《だれ》も居ないかもしれない。けれども二つの想いは確かに今この瞬間《しゅんかん》、礼拝堂で重なった。


——ネリネ、俺の女神。


何よりも愛しいという響きに、魂《たましい》ごと抱きしめられる気がした。

（ああ、わたし今、幸せなんだ……）

じわりとにじんだ視界を閉じて、目の前の身体《からだ》をしっかりと抱き返す。

「嬉しい……」

どんなに時が経《た》とうとも、この夜のことは一生忘れないだろう。


そう、思った。

翌日。ホーセン村は穏《おだ》やかな風《ふ》が吹き抜《ぬ》ける青空が広がっていた。そんな中、席の向かいに座るテオ・フーバーは相変わらずの好青年だった。

「そうですか……残念ですが仕方ありませんね」

口の端《はし》を上げながらも寂《さみ》しそうに言う彼に、ネリネは何度目になるか分からない謝罪を入れる。

「本当にすみません。今は家庭に入るよりもやりたい事があるんです」

「この前話して下さった、薬草の本の執筆《しっぴつ》ですか？」

「はい。わたしにしか出来ないことだと思うから」

周囲でこっそり聞き耳を立てている村人たちにも聞こえるようはっきりと言い放つ。紅茶のカップを傾《かたむ》けたテオは割り切ったようにさっぱりとした表情だった。

「わかりました、人の心に無理《むり》強《じ》いはできません。僕も一市民として応援《おうえん》していますよ」

最後に握手《あくしゅ》をして店を後にする。馬車が停《と》めてある街道《かいどう》まで送ると、彼は別れ際《ぎわ》、思い出したようにこう言った。

「あぁそうだ、僕の仲間内に印刷所に勤めている者が居ます。ネリネさんの執筆内容に興味があると思うので声をかけておきますよ。向こうから連絡《れんらく》してくるかもしれませんのでその時は相手にしてやってください」

「いいんですか？」

無下にしたのはこちらなのに何から何まで優《やさ》しすぎる。するとテオは今までとは違《ちが》う、仕事の顔でニッと笑った。

「これも出会えた縁《えん》でしょう？　僕は自分の人生において有益な人かどうかを嗅《か》ぎ取る嗅《きゅう》覚《かく》には自信があるんです。これからもよき友人としてお付き合いさせて下さい」

自信ありげな面構《つらがま》えは、彼がいずれとんでもない大物になりそうな気配を感じさせた。国を裏から動かしている教皇に対抗《たいこう》しうるのは、案外こういった若者なのかもしれない。

（だとしたら、少し楽しみだ）

今度こそ別れを告げてテオが横をすり抜ける。すれ違いざま、彼はネリネにだけ聞こえるように囁《ささや》いた。

「あなたの心を射止めたその方にどうぞよろしく。お幸せに」

ハッとして振《ふ》り返るが、テオは振り向かなかった。その背中を見送ったネリネは少しだけ頰《ほお》を赤らめる。

「わたしって、そんなに顔に出てる……？」

村での用が済んだので教会に戻《もど》る。門扉《もんぴ》を押して入ると、いつもの定位置に悪魔は居た。

すなわち薔薇《ばら》の茂《しげ》みの前だ。

「あぁ、おかえり。お見合い話の決着はついたのかい？」

汗《あせ》をぬぐいながら振り返る彼は、また子どものように顔面を泥《どろ》だらけにしていた。それを見たネリネはフーッと軽いため息をついて苦笑を浮《う》かべる。

「滞《とどこお》りなく。もしかしたら、わたしはとんでもない玉の輿《こし》を逃《のが》してしまったのかもしれません。惜《お》しいことをしました」

「おや、二日目にして穏やかではない発言をしてくれる。神父をやめて実業家にでもなろうか？」

「あなたなら本当になってしまいそうですね」

軽いやりとりを交《か》わしながら隣《となり》にしゃがむ。早咲《はやざ》きのピンクの薔薇をつつきながらシスターは微笑みを浮かべた。

「神父で十分ですよ、ドレスも宝石も要《い》らない。わたしにはこのくらいがちょうどいいんです」

何となく良《い》い雰囲気《ふんいき》になったというのに、隣の神父は茶化《ちゃか》すように剪定《せんてい》ばさみを振った。

「愛があればというやつかな？　それは実に聖職者らしい答えだ。まぁその点は心配しなくても、君を金輪際他《ほか》の男には渡《わた》さないし、今後、私でしか満足できないようにするから覚悟《かくご》しておくといい」

さらりと告げられた溺愛宣言《できあい》に、もしかして自分はとんでもない男の枷《かせ》を外してしまったのではないかとギクッとする。一歩引いたネリネは、口ごもりながら歯止めをかけた。

「お、お付き合いは清く正しくですからね。節度を持って少しずつ」

そう言うとクラウスはカクンと口を開けて言葉を失った。すぐさま絶望顔で訴《うった》えてくる。

「ひどいよ！　これまで何年想《おも》いを募《つの》らせて来たと思ってるんだ。イチャイチャしたい！」

「貞淑《ていしゅく》ですよ神父様、皆《みな》の手本となりましょうね」

「ネリネ〜〜!!」

情けなく声を上げる悪魔にくすっと笑う。そうするとおかしくておかしくて、しばらく二人は笑い合っていた。この柔《やわ》らかく吹き抜ける風と温かな空気がいつまでも続けばいい、そんなことを思った。

ふと、一本の薔薇を切ったクラウスは丹念《たんねん》にトゲを落としてからそれをこちらに差し出す。初めて何の猜疑心《さいぎしん》もなしに受け取ると彼はこんな事を言った。

「薔薇は贈《おく》る本数によって意味が変化するのを知っているかい？　記念に残るような事があるたびに少しずつ本数を増やしていこう。まずは一本『あなたしかいない』」

心を和《なご》ませる香《かお》りを堪能《たんのう》する。ずっと一人だった記憶《きおく》はもう過去のものだ。隣に居てくれるのが破滅《はめつ》の悪魔様なら、そうそう簡単に居なくなることはないだろう。そんな安心感を胸に問いかける。

「ちなみに、プロポーズは何本なんですか？」

「百八本……だったかな？」

「……。急いでください、あんまりのんびりしてると、おばあちゃんになっちゃいますよ」

半分本気で言ったのに、立ち上がったクラウスは当たり前のように微笑《ほほえ》んで手を差し出して来た。

「きっと君は、どんなに年を重ねたとしても美しいよ」

（あぁ……）

自分はもう、この悪魔から二度と離《はな》れられないのだろう。契約《けいやく》ではなく、心が捕《と》らわれてしまった。春の風に吹かれながらネリネは手を伸《の》ばす。

「クラウス、近いうちに三日ほど教会を閉めて付き合ってくれませんか？」

「構わないが、どこへ？」

「わたしの故郷、あなたと出会ったあの森へ」

ああ、と納得《なっとく》したように笑うクラウスの手を掴《つか》む。手を掴んで引き上げられたシスターは、心からの笑顔《えがお》で答えた。

「母に伝えに行きたいんです。ありがとう、もう大丈夫《だいじょうぶ》だよって！」

あとがき

初めましてこんにちは、紗雪《さゆき》ロカです。本作は「魔法のiらんど大賞2021 小説大賞」様にて特別賞を頂き、改題・改稿したものになります。今回、ありがたくも角川ビーンズ文庫様で本を出して頂けることになりました。WEB版から三万字加筆、エピソードマシマシでお届けします。それではあとがきらしく、少しこの話に関する裏話でも。

私は話の構想を練る時、登場人物から考えることが多いのですが、傷ついた主人公を優しく包み込んでくれるようなヒーローにしたいと思い、クラウスを神父という設定にしました。ただ、それだけだと話が広がらない↓何か秘密を持たせたい↓人外×少女が好き↓じゃあ実は正体が悪魔《あくま》とか？　そんなわけで、『悪魔で神父』という矛盾《むじゅん》しまくったキャラが爆誕《ばくたん》したのでした。癒《いや》すどころか気を揉《も》む元凶《げんきょう》になってしまったわけですが、その関係性にしたことで筆が進んだので結果的には大正解でした。

そしてネリネ。この名前は道端《みちばた》で見かけたピンク色の彼岸花《ひがんばな》が由来だったりします。気になって調べた所、実際にはヒガンバナ科のネリネという品種で、響《ひび》きが気に入ってそのまま主人公の名前に採用しました。今ちょっと調べてみたのですが、花言葉は「また会う日を楽しみに」らしいです。確かにめっちゃ楽しみにしてましたね、毛玉が。なかなか他人に頼《たよ》ることが出来ない主人公ですが、クラウスはそんなところも含《ふく》めて可愛《かわい》いなぁと思ってくれているのではないかと思います。

最後になりますが謝辞を。美しいイラストと素晴《すば》らしいキャラクターデザインを手掛けて下さった七月《ななつき》タミカ先生、初めての書籍化ということで色々とご迷惑《めいわく》をおかけしたのにも拘《かか》わらず優《やさ》しく導いて下さった担当S様、角川ビーンズ文庫編集部の皆《みな》様、魔法のiらんど大賞運営様、装丁《そうてい》様、校正様、ずっと昔から私を応援《おうえん》してくれているフォロワーの皆様、そしてもちろん、この本を手に取って頂いたあなたも。この話に関《かか》わって下さった全《すべ》ての方にこの場をお借りして感謝を贈《おく》ります。

さて、ネリネとクラウスの前途《ぜんと》多難な物語はまだまだ続きますが、いったんの終結という形で一度筆を置かせて頂きます。私もこの夢の続きを見てみたいので、もし同じ様に感じて頂けたのなら応援して頂けると嬉《うれ》しいです。それではまた、この場でお会いできることを願って。

紗雪ロカ

BEANS BUNKO

「失格聖女の下克上 左遷先の悪魔な神父様になぜか溺愛されています」の感想をお寄せください。
おたよりのあて先
〒102-8177 東京都千代田区富士見2-13-3
株式会社KADOKAWA 角川ビーンズ文庫編集部気付
「紗雪ロカ」先生・「七月タミカ」先生
また、編集部へのご意見ご希望は、同じ住所で「ビーンズ文庫編集部」
までお寄せください。

失格聖女《しつかくせいじょ》の下克上《げこくじょう》
左遷先《させんさき》の悪魔《あくま》な神父様《しんぷさま》になぜか溺愛《できあい》されています

紗雪《さゆき》ロカ

角川ビーンズ文庫 23318

令和4年9月1日 初版発行

発行者――――青柳昌行
発 行――――株式会社KADOKAWA
〒102-8177 東京都千代田区富士見2-13-3
電話 0570-002-301（ナビダイヤル）
印刷所――――株式会社暁印刷
製本所――――本間製本株式会社
装幀者――――micro fish

ISBN978-4-04-112902-9C0193 定価はカバーに表示してあります。 ◇◇◇

角川ビーンズ小説大賞
原稿募集中!
君の"物語"がここから始まる!
角川ビーンズ小説大賞がパワーアップ!
https://beans.kadokawa.co.jp
詳細は公式サイトでチェック!!!
【一般部門】&【WEBテーマ部門】
賞金 大賞100万円
優秀賞30万円
他副賞
締切 3月31日
発表 9月発表(予定)
イラスト/紫 真依